10|18
12, avenue d'Italie — Paris XIIIe

Du même auteur
aux Éditions 10/18

Série « Hugh Corbett » de Paul C. Doherty

SATAN À ST MARY-LE-BOW, n° 2776
LA COURONNE DANS LES TÉNÈBRES, n° 2777
UN ESPION À LA CHANCELLERIE, n° 2820
L'ANGE DE LA MORT, n° 2863
LE PRINCE DES TÉNÈBRES, n° 2901
FAUX FRÈRE, n° 2966
L'ASSASSIN DE SHERWOOD, n° 3036
LA COMPLAINTE DE L'ANGE NOIR, n° 3127

Série « Kathryn Swinbrooke » de C. L. Grace

MEURTRES DANS LE SANCTUAIRE, n° 3029
L'ŒIL DE DIEU, n° 3030
LE MARCHAND DE MORT, n° 3094
LE LIVRE DES OMBRES, n° 3190

Série « Frère Athelstan » de Paul Harding

LA GALERIE DU ROSSIGNOL, n° 3167
LE DONJON DU BOURREAU, n° 3218

SACRILÈGE À BLACKFRIARS

Troisième des riches et navrantes aventures de frère Athelstan

PAR

PAUL HARDING

Traduit de l'anglais
par Anne Bruneau
et Christiane Poussier

10 18

INÉDIT

« Grands Détectives »
dirigé par Jean-Claude Zylberstein

Sur l'auteur

Paul Harding est un des pseudonymes — avec C. L. Grace — de Paul C. Doherty. Celui-ci est né à Middlesbrough, dans le Yorkshire. Il a étudié l'histoire à Liverpool et à Oxford ; il est aujourd'hui professeur d'histoire médiévale. Il est l'auteur de plusieurs séries historico-policières, publiées en 10/18 : outre les aventures de frère Athelstan, un dominicain, celles de Sir Hugh Corbett, espion du roi Édouard Ier (sous son nom) et celles de Kathryn Swinbrooke, apothicaire à Cantorbéry au xve siècle (sous le nom de C. L. Grace).

Titre original :
Murder Most Holy

ISBN 2-264-02826-2

À mon fils Nigel.

PROLOGUE

Frère Alcuin était agenouillé sur le prie-Dieu de l'église vide des Blackfriars [1], son regard tourmenté allant du crucifix incrusté d'or au cercueil en pin qui abritait le corps assassiné de son compagnon.

Nerveux, il se mordit les lèvres et serra plus fortement ses mains jointes. Les autres pouvaient bien penser ce qu'ils voulaient, mais lui savait la vérité. Frère Bruno avait péri de malemort. Alcuin ressentait colère et terreur : colère à l'idée qu'un acte aussi vil pût être commis dans un couvent dominicain, terreur à la pensée que c'était lui que visait l'assassin.

Cela avait été si simple ! Il avait reçu un message, un écrit anonyme, bien sûr, lui demandant de se rendre à la crypte juste après vêpres. Ulcéré devant la mystification qu'il venait de percer à jour et la dérision du Sacré qu'elle impliquait, il s'y était rendu pour trouver Bruno, gisant au pied de l'escalier abrupt qui menait à la crypte, le cou tordu et la cervelle figée dans une mare de sang, sous son crâne fracassé !

Le prieur était vite arrivé à la conclusion que Bruno avait accidentellement glissé sur la plus haute marche et fait une chute mortelle. Alcuin, lui, savait qu'il en

1. Toponyme venant de Black Friars (littéralement les Frères Noirs), appellation anglaise des Dominicains du fait de leur manteau noir. (*N.d.T.*)

était tout autrement. Le meurtrier avait guetté frère Bruno ; il lui avait fait un croche-pied ou l'avait poussé en bas des marches raides aux bords tranchants. Cela s'était passé la veille. Demain, après l'office du matin, les frères dominicains de Bruno chanteraient le requiem et enterreraient la dépouille de leur pauvre compagnon, ici, derrière le maître-autel. À voix basse, ils évoqueraient ses qualités et puis, le temps passant, peut-être plus tôt que tard, ils l'oublieraient, et les circonstances de sa mort s'estomperaient en un vague souvenir pendant que son assassin, lui, savourerait son triomphe.

Alcuin leva les yeux et contempla le crucifix. Le Christ ne pouvait permettre cela ! Le crime était l'un des péchés qui criaient vengeance au Ciel. Il faudrait que justice soit faite. Mais devrait-il, pour sa part, en être l'instrument ? Qui le croirait, lui, simple sacristain et cellérier ? Seuls son ami, le vieux bibliothécaire Callixtus, et lui-même connaissaient la vérité, mais ils manquaient de preuves. Le reste de la communauté les accuserait d'agir par dépit. On prétendrait qu'Alcuin était possédé par un démon rusé et infâme. On l'enverrait peut-être à Rome ou en Avignon pour répondre à ses supérieurs, ou, pire, on le livrerait à l'Inquisition pour être interrogé, questionné et jugé. Alors, que décider ?

Alcuin essuya les gouttes de sueur qui perlaient à son large front. Son visage pâle et anguleux se rembrunit lorsqu'il scruta l'obscurité grandissante. Certes, un sort plus terrible pouvait lui échoir : être arraché à Blackfriars, comme frère Athelstan, et expédié dans une paroisse misérable où il devrait officier pour des ignorants et des rustres. Un sourire creusa ses traits revêches.

— Athelstan ! Athelstan ! murmura-t-il. Pourquoi n'es-tu pas ici ? J'ai besoin de toi ; notre ordre aussi. Le Christ Notre-Seigneur en appelle à ton œil perçant et ton esprit subtil.

Son sourire s'effaça. Athelstan n'avait pas été invité

à la réunion du chapitre restreint des dominicains à la maison mère de Blackfriars. Athelstan, à présent simple curé de St Erconwald, au milieu des taudis de Southwark, parlait à son chat et observait la voûte céleste.

— Tu sais, Alcuin, lui avait-il dit un jour, j'ai rencontré une fois un homme qui avait voyagé jusqu'en Perse et discuté avec les mages. Ce sont des sages qui étudient le ciel. Cet homme m'a raconté une étrange histoire : autrefois, il n'aurait existé ni étoiles, ni Soleil, ni Lune ; rien qu'une masse obscure et morne qui, de par la volonté de Dieu, aurait explosé en une roche incandescente pour former l'univers dont notre Terre ne serait qu'une infime partie.

Alcuin hocha la tête. Peut-être était-ce aussi bien qu'Athelstan ne fût pas là pour citer de semblables théories ! Il revit les traits accusés et sombres de son ami et ses yeux pensifs. Athelstan semblait, autrefois, promis à la plus haute destinée. Brillant étudiant pendant son noviciat, il avait rompu ses vœux et, l'esprit farci de chansons de geste, s'était enfui à la guerre, en entraînant avec lui son jeune frère Francis. Athelstan était revenu, pas Francis. Leurs parents étaient morts de chagrin et seul le père prieur avait pu lui épargner toute la rigueur de la règle de saint Dominique. Athelstan avait achevé ses études et prononcé ses vœux de frère prêcheur ; puis on l'avait ordonné prêtre et envoyé servir dans les ruelles sordides de Southwark.

Alcuin entendit un bruit et leva les yeux. Son regard parcourut l'église qu'envahissaient les ténèbres sans s'attarder sur les énormes statues des apôtres dans les niches. Il ne pouvait y avoir personne d'autre. Il avait voulu être seul pour prier et réfléchir pendant le temps de repos entre vêpres et complies. Il se frictionna le visage et releva la tête pour contempler à nouveau le crucifix. Cela donna à l'assassin, qui s'était glissé derrière lui, l'occasion qu'il guettait pour passer le lacet autour de son cou maigre et décharné. Le sacristain se débattit violemment pendant quelques secondes, mais le nœud coulant se resserra et, le sang lui battant les tempes, Alcuin mourut sans avoir pu crier, murmurer une prière ou chuchoter le nom de son vieil ami Athelstan.

L'homme se tenait au coin de la venelle immonde, située en face de St Erconwald, et fixait la masse sombre et lugubre de l'église. Lui aussi pensait à ses péchés, ainsi qu'à la vengeance et à la justice immanentes de Dieu. Il restait tout près du mur souillé d'urine sans prêter attention aux geignements du mendiant derrière lui ; de temps en temps, il sautillait d'un pied sur l'autre tandis que des rats en quête de nourriture sortaient des fissures pour aller fouiller les tas d'immondices puants.

D'une fenêtre de la ruelle s'éleva le chant d'une jeune fille. Sa voix claire et suave, dans ce passage nauséabond, parut totalement incongrue et inattendue à l'homme debout dans les ténèbres, qui s'adossa au mur. La chanson douce-amère lui évoquait des souvenirs anciens et surtout sa faute cachée. Pourtant, il avait fait tout ce qui était en son pouvoir : cent cierges allumés devant les statues de la cathédrale Saint-Paul, un pèlerinage à Cantorbéry, au tombeau de Becket[1] devant lequel il était resté allongé en prière, et de l'argent distribué aux pauvres. Il était même allé voir ceux qui s'adonnaient à la magie noire, ces créatures de la nuit plongées dans leurs grimoires, au fond d'antres secrets et étouffants. Il avait glissé une pièce de monnaie sous la langue d'un pendu, et, suivant les instructions d'un sorcier, passé deux nuits sous l'estrade du gibet à psalmodier une mélopée au Seigneur des Ténèbres pour que son secret restât à jamais ignoré.

L'homme regarda le sommet de la tour de St Erconwald et aperçut le scintillement d'un reflet : le frère

1. Thomas Becket, chancelier d'Henri II Plantagenêt. Évêque, défenseur des droits de l'Église, il fut assassiné en 1170. (*N.d.T.*)

Athelstan était là-haut avec son astrolabe et ses cartes du zodiaque en train d'observer la voûte céleste et d'attendre, en cette douce nuit d'été, qu'apparût l'étoile du soir. L'homme bougea. Les Écritures disaient vrai : le péché poursuivait toujours le pécheur. Il percevait la présence de cette souillure comme si c'était une créature répugnante rampant dans la venelle derrière lui. Il sentait son souffle et ses griffes glacées sur sa nuque, mais que pouvait-il faire ? Se confesser ? Ce serait la pendaison assurée ! Garder le silence ? Cela ne ferait que retarder le jour fatidique ! Il regarda l'église, la Maison de Dieu, la Porte des Cieux... Pourtant, pour l'homme dans les ténèbres, cette église évoquait la puanteur d'une faute passée.

Athelstan était là-haut avec son astrolabe et ses cartes du zodiaque en train d'observer la voûte céleste et d'attendre, en cette douce nuit d'été, qu'apparût l'étoile du soir. L'homme bougea. Les Écritures disaient vrai : le péché poursuivait toujours le pécheur. Il percevait la présence de cette souillure comme si c'était une créature répugnante rampant dans la venelle derrière lui. Il sentait son souffle et ses griffes glacées sur sa nuque, mais que pouvait-il faire ? Se confesser ? Ce serait la pendaison assurée ! Garder le silence ? Cela ne ferait que retarder le jour fatidique ! Il regarda l'église, la Maison de Dieu, la Porte des Cieux... Pourtant, pour l'homme dans les ténèbres, cette église évoquait la puanteur d'une faute passée.

CHAPITRE PREMIER

Corpulent, gras et bien connu pour son franc-parler, Sir John Cranston, coroner de Londres, se rencogna contre le haut dossier de sa chaire[1] et sirota, dans le hanap incrusté de joyaux, le meilleur cru que pouvaient produire les vignobles du Bordelais. Il rota délicatement et regarda autour de lui, un sourire béat aux lèvres. La salle de réception était illuminée par des torches de résine pure et par des candélabres ; des pages portant la livrée de Jean de Gand[2], duc de Lancastre, s'étaient postés dans la pièce et tenaient d'autres torches, ce qui permettait aux lieux, malgré l'heure tardive, de briller de mille feux, comme en plein jour.

— Vraiment merveilleux ! se dit doucement Cranston.

La salle de réception du palais de Savoie[3], propriété de Jean de Gand, sise près de la Tamise, rivalisait en luxe et opulence avec les salles d'apparat du palais des Papes en Avignon ou les résidences des grands princes italiens, tel l'invité d'honneur au splendide banquet offert par Gand. Du drap d'or, épais et brodé d'argent,

1. Chaise à haut dossier. (*N.d.T.*)

2. Jean de Gand (1340-1399) : duc de Lancastre, quatrième fils d'Édouard III. Il assuma la régence à la fin du règne de son père. (*N.d.T.*)

3. Bâti en 1245 par Henri III Plantagenêt. Jean le Bon, capturé à Poitiers, y mourut en 1364. (*N.d.T.*)

recouvrait chaque pouce de mur à partir de la charpente. Les vitraux des fenêtres, aux tons si variés, illustraient chacun un récit de la Bible ou de la mythologie. Un tapis turc de haute lice, en fine laine jaune et noire, courait d'un mur à l'autre. Les nappes étaient en soie et chaque assiette, chaque coupe en métal précieux. Pas étonnant que Jean de Gand, régent du royaume — son neveu Richard II n'étant encore qu'un enfant [1] —, eût enjoint à des hommes d'armes triés sur le volet d'exercer une surveillance discrète, à raison d'un garde pour chaque convive : il n'avait pas l'intention de se laisser dévaliser dans sa propre maison. Il offrait ce festin pour faire étalage de sa munificence et pour recevoir le seigneur de Crémone, pas pour fournir du butin à bon compte aux voleurs et larrons qui traînaient dans tout palais.

Cranston rota de nouveau et tapota sa large panse, en homme heureux de son sort. Lady Maude, son épouse, avait récemment donné naissance à deux beaux garçons, Francis et Stephen. Il avait été maintenu à son poste de coroner par le régent, qui l'avait invité à ce banquet et prié de s'asseoir à sa droite, insigne honneur pour un simple magistrat.

— Dommage que Lady Maude ne me voie pas maintenant ! murmura Cranston pour lui-même.

L'invitation n'avait pas mentionné sa digne épouse. Ce qui ne l'avait pas vexée outre mesure !

— Dieu me pardonne, Sir John, s'était-elle exclamée, je n'aime pas le duc de Lancastre. Il a des yeux de serpent — sans vie ni chaleur ! Il est aussi ambitieux que Lucifer et j'ai peur pour le jeune roi.

Sir John avait été surpris. Lady Maude était prudente de nature. Elle gardait ses réflexions pour elle, mais

---

1. Richard II (1367-1399) : régna de 1377 à 1399, fils du Prince Noir et donc petit-fils d'Édouard III. Lors de la grande révolte de 1381, il fera preuve d'un courage admirable en affrontant la foule des insurgés. Mécène et protecteur de Chaucer, en particulier. Âgé de douze ans à l'époque du roman. (*N.d.T.*)

lorsqu'elle parlait, ses paroles étaient autant de flèches bien ajustées qui allaient droit au but. Mal à l'aise, le coroner s'agita nerveusement et reposa son hanap, avant de se tourner vers le régent. Celui-ci contemplait, sous ses lourdes paupières, la magnificence de la salle, et la satisfaction se lisait sur son visage au teint olivâtre, orné d'une moustache et d'une barbe blonde soigneusement taillées. À sa gauche siégeait le jeune monarque. L'enfant, pensa Cranston, avait quelque chose d'angélique avec sa pâleur, ses yeux bleu clair, ses traits délicats et sa chevelure dorée tombant sur les épaules. Le jeune roi, de toute évidence, s'appliquait à écouter attentivement le noble italien au teint basané et à la barbe noire, assis à sa gauche. Cranston se renfonça dans sa chaire et jeta un regard de côté à ce seigneur, renommé pour sa finesse et sa rouerie — grâce auxquelles il était devenu riche comme Crésus et avait fait de sa petite cité-État l'une des grandes puissances de la péninsule.

Le seigneur de Crémone contrôlait banques, ports, vignobles fertiles, champs et manoirs. Ses vaisseaux croisaient de l'Adriatique à la légendaire Constantinople et aux rivages dorés de Trébizonde. Cranston n'ignorait pas la raison de sa présence en Angleterre. Le Trésor anglais était vide, le Parlement ingouvernable et les paysans nourrissaient un tel mécontentement que les collecteurs d'impôts ne s'aventuraient plus dans les villages sans un solide détachement militaire. Ayant invité le seigneur de Crémone en Angleterre afin d'obtenir des prêts, le régent n'avait pas lésiné pour lui offrir une fastueuse hospitalité : l'aristocrate italien avait été accueilli à Southampton par de splendides parades. Jean de Gand et ses frères, habillés de tissu d'or pur, l'avaient escorté à Londres, où l'attendaient des divertissements encore plus somptueux, des spectacles hauts en couleur, des banquets et des discours. Cela avait peut-être impressionné le Lombard, mais pas les Londoniens dont le ressentiment s'accrut en voyant le régent accumuler plus de pouvoirs qu'un empereur, un pape ou un roi.

Cranston reprit son hanap et but bruyamment, savourant le velours et l'ample bouquet du vin. Sa bonne humeur commençait pourtant à s'estomper. Aurait-il dû se joindre à ces ripailles ? Pourquoi exactement Gand l'avait-il invité ? Il s'agita, inquiet. Le repas était fini. Quel régal cela avait été ! Du cygne, de la venaison, du sanglier, du bœuf, du veau, du poisson de rivière, des lamproies cuites dans une sauce à la crème, du massepain, des gelées découpées et sculptées dans les formes les plus extraordinaires. Les jongleurs étaient partis, comme les acrobates, les cracheurs de feu et les nains qui avaient tant fait rire les convives. Les musiciens dans la galerie, au bout de la salle, étaient à moitié assoupis à présent, et on avait remercié depuis longtemps le chœur de jeunes garçons à la voix pure. Cranston se ressaisit et se tint sur ses gardes. Il embrassa du regard la salle de réception et ses deux tables parallèles. Pas moins de soixante grands seigneurs devaient être présents. Pourquoi faisait-il, lui, partie de ce petit nombre d'élus ?

Avant le banquet, le régent avait loué devant le noble italien l'habileté dont avait fait preuve Cranston dans de célèbres affaires de meurtre.

— Aucun problème ne peut donc échapper à votre sagacité ? avait demandé le seigneur de Crémone.

— Aucun ! s'était vanté Cranston, un peu pris de boisson, souriant béatement à un groupe de spectateurs ébahis.

Il commençait à présent à regretter sa forfanterie.

— Sir John, vous sentez-vous bien ?

Il se retourna. Le duc l'observait, l'air interrogateur, comme s'il voulait juger de son humeur.

— Monseigneur, c'est une joie pour moi que d'être ici, répliqua-t-il. Et un grand honneur !

Soudain éclata un tohu-bohu qui attira leur regard : un gros rat, débusqué par un des lévriers, avait bondi

sur la table et les invités, se levant bruyamment, cherchaient à le frapper avec leurs couteaux jusqu'à ce qu'en fin de compte il sautât à bas de la table, droit dans la gueule d'un chien à l'affût. La meute se lança alors dans une mêlée générale que seuls les piqueurs, armés de fouets, purent briser avant d'entraîner hors de la salle les chiens et leur proie sanguinolente.

— Cela suffit ! chuchota le régent.

Il se leva et fit un signe aux hérauts dans la galerie ; ceux-ci embouchèrent leurs trompettes d'argent et firent retentir trois longues sonneries qui mirent fin au vacarme. Tous les regards convergèrent vers le duc.

— Sire...

Le régent salua imperceptiblement son neveu impassible.

— ... seigneur de Crémone, et vous, amis et invités, notre modeste festin d'aujourd'hui s'honore de la présence d'un des grands souverains d'Italie, le noble Gian Galeazzo, seigneur de Crémone et duc des territoires avoisinants.

Il s'interrompit pour laisser place aux applaudissements polis, puis les fit cesser d'un geste de sa main couverte de bagues.

— ... Mais le noble seigneur de Crémone a un problème qu'il désire vous soumettre, une grande énigme que nul ne peut résoudre ; c'est la raison pour laquelle j'ai requis l'auguste présence de l'honorable coroner de Londres, Sir John Cranston.

Il se tut un instant. Cranston jeta un bref coup d'œil dans la salle. Il vit les sourires réprimés et les rictus dissimulés. Il sentit le piège. Il n'était guère l'ami du duc, qui le tolérait plutôt qu'il ne l'aimait, car le magistrat se souciait peu d'imiter les godelureaux et les jeunes élégants de la Cour qui gaspillaient la richesse du pays à parer leurs délicats corps d'albâtre. Il sourit néanmoins et s'inclina aux paroles du régent, redoutant ce qui allait suivre.

— Sir John Cranston, reprit le duc, est connu dans

la cité et les cours de justice pour ses facultés de déduction, la subtilité de ses interrogatoires, la façon implacable dont il traque les criminels et son habileté à éclaircir les affaires les plus déroutantes. Le noble Gian Galeazzo va justement nous présenter une énigme de ce genre, une énigme qui a mystifié les plus beaux esprits et les intelligences les plus brillantes des cours européennes.

Il s'interrompit et Cranston prit conscience du silence de plomb qui s'était abattu sur la salle.

— Le seigneur de Crémone, poursuivit Lancastre, a parié mille couronnes d'or que personne ne saurait élucider ce mystère. Messire, dit-il en se tournant à demi vers Cranston, relevez-vous le défi ?

Cranston resta sans voix. Mille couronnes d'or représentaient une fortune ! S'il acceptait le défi et le perdait, cela signifierait la ruine. S'il le refusait, il serait vilipendé comme pleutre. En outre, si l'énigme complexe du Lombard était si difficile, il avait peu de chance de gagner une telle somme d'argent ! Le coroner esquissa un sourire pendant que son esprit passait rapidement en revue toutes les possibilités. Il regrettait que Lady Maude ne fût pas là ; et plus encore Athelstan ! Lui aurait trouvé le moyen de se tirer d'affaire avec brio. Mais Cranston n'avait pas le choix ! Que pouvait-il faire ? Revenir publiquement sur ses rodomontades ?

— Messire Cranston, répéta le duc, relevez-vous le défi ?

Le magistrat vida bruyamment son hanap.

— Bien sûr, répondit-il avec audace, sous une pluie d'acclamations, de sifflets bon enfant et de cris d'encouragement.

Il se leva lourdement, maudissant à mi-voix le vin corsé qui courait dans ses veines et lui engourdissait le cerveau. Après tout, il était Cranston : pourquoi devrait-il perdre la face devant ces mauviettes, ces femmelettes en habit d'homme ? Il était Sir John Cranston, coroner de la cité de Londres, époux de Lady Maude et père de Francis et de Stephen ! Il avait défendu des forteresses contre les Français et chargé seul, à maintes reprises, contre l'ennemi.

— Aucun mystère, clama-t-il, ne résiste à ma sagacité ! Si problème il y a, ajouta-t-il, citant son clerc Athelstan, la logique veut qu'existe également une solution.

— Personne ne le nie ! dit le régent en le frappant sur l'épaule et le repoussant doucement sur sa chaire.

Le coroner vit son sourire rusé et lut la pitié dans le regard du jeune roi et le triomphe dans les yeux brillants de l'Italien.

— Connaît-on la solution ? demanda-t-il.

— Naturellement ! rétorqua Galeazzo. Comme le veut la coutume, je choisirai quelqu'un — le roi, par exemple — à qui je dévoilerai en partie la solution si votre théorie s'avère inexacte, après qu'il aura juré solennellement de garder le silence.

Il éclata de rire :

— ... Mais personne n'a jusqu'ici proposé de solution, même inexacte.

Le duc se tourna vers lui.

— Noble seigneur, dit-il d'une voix doucereuse, vous avez jeté le gant et Sir John l'a relevé. Nous attendons l'énigme et retenons notre souffle.

L'aristocrate italien tira un peu sur ses manches de soie et se leva. Son habit flottait autour de lui en laissant échapper un parfum léger et suave, inconnu en Angleterre.

— Sire, monseigneur, et vous nobles seigneurs et barons, la somptuosité avec laquelle nous avons été reçus nous a fait forte impression et nous ne l'oublierons jamais.

Il s'appuya sur la table et lança un regard significatif à Cranston avant de s'adresser à l'assemblée. Son élocution était parfaite, encore que les intonations de sa voix douce fussent teintées d'un léger accent.

— Je ne vous ferai pas perdre votre temps. Il est tard et nous avons tous beaucoup bu...

Il fit un geste de la main et ses bagues, reflétant la lumière, rutilèrent comme autant d'étoiles scintillantes.

— ... Sir John Cranston a relevé mon défi, celui d'élucider un mystère dont personne, jusqu'à maintenant, ne connaît la solution. À part moi, moi qui l'ai inscrite sur un document scellé. J'ai exposé ce problème à des docteurs de Paris, des juristes de Montpellier et des professeurs de Cologne et de Nantes, mais en vain.

Galeazzo s'interrompit et inspira profondément.

— Il y a de cela très longtemps, ma famille possédait un manoir près de Crémone — une grande bâtisse de deux étages très ancienne et de sinistre réputation. Une année, alors que j'étais enfant, j'allai passer Noël avec ma vieille tante, sa propriétaire.

Il sourit à l'assemblée.

— En Italie, quel que soit l'endroit ou sa réputation, lorsque nous brûlons la bûche de Noël et fêtons la Nativité, nous organisons un banquet...

Il rit.

— Pas aussi plantureux que celui-ci, mais la coutume veut que, lorsque circule le vin, chaque convive raconte une histoire de fantômes. Je me souviens très bien de ce soir-là. De mémoire d'homme, il n'avait jamais fait aussi froid pour la Noël. Des Alpes nous arrivaient des rafales de neige, apportées par un vent du nord cinglant ; le manoir était isolé par de profondes congères et des chemins verglacés. Néanmoins, nous avions de bons feux et de quoi festoyer en cette saison propice aux ombres. À l'extérieur, on n'entendait rien d'autre que le gémissement du vent et les hurlements obsédants des loups affamés qui descendaient de la montagne en quête de proies.

Galeazzo marqua une pause et parcourut l'assemblée du regard. Son habileté et sa prouesse forçaient l'admiration de Cranston. Son auditoire avait oublié la salle somptueuse et cette soirée d'été anglais pour ne penser qu'au manoir hanté et solitaire de la lointaine Crémone. Pourtant, le coroner s'inquiétait. Il aurait voulu que le Lombard en vînt au fait rapidement pour qu'en fin renard il pût en découdre avec le problème posé.

— Après que chacun eut raconté son histoire, l'un des convives questionna ma vénérable parente : n'y avait-il pas de fantômes dans ce manoir ? Elle refusa d'abord de répondre, mais devant l'insistance des invités, elle parla de la chambre écarlate — une pièce située au dernier étage que l'on gardait barrée et fermée à clef parce que tous ceux qui y avaient dormi périrent de mort violente et mystérieuse.

Il s'interrompit et but dans une coupe incrustée de nacre.

— Nobles seigneurs, vous pouvez sans peine imaginer la suite. Tous avaient bien bu et débordaient d'une curiosité qu'il fallait satisfaire. En un mot comme en cent, ils persuadèrent ma tante de leur montrer la chambre. On appela les serviteurs, on alluma des torches et, à la queue leu leu, nous sortîmes de la salle de réception et montâmes le grand escalier de bois. Je n'étais qu'un petit garçon à l'époque et passai inaperçu parmi les invités. Je savais, bien sûr, que l'étage supérieur de ce vieux manoir était toujours fermé, mais cette fois-là, les serviteurs enlevèrent chaînes et cadenas et ma tante nous fit gravir un long escalier glacial.

Il fit une pause et hocha la tête.

— Je ne l'oublierai jamais : le bruit des rats qui détalaient en couinant, les grains de poussière qu'éclairait la lune... Arrivés en haut des marches, nous nous sommes retournés. Les convives se pressaient, leur surexcitation quelque peu mêlée de peur, car l'obscurité et le froid étaient oppressants. Des valets nous précédèrent et allumèrent des torches murales : le couloir sembla renaître et tous les regards se portèrent sur la porte du fond. Barrée, cadenassée, défendue par des chaînes, elle nous attirait comme un charme maléfique.

Galeazzo s'arrêta derechef, but un peu de vin et adressa un bref sourire à Cranston.

— La porte fut ouverte et nous pénétrâmes dans une petite chambre carrée. Je veux dire qu'elle formait un carré parfait. Il y avait une table, un escabeau, une cheminée, une petite fenêtre grillagée sur le mur d'en face, mais ce qui sautait aux yeux, c'était un énorme lit à baldaquin. Lorsque ma tante ordonna d'allumer des torches et d'apporter des candélabres, nous eûmes le souffle coupé : la chambre semblait avoir pris feu. Croyez-moi, tout — du plancher au plafond en passant par les murs, le tapis, le lit —, tout était écarlate, comme trempé dans du sang frais.

Galeazzo s'interrompit et, en se penchant, choisit un grain de raisin dans une coupe.

— Où est l'énigme ? s'écria un invité, assis au fond de la salle. C'est quoi, cette énigme ?

Cranston fixa la table. Le régent se tassa sur lui-même, yeux mi-clos, un léger sourire jouant sur son visage comme s'il connaissait la suite. Le jeune roi, comme n'importe quel enfant, restait bouche bée, les yeux écarquillés. Pourtant, Galeazzo, en conteur chevronné, fit languir un peu son auditoire, en mâchonnant lentement le raisin.

— C'est maintenant, reprit-il, que commence le mystère. L'un des invités, mettant en doute les dires de ma tante, déclara qu'il passerait la nuit dans la chambre, armé de pied en cap, sans manger ni boire. On fouilla chaque pouce de la pièce, pour s'assurer qu'il n'y avait ni passages secrets ni trappes. On la nettoya et on mit des draps et des traversins frais sur le lit. On apporta du charbon et on fit du feu dans la cheminée. Puis nous laissâmes seul, pour la nuit, ce jeune homme, ce jeune homme bien téméraire.

» Le lendemain, le soleil brillait dans un ciel sans nuages et un léger dégel s'amorçait. Avant de prendre le petit déjeuner, nous décidâmes donc de marcher dans la neige, ce phénomène si rare à Crémone. Nous revenions de cette rapide promenade lorsque quelqu'un pensa au jeune homme. Sachant que la chambre écarlate donnait sur le devant de la maison, nous regardâmes vers la fenêtre : nous le vîmes qui nous observait. Nous lui fîmes un signe de la main avant de rentrer. Ce n'est qu'après avoir déjeuné que nous nous rendîmes compte de son absence, aussi des serviteurs furent-ils envoyés à la chambre écarlate. Quelques minutes après, l'un d'eux revint en toute hâte, le teint livide, les yeux remplis de terreur et appelant ma tante à grands cris. Nous la suivîmes tous et entrâmes dans la pièce. Le feu s'était éteint dans la cheminée ; on avait dormi dans le lit, mais le jeune homme se tenait debout près de la fenêtre.

» Je ne vous mens pas, nobles seigneurs : il était mort. Il avait la bouche grande ouverte et les yeux exorbités ; il était resté tel que nous l'avions vu du devant de la maison. Il avait essayé d'ouvrir la fenêtre, enfonçant profondément ses ongles dans le bois. Et tout ce que je puis vous dire, messires, c'est que sur son visage on lisait de la terreur pure. L'un des invités, un médecin, confirma que quelque chose de maléfique, quelque chose d'horrible dans cette pièce, avait fait mourir de peur ce jeune homme.

Galeazzo s'interrompit et s'adressa au coroner.

— Voyez-vous ce que je veux dire, Sir John ?

— Oui, Votre Seigneurie.

— Avez-vous des questions ?

— La chambre était-elle en désordre ?

— Absolument pas !

— Y avait-il des souterrains ou des passages secrets ?

Cranston lançait ses questions d'une voix forte pour que tous l'entendent et Galeazzo lui répondait de même.

L'Italien se tourna vers son auditoire et leva la main :

— Je jure, sur l'honneur de ma mère, que personne n'était entré dans cette pièce. Il n'y avait ni fenêtres ni portes dérobées. On ne lui servit ni à boire ni à manger. Le charbon venait des réserves et les bougies que le jeune homme avait apportées avaient déjà été utilisées dans la salle de réception.

Cranston fixa sur lui un regard incrédule et regretta une fois de plus qu'Athelstan ne fût pas là.

— Était-ce un démon, un esprit malin ?

— Ah !

Galeazzo s'adressa à l'assemblée :

— Sir John demande si la pièce était habitée par un démon. C'est ce que pensa ma tante : elle envoya donc chercher un saint homme d'une église voisine pour venir bénir et exorciser la pièce. Ce vénérable prêtre arriva dans la soirée. Il bénit, il exorcisa chaque recoin, mais sans effet visible. Nous l'y laissâmes donc. Il nous dit qu'il passerait la nuit en prière et il ferma la porte à clef.

L'Italien sourit en voyant l'expression de Cranston.

— Sir John, je suis sûr que vous vous doutez de ce qui advint ensuite. Il était tard lorsque ma tante s'aperçut que le saint homme n'avait pas réapparu ; les serviteurs enfoncèrent la porte et trouvèrent le prêtre gisant sur le sol, mort — arborant, sur le visage, la même expression d'horreur que le jeune homme.

Il s'interrompit pour jouir des « oh ! » et des « ah ! » de ses auditeurs.

Le régent se frottait la lèvre inférieure ; le jeune roi avait à présent oublié son oncle haï et observait attentivement le Lombard.

— Votre Seigneurie, s'écria-t-il d'une voix suraiguë, que se passa-t-il ensuite ?

Galeazzo lui sourit.

— Mon honorable parente ne voulut pas se laisser intimider. Elle appela deux de ses hommes d'armes, des soldats endurcis dont l'un était une fine lame et l'autre un Génois expert à l'arbalète. Une somme d'or les persuada de passer une nuit dans la pièce et ils se mirent à leur poste le soir même. Ils ne fermèrent pas la porte à clef car nous avions dû la forcer pour découvrir le corps du prêtre. Le Génois se coucha sur le lit et l'autre s'endormit sur une chaise. Au beau milieu de la nuit, nous fûmes tous réveillés par un cri horrible.

» Cette fois-là on m'empêcha d'y aller, mais ma tante me raconta plus tard que, lorsqu'elle avait pénétré dans la chambre écarlate, elle avait trouvé le spadassin étendu sur le sol, un carreau d'arbalète fiché dans la poitrine, et le Génois gisant près de lui, les mains encore crispées sur son arme. Il était mort comme les autres, mais quelque chose de maléfique dans la pièce, une force démoniaque, conclut ma tante, avait poussé ce soldat à tuer son camarade avant de périr.

Galeazzo frappa dans ses mains.

— Ma parente avait fait tout ce qui était en son pouvoir. On enleva les corps, on dit des messes pour le repos de leur âme et on barra et referma à clef la chambre écarlate. Les années passèrent. Je devins un jeune homme. Un jour, l'archiviste d'un monastère voisin entendit raconter la terrible histoire. Il sollicita une audience auprès de ma tante et affirma qu'il pouvait résoudre le mystère de la chambre écarlate.

Galeazzo poursuivit avec un haussement d'épaules.

— Sire, nobles invités, je m'arrêterai là.

Il resta de marbre devant les murmures de colère qui s'élevèrent de l'assemblée frustrée.

— Je laisserai le soin de finir à l'esprit subtil et ingénieux de votre magistrat.

Il regarda Cranston bien en face.

— Sir John, avez-vous d'autres questions ?

Cranston n'en croyait pas ses oreilles et hochait la tête.

— Quatre hommes sont morts dans cette pièce sans que personne n'y entrât ? On ne leur donna ni à boire ni à manger ? Et lorsqu'ils se retrouvèrent à deux, l'un tua l'autre ?

Galeazzo opina en souriant.

— Incroyable !

— Sir John, s'écria le Crémone d'une voix forte pour être entendu de tous, ce que je vous ai raconté est la vérité pure !

Le jeune roi bondit soudain sur ses pieds.

— Le défi a été lancé et relevé ! dit-il de sa voix flûtée. Mais mon bon oncle, et vous, seigneur de Crémone, il faut être juste. Combien de temps laissez-vous à Sir John pour résoudre cette énigme ?

— Deux semaines, répondit Galeazzo. Dans deux semaines, je reviendrai dans cette salle et Sir John devra me donner sa solution.

D'un sourire, Cranston remercia le roi pour son soutien public.

— Comment saurai-je que la solution que j'offre sera la bonne ? Sans vouloir vous offenser, Votre Seigneurie, il peut y avoir trente-six solutions.

Galeazzo caressa sa soyeuse moustache noire.

— Non, Sir John, chuchota-t-il avant d'appeler, d'un claquement de doigts, un de ses serviteurs derrière lui : Les documents !

L'écuyer les lui remit. L'un était un rouleau de parchemin que Galeazzo tendit à Cranston.

— Vous trouverez ici le récit de ce cas mystérieux, tel que je l'ai décrit.

Puis il donna au roi une feuille carrée de vélum, scellée de quatre points de cire rouge.

— Voici la solution. Sire, je vous la confie pour qu'on ne soupçonne aucune tricherie.

Un murmure d'approbation parcourut la foule. Le jeune roi applaudit de joie tandis que le régent décochait un sourire grimaçant à Cranston.

— Deux semaines, Sir John, lui dit-il *sotto voce* en lui agrippant le bras. Ne vous inquiétez pas ! Si vous perdez le pari, je paierai votre dette.

Cranston eut le souffle coupé en comprenant dans quel piège terrible il était tombé : non seulement il risquait de perdre sa fortune et d'encourir la honte de ne pouvoir gagner le pari, mais surtout le régent avait trouvé là un moyen subtil de faire de lui son débiteur, tout en amusant son hôte de marque. Cranston avait la confiance du maire, des shérifs et des bourgeois les plus influents de Londres. On le respectait pour son intégrité et ses critiques sans fard de la Cour. S'il acceptait l'argent de Lancastre, il serait son obligé et considéré par tous, en moins d'un an, comme étant à sa solde. Au fond de lui-même, le coroner bouillonnait de rage. Se forçant à ravaler une réplique cinglante, il serra le bord de la table jusqu'à en avoir mal aux doigts, sourd aux conversations qui se déroulaient autour de lui. Soutenant le regard du régent, il respira profondément et prit la parole.

— Monseigneur, je vous remercie de votre générosité, mais je n'aurai nul besoin de votre argent. Je résoudrai cette énigme.

Jean de Gand lui tapota le bras, l'air amusé.

— Je n'en doute pas, Sir John. Et je suis certain que j'aurai grand plaisir à entendre votre solution !

Il se retourna ensuite pour converser avec son neveu pendant que Cranston fulminait en son for intérieur contre lui-même et contre la rouerie des grands de ce monde.

Le banquet s'acheva une heure après. Cranston prit son bonnet en poil de castor et sa cape doublée de laine des mains d'un page, puis marcha d'un pas lourd dans les ruelles étroites en direction de la taverne la plus proche. Là, il choisit une table isolée et ordonna d'apporter deux bonnes chandelles et le plus gros pichet de godale[1] que pouvait fournir l'établissement. Il passa une heure à relire l'énigme du seigneur de Crémone et plus il lisait, plus il se sentait déprimé. À la fin, larmoyant et la panse pleine de bière, il quitta la gargote et rentra chez lui, l'âme en peine. Même la perspective de revoir la mine enjouée de Lady Maude ou ses deux

1. Bière anglaise. (*N.d.T.*)

marmousets, Francis et Stephen, ne parvint pas à dissiper l'accablement qui l'envahissait.

Frère Athelstan se leva dès potron-minet. Le soir précédent, le ciel étant bien dégagé, il avait pris grand plaisir à étudier la voûte céleste en compagnie de Bonaventure, son matou bien fourré qui, accroupi à ses côtés, n'avait cessé de l'observer avec curiosité. Après avoir rangé son astrolabe et ses cartes dans le seul coffre fermant à clef du petit presbytère, il s'était rendu à St Erconwald pour célébrer complies, toujours en compagnie de Bonaventure. Il avait ensuite dîné de pain au miel et de petite bière, et donné du lait au chat avant d'aller se coucher.

Il était content de lui. Tout en se lavant, se rasant et revêtant son habit noir et blanc, il chantonnait un refrain de son enfance. Près de lui, le fidèle Bonaventure s'étirait, bâillait et se léchait les moustaches de sa petite langue rose en attendant son plat de poisson et son bol de lait. Le dominicain rajusta la serviette en l'enroulant sur le lavarium en bois et se baissa pour caresser le chat en lui grattant doucement le crâne jusqu'à ce que l'animal ronronne de plaisir.

— Tu engraisses, maître greffier ! Plus je te vois, plus tu me fais penser à Cranston !

Bonaventure sembla sourire et se pelotonna tout contre lui.

— Tu engraisses, Bonaventure, répéta Athelstan. Je ne vais pas te nourrir ce matin. Tu devras chasser pour ton petit déjeuner !

Il parcourut du regard sa chambre exiguë, pauvrement meublée, et arrangea la couverture en crin de cheval sur son lit de camp. Il jetait l'eau sale par la fenêtre lorsqu'il entendit un grognement irrité qui le fit sursauter. Se penchant, il vit la grosse truie d'Ursula, la porchère, qui le fixait. Il jura à mi-voix et claqua les vantaux. Il détestait cette maudite truie qui semblait être dotée d'une intelligence presque démoniaque. Dès que les choux et autres légumes qu'il plantait avec soin sortaient de terre, ce fichu animal arrivait, truffe en avant, pour se servir.

— Huddle accepterait-il de poser une clôture, je me le demande ? chuchota-t-il.

Il eut un geste résigné. Là encore, il avait d'autres tâches à confier à l'imagier. Malgré les razzias de la truie sur son modeste potager, il se sentait ragaillardi par le petit triomphe qu'il avait remporté : en ce sixième dimanche après Pâques 1379, les ouvriers commenceraient à restaurer le chœur. Ils abattraient le jubé, enlèveraient les dalles fendillées et infiltrées d'eau pour les remplacer par de nouvelles, bien taillées, et peintes en noir et blanc. Qu'importe que l'on fût dimanche : c'était le meilleur jour pour œuvrer et un choix des plus appropriés pour cette grande entreprise qu'était l'embellissement de la maison de Dieu.

Chantonnant un cantique, il vérifia que le coffre contenant son astrolabe et ses cartes astronomiques était bien cadenassé, et descendit à la cuisine par l'escalier branlant. Bonaventure, queue dressée, lui emboîta le pas avec autant de componction qu'un acolyte pendant la messe. La cuisine, aussi dépouillée que la chambre du dominicain, n'avait qu'un buffet, une table et quelques tabourets. Un feu timide rougeoyait encore dans l'âtre, réchauffant lentement la marmite de soupe qu'il faisait mijoter depuis vendredi. Selon Benedicta, le bouillon de viande ne devait pas se jeter, mais être mis à réduire et assaisonné pour donner une soupe des plus délicieuses. Le piètre cuisinier qu'était Athelstan humait avec plaisir les bonnes odeurs qui emplissaient la pièce. Il se rendit dans la petite arrière-cuisine pour couper une tranche de pain et se verser du vin coupé d'eau. Bonaventure, qui le suivait toujours, le regarda d'un air suppliant.

— Tu n'auras pas de lait aujourd'hui ! lui déclara sèchement Athelstan.

Le chat se frotta contre sa jambe en ronronnant.

— Bon, d'accord ! céda le dominicain qui prit un pichet de grès et remplit de crème un bol posé à terre.

Il admira la fourrure noire et lustrée du matou tandis que ce seigneur des ruelles, ce souverain à l'oreille déchirée lapait délicatement son lait.

« Bonaventure aime le lait autant que Cranston aime le vin ! » remarqua *in petto* Athelstan, avant de revenir, l'air absent, dans la cuisine.

Assis sur un tabouret, le regard perdu dans les braises mourantes, il se demanda ce que devenait le brave coroner, car — comme lui — il avait été fortement intrigué par l'invitation du régent, Cranston n'étant guère ami de la Cour.

— J'espère qu'il sera prudent, soupira Athelstan.

Il sourit, les yeux fixés sur son gobelet. Le coroner — grand cœur et grosse panse — n'avait pas la langue dans sa poche et son clerc craignait qu'un jour il ne payât cher sa franchise. Paupières closes, le dominicain récita une courte prière pour Cranston et son épouse, la calme et élégante Lady Maude, la seule personne ici-bas redoutée par le coroner. Athelstan n'en revenait pas : une dame si menue et délicate donner naissance à ces deux gaillards de Francis et Stephen ! Certes, elle avait souffert le martyre en les mettant au monde et cédé, ensuite, à un accès de fièvre, mais à présent elle semblait même avoir rajeuni. Quant à Cranston, il était fier comme un paon. Athelstan étouffa un petit rire en revoyant le baptême des jumeaux sur les modestes fonts baptimaux de St Erconwald, quelques semaines auparavant. Les bébés avaient hurlé à qui mieux mieux et Athelstan, qui officiait, avait dû se retenir de rire, car ils ressemblaient vraiment comme deux gouttes d'eau à leur père. Nul doute, ils étaient bien les fils de leur géniteur : rougeauds, chauves, ils braillaient, rotaient et pétaient sans discontinuer quand ils ne réclamaient pas à cor et à cri les mamelles de leur nourrice épuisée. Pendant toute la cérémonie, le père radieux oscillait légèrement d'avant en arrière en s'octroyant de fréquentes rasades de sa gourde miraculeuse — ainsi appelée car elle paraissait intarissable. Le baptême s'était achevé dans le chaos quand la truie d'Ursula avait déboulé dans l'église et Bonaventure bondi sur la bedaine de Cranston. Cecily la ribaude s'était fait gifler par la femme de Watkin qui l'accusait d'aguicher son mari, le tout sous les yeux horrifiés et incrédules des parents de Lady Maude et de quelques nobles amis du coroner, venus de la cité.

Pourtant, la journée s'était bien terminée grâce au modeste banquet organisé par Cranston dans le jardin de sa vaste demeure, sur l'autre rive de la Tamise. Nombre de paroissiens de St Erconwald avaient été invités, et Athelstan n'avait jamais autant ri, surtout lorsque Cranston, soûl comme une grive, s'était assoupi sur un tas de fumier, avec un jumeau endormi blotti au creux de chaque bras. Athelstan sursauta : Bonaventure, silencieux comme une ombre, avait sauté sur ses genoux.

— Allez viens, mon chat ! souffla-t-il. Il faut célébrer la messe et réciter nos prières.

Il prit le trousseau de clefs accroché à sa ceinture et sortit du presbytère pour aller ouvrir l'église. La truie lui adressa un grognement amical, sans cesser de mâchonner joyeusement les choux. Bonaventure jeta à la bête un coup d'œil dédaigneux et suivit son maître. Crim, l'un des nombreux rejetons de Watkin, le ramasseur de crottin, attendait sur les marches.

— Tu es venu servir la messe, Crim ?

— Oui, mon père.

Athelstan scruta sa frimousse mal débarbouillée. D'ordinaire, Crim évoquait un petit ange malicieux, mais ce matin il avait l'air bouleversé, voire coupable et son regard se dérobait. Le prêtre feignit de ne rien remarquer. Après tout, les parents du gamin étaient toujours en train de se battre. Une querelle avait dû éclater chez lui. Le dominicain ouvrit la porte de St Erconwald et y entra, Crim et Bonaventure s'y glissant à sa suite.

Il s'arrêta près des fonts baptismaux, le cœur empli de satisfaction. Oui, cette humble église paroissiale devenait belle. On avait renforcé la charpente et posé des tuiles neuves, ce qui avait permis au toit de résister à la pluie et aux rafales du vent d'hiver. Le sol de la nef avait été égalisé et nettoyé. Et Huddle, l'imagier, ce jeune homme aux origines obscures mais à l'indéniable talent de peintre et dessinateur, avait orné le moindre espace vide sur les murs et les piliers de fresques aux couleurs vives représentant l'Ancien et le Nouveau Testament. Toutes les baies étaient maintenant garnies de verre ou de corne [1]. Athelstan était bien décidé à gagner la faveur d'un puissant mécène qui offrirait des vitraux.

St Erconwald, pourtant, n'était pas seulement un lieu de prières ; les fidèles s'y réunissaient pour traiter affaire ou célébrer les grandes fêtes liturgiques. Ils s'y mariaient, y faisaient baptiser leurs enfants et absoudre leurs péchés, y assistaient à la sainte messe, et lorsque Dieu les rappelait à lui, ils reposaient dans le grand cercueil que l'on amenait devant le jubé pour la dernière bénédiction.

Athelstan tambourina sur le couvercle en bois des fonts baptismaux et reprit le cantique qu'il chantonnait un peu plus tôt. Au début, atterré par le délabrement de St Erconwald, il avait détesté cette paroisse, mais à présent il l'aimait, tout comme il aimait ses paroissiens turbulents et hauts en couleur qui l'entouraient et mêlaient leurs petits drames à sa vie solitaire. Crim, habitué aux rêveries de son curé, se mit à sautiller dans la nef, jouant à être un cheval, et Athelstan se souvint soudain de Philomel, le vieux destrier qui était à présent sa monture et son fidèle compagnon.

1. Le verre était encore cher. La plupart des maisons se contentaient de panneaux de corne ou de parchemin. Sans avoir la transparence du verre, ces matériaux diffusaient une lumière douce. (*N.d.T.*)

— Que Dieu me pardonne ! marmonna-t-il. Le gredin doit être en train de démolir l'écurie !

Il ressortit en hâte pour contourner le presbytère et gagner l'appentis reconverti en écurie. À son entrée, le vieux cheval poussa un léger hennissement en encensant et en frappant doucement la porte de son sabot. Son maître lui donna rapidement un mélange d'avoine et de son, sans oublier un peu de foin, car Philomel, en dépit de sa lourdeur et de sa lenteur, avait un appétit d'ogre. Quand Athelstan revint à l'église, il trouva Leif, le mendiant unijambiste, assis sur les marches.

— Bien l' bonjour, mon père.

— Bien le bonjour, Leif. Comment se porte Sir John ?

L'infirme se gratta la tête et son visage chevalin se rembrunit.

— L' coroner est point d' bonne humeur, répondit-il. J'y ai dit qu' j'allais passer de c' côté de la Tamise pour mendier, alors i' m'a chargé de vous signaler qu'il veut vous voir c' soir.

— Oh, malédiction ! pesta Athelstan à mi-voix.

— Mon père, geignit Leif, j'ai faim et j' viens de loin.

— Le presbytère est ouvert, Leif. Il y a du potage sur le feu et du vin dans l'arrière-cuisine. Sers-toi !

Leif ne se le fit pas dire deux fois. Malgré son infirmité, il se leva et partit comme une flèche en direction du presbytère. Athelstan l'observa tout en pensant à Cranston. « Un crime ? Ou une affaire personnelle ? » se demanda-t-il.

— Qu'importe ! confia-t-il au chat. Cela va être un beau dimanche.

Il contempla le ciel, les yeux plissés. Peut-être était-il temps qu'il s'avoue la vraie raison de sa joie : on ne l'avait pas convoqué au chapitre à Blackfriars. Il en conçut cependant quelque regret : il aurait rencontré de bons amis... mais aussi William de Conches, le Grand Inquisiteur venu d'Avignon, qui assisterait certainement au débat sur la nouvelle thèse de ce jeune et brillant théologien, frère Henry of Winchester.

— On m'aura au moins épargné cela, bougonna-t-il.

— À qui parlez-vous, mon père ? s'enquit Crim en passant la tête par la porte entrebâillée.

Athelstan lui fit un clin d'œil.

— À Bonaventure, mon enfant. N'oublie pas que ce chat-là est une mine de trésors cachés !

Il passa dans la nef, puis sous le jubé. Il fit une génuflexion devant la veilleuse du tabernacle et pénétra dans son humble sacristie. Il se lava à nouveau mains et visage, débarrassa son habit des brins de paille rapportés de l'écurie et commença à revêtir ses vêtements liturgiques qui — pour célébrer la gloire du temps de Pâques — étaient dorés.

Tout à coup il sursauta : quelqu'un venait de claquer la porte du fond en entrant. Cranston ? Sûrement pas ! pensa-t-il. En effet, ce n'était que Mugwort, le carillonneur, qui se dirigea vers le coin d'où pendaient les cordes pour sonner la messe. Crim, rapide comme l'éclair, entrait et sortait de la sacristie pour préparer l'autel : l'eau pour les ablutions, le vin, les hosties pour l'offertoire et la consécration, le grand missel ouvert à la bonne page, un linge sur lequel Athelstan s'essuierait les mains. Sur un signe solennel du prêtre, l'enfant de chœur plaça des cierges de chaque côté de l'autel, tailla leurs mèches et les alluma : la grand-messe allait commencer.

Athelstan s'arrêta sur le seuil de la sacristie et parcourut l'église du regard. Ce serait la dernière fois qu'il célébrerait l'office dans ce bâtiment délabré. Il avait obtenu l'autorisation de l'évêque de Londres de faire enlever l'autel et la pierre du chœur et d'ôter temporairement le jubé sculpté par Huddle pour que l'on pût briser les dalles et les remplacer par des neuves. Il observa Mugwort qui tirait sur la corde à grands coups saccadés, ses traits disgracieux reflétant le plaisir qu'il éprouvait à sonner les cloches à toute volée, comme un fou. Athelstan sourit. Qu'ils viennent ou non à la grand-messe, ses paroissiens, dans un rayon d'un mille, sauraient que c'était dimanche et l'heure de la prière.

Les fidèles arrivaient, Watkin en tête. Ramasseur de crottin, bedeau et chef du conseil paroissial, ce redoutable gaillard trapu, à la trogne couverte de verrues, aux narines poilues et aux yeux de lynx était un fort en gueule. Sa femme, créature encore plus redoutable, marchait un pas derrière lui. Par son allure, elle rappelait à Athelstan un guerrier en armure. Ils étaient suivis de Pernel la Flamande, dont les yeux fixes à moitié fous dévoraient la face lunaire. Comme d'habitude, elle parlait toute seule. Ranulf, le tueur de rats, était accompagné de deux de ses enfants. Athelstan réprima un sourire : les gamins étaient tout de noir vêtus, comme leur père, et des coiffes en toile huilée encadraient leurs visages crispés et pâles. Tous les trois évoquaient irrésistiblement les rongeurs capturés par Ranulf. Ce dernier, croisant le regard du prêtre, le gratifia d'un petit rictus complice. Athelstan se rappela alors sa promesse : lorsque le nouveau chœur serait achevé, St Erconwald deviendrait l'église de la guilde des tueurs de rats, fondée depuis peu. D'autres paroissiens arrivèrent, avec en tête Huddle, l'imagier, dont le visage enfantin arborait une expression rêveuse. Cet artiste-né alla immédiatement toucher une de ses fresques les plus récentes : une peinture remarquable de Daniel dans la fosse aux lions. Puis ce fut Tab le chaudronnier, pas encorc rcmis dc sa beuverie de la veille, et Pike le fossier qui précédait ce qui semblait être une horde de nains. Apparemment, il avait endossé la responsabilité de l'impressionnante progéniture de Tab en plus de la sienne.

Athelstan l'observa avec attention. Le fossier, il le savait, s'était lié d'amitié avec les chefs paysans de la Grande Communauté [1], qui, notoirement, fomentaient

1. Ce mouvement annonce la grande révolte paysanne de 1381, dont les principaux chefs furent Wat Tyler, Jack Straw et John Ball. (*N.d.T.*)

la rébellion, à Londres même et aux environs. Mais ce qui inquiétait davantage Athelstan, c'est qu'avec la complicité de Cecily, la blonde ribaude au minois fort avenant, Pike visait à déloger, avec pertes et fracas, Watkin de sa position de chef du conseil paroissial. Le dominicain soupira : il s'ensuivrait inévitablement une lutte féroce pour le pouvoir.

Benedicta la veuve, en robe bleu clair, avait posé un voile blanc sur sa chevelure aile-de-corbeau. Le cœur d'Athelstan battit un peu plus vite. Il baissa le regard car il aimait la jeune femme d'une passion innocente qui, parfois, les embarrassait tous les deux.

Benedicta referma la porte et lui fit un petit signe de la main avant de s'écarter vivement : la porte venait de se rouvrir en coup de vent et Ursula, suivie de sa truie démoniaque, entrait de sa démarche dandinante.

— Je vais tuer cette maudite truie, murmura Athelstan, et je mangerai du porc pendant un an !

Mais Ursula lui décocha un charmant sourire avant de s'accroupir près d'un pilier, la truie se faufilant entre elle et Watkin. Athelstan dut se mordre les lèvres en constatant la ressemblance frappante entre le cochon et le bedeau.

La porchère arrivait généralement la dernière. Athelstan rejoignit donc les marches de l'autel. Il se signa et commença la célébration du grand mystère de la messe. Son petit groupe de fidèles, qui avait, jusqu'alors, conversé à voix basse, se rassembla avec empressement sous le jubé afin de le voir intercéder pour eux auprès du Seigneur.

CHAPITRE II

À la fin de l'office, Athelstan invita au presbytère les membres du conseil paroissial. Il laissa Mugwort et Crim ranger l'autel — nappe, cierges, fleurs et burettes —, tandis que les ouvriers engagés par le prêtre attendaient sur le seuil de l'église, prêts à se mettre au travail. Après avoir offert du vin, Athelstan invoqua l'Esprit-Saint et déclara la séance ouverte. En quelques minutes, il vit ses pires craintes se confirmer et comprit que l'on avait comploté d'arrache-pied pendant la nuit.

Pike, avec le soutien inconditionnel d'une Cecily ricanante et d'une Ursula écarlate, lança une attaque virulente contre Watkin, le motif de l'altercation étant le suivant : devait-on laisser les enfants jouer dans le cimetière ou avait-on assez d'argent pour élever une clôture ? Il va sans dire que la femme de Watkin mit son grain de sel, ce qui envenima la querelle. Athelstan se tenait coi, ébahi devant le déchaînement des passions chez des protagonistes qui s'affrontaient aussi âprement que les juristes au Banc du roi [1] dans des affaires de vie et de mort. Huddle rêvassait, l'air ravi. Tab soutenait tantôt les uns, tantôt les autres. Quant à Leif, assis sur un escabeau près du feu, tout à la soupe préparée

1. Le roi exerce la justice soit par des magistrats itinérants, soit par deux cours, le Banc commun ou Cour des plaids communs qui juge les contestations entre particuliers, et le Banc du roi qui juge les procès criminels. (*N.d.T.*)

par Athelstan, il intervenait de temps à autre pour agonir d'injures la femme de Watkin, qu'il détestait cordialement. Benedicta souriait à Athelstan en se mordillant les lèvres.

Vers la mi-journée, son irritation allant croissant, le dominicain perçut une certaine lassitude chez les belligérants. Il en profita pour mettre un terme aux débats et servit à tous de la soupe, cette même soupe dont Leif continuait à se repaître tout en couvant Cecily de regards concupiscents et en invectivant la femme de Watkin.

Le silence se fit. Athelstan et Benedicta en profitèrent pour sortir au soleil et inspecter l'humble potager. Le dominicain voulait non seulement échapper à l'atmosphère surchauffée du conseil, mais aussi comprendre les raisons du silence de Benedicta. D'habitude, elle intervenait pour calmer les esprits ou bien pouffait de rire devant les insultes échangées. Elle prétendait toujours que la cause première de la lutte pour le pouvoir au sein du conseil était la haine de la femme de Watkin envers Cecily, et celle de Pike pour Watkin, car la jalousie les poussait à croire que les promenades, dans le cimetière, du ramasseur de crottin avec la jeune ribaude n'étaient pas toujours motivées par les seuls problèmes de la paroisse.

Dehors, aux côtés de Benedicta, Athelstan entendait des éclats de voix de plus en plus aigres dans le presbytère, ainsi qu'un fracas assourdissant dans l'église où les ouvriers s'attaquaient au vieux pavement.

— Que se passe-t-il, Benedicta ? s'enquit-il.

Elle le regarda. Il vit une larme couler sur sa peau mate et d'autres noyer ses yeux sombres et vifs. Étaient-ils bleus ou violets ? se demanda-t-il. Benedicta lui rappelait toujours une Vierge qu'il avait vue dans un vitrail. Elle en avait la beauté sereine, même tenaillée par l'angoisse. Athelstan lui effleura l'épaule.

— Que se passe-t-il ? répéta-t-il, en s'efforçant de

ne plus entendre ni l'altercation ni le bruit des ouvriers à la tâche.

— Mon père, vous savez que je suis veuve depuis trois ans.

Il fit signe que oui.

— Eh bien, enchaîna-t-elle en détournant la tête, lèvres crispées, j'ai reçu des nouvelles de France.

Elle respira profondément.

— Il se peut que mon mari soit encore en vie !

Athelstan, stupéfait, recula d'un pas.

— Votre époux était capitaine de navire, n'est-ce pas ? Je croyais qu'il avait péri en mer.

— En effet. Il avait obtenu l'autorisation royale d'arraisonner les bateaux ennemis dans la Manche. Lors d'une attaque par un navire de guerre français, il a voulu se réfugier à Calais [1], mais une tempête s'est soudainement abattue sur son bâtiment qui a coulé corps et biens. Or je viens d'apprendre qu'il a peut-être été fait prisonnier.

— Comment cela ?

— Un compagnon que je connais est récemment revenu de France après le renouvellement de la trêve. Il m'a affirmé avoir vu mon mari dans l'enceinte d'une prison, hors des murs de Boulogne.

Elle se tordit les mains.

— Que faire, mon père ? Je ne peux pas me rendre en France ; cela ne ferait qu'aggraver la situation et il me faudrait des mois pour que ma requête aboutisse au Parlement.

En inspirant fort, Athelstan se força de chasser pensées importunes et désirs secrets.

— Il y a un couvent de dominicains à Boulogne, dit-il. Je vais rédiger une lettre dès ce soir et prierai Cranston de l'expédier par un messager royal. Il lui fournira un sauf-conduit.

Il poursuivit, sourire aux lèvres :

---

1. Calais était sous juridiction anglaise à l'époque. (*N.d.T.*)

— Nous ne sommes pas appelés « dominicains » pour rien, Benedicta. Littéralement, notre nom signifie « les chiens de Dieu[1] ». Si votre époux est en vie, mes frères feront ce qu'ils pourront, en intercédant certainement pour lui auprès des autorités françaises. Il en coûterait sans doute quelques mesures d'or, mais votre époux pourrait être ici en moins d'un mois.

Il lui tapota le bras avec douceur et se sentit submergé par un sentiment de culpabilité devant le simple plaisir d'être tout près d'elle. Benedicta se retourna comme pour dissimuler ses traits et une mèche de ses cheveux effleura la joue d'Athelstan. Il respira son parfum. Elle lui sourit par-dessus son épaule.

— Vous feriez mieux de rentrer, mon père ! souffla-t-elle. La femme de Watkin est d'humeur à tuer quelqu'un !

Athelstan comprit à demi-mot et revint à grands pas au presbytère. Benedicta ne se trompait pas. La soupe avait donné un regain d'énergie aux paroissiens qui, tous debout, parlaient à tue-tête sans s'écouter l'un l'autre. Le prêtre frappa dans ses mains pour obtenir le silence. Il parcourut l'assistance d'un regard sévère.

— Nous avons tous reçu la sainte communion et échangé le baiser de paix. Que cette discussion finisse donc ! À notre prochaine réunion, je vous demanderai de voter sur cette question du cimetière ; s'il y a majorité, nous prendrons la décision qui s'impose.

Il lorgna le mendiant, tassé sur son escabeau.

— Leif ! cria-t-il. Arrête de manger cette soupe ! Elle doit me durer un mois !

Il tendit une main autoritaire :

— Et vous autres, tous tant que vous êtes, asseyez-vous et tenez-vous tranquilles !

Il gagna l'arrière-cuisine et en rapporta une gourde,

1. L'emblème de saint Dominique est un chien, du jeu de mots latin *Domini canis*. Le chien tient généralement une torche, symbole de vérité. (*N.d.T.*)

cadeau de Cranston pour la Pâque. Il offrit un peu de vin à chacun. Ses paroissiens le remercièrent à voix basse, non sans échanger sourires et clins d'œil en catimini, car leur curé montait rarement sur ses grands chevaux. Benedicta les rejoignit et chacun se rassit. Après une brève discussion enjouée, au cours de laquelle il exhorta l'assistance à plus d'unité, Athelstan fit habilement dévier la conversation sur les préparatifs de la Fête-Dieu.

— Les enfants, déclara-t-il, joueront le mystère dans la nef.

— Il y aura une procession, ajouta Watkin.

— Et une nouvelle fresque, peut-être ? s'enquit Huddle avec espoir. Près du portail, mon père. Le Christ nourrissant les multitudes.

Athelstan leva la main en souriant.

— Chaque chose en son temps, Huddle !

— Ce qui est le plus important, intervint Cecily, la mine soudain angélique, c'est de suspendre un rideau entre le pilier et le mur, près du chœur. N'oubliez pas, mon père, que vous devrez nous confesser et nous donner l'absolution avant la fête.

Athelstan ferma les yeux. Entendre ses paroissiens en confession était un pensum dont il aurait été heureux de se dispenser, car il en connaissait la conclusion inéluctable : la femme de Watkin viendrait l'interroger sur les péchés confessés par son époux et, bien sûr, il devrait la rassurer sans mentir ni trahir le secret de la confession !

Benedicta, qui devait avoir perçu son appréhension, se hâta de lancer l'idée d'un festival de fleurs le mercredi d'avant la Fête-Dieu. Ils étaient au beau milieu d'un débat plus pacifique lorsque la porte s'ouvrit violemment et qu'un des ouvriers fit irruption dans la pièce.

— Mon père ! Mon père ! Venez vite ! hurlait-il.

Ses yeux écarquillés trahissaient la peur et des

gouttes de sueur perlaient sur son visage maculé de poussière.

— Qu'y a-t-il ? pesta Watkin. Je suis le sacristain et le chef de ce conseil...

— Silence, le gros ! coupa l'ouvrier. Mon père, c'est vous qu'on veut. Venez !

Il agita nerveusement la main.

— Venez, je vous en supplie ! On a enlevé le pavement.

Il déglutit et regarda l'assistance :

— On a enlevé les dalles sous l'autel et on a trouvé un cadavre !

Le sang d'Athelstan se glaça dans ses veines. Il frappa la table du poing pour faire cesser le tollé.

— Un cadavre ? s'exclama-t-il. Sous l'autel ?

— Oui, mon père, ou plutôt un squelette entier. Étendu là-bas. Avec un petit crucifix de bois dans la main.

Curé en tête, le conseil paroissial se rua hors du presbytère et fonça vers l'église, toutes dissensions oubliées. Athelstan s'arrêta sur le seuil tandis que ses paroissiens jouaient allégrement du coude.

— Oh, non ! gémit-il.

— Ne vous tracassez pas, mon père ! le rassura gaiement Watkin. Ça sera arrangé dans une semaine.

Athelstan contemplait le chaos. Le jubé avait été déposé et la nef ressemblait à un atelier de maçon. Les vieilles dalles s'entassaient en vrac, et lorsqu'ils remontèrent l'allée, le dominicain aperçut un trou béant à l'emplacement de l'autel. Les ouvriers entouraient la cavité obscure et ne pouvaient en détacher les yeux. Celui qui était venu chercher Athelstan — le chef des travaux, apparemment — prit un air important et fit signe à Watkin et aux autres de rester en arrière.

— Vous voyez, mon père, dit-il en quémandant du regard l'assentiment de ses compagnons, l'autel se dressait sur une dalle qui, elle-même, surmontait une grande pierre reposant sur du gravier et de la terre.

Il s'éclaircit la voix et, d'un revers de main, essuya la poussière de ses lèvres.

— Bon ! Selon vos instructions, pour abaisser le niveau du chœur, on a enlevé une couche de terre. Et au-dessous de l'autel, le sol a cédé et voici ce qu'on a découvert.

Ses paroissiens agglutinés autour de lui, Athelstan s'approcha du bord de la fosse, tandis qu'un des ouvriers descendait avec précaution pour ôter un linceul de toile. Le dominicain étouffa une exclamation de surprise. Un squelette gisait là, dans une attitude sereine — poignets croisés, jambes droites. Ses doigts serraient un petit crucifix dont le bois poli tombait en poussière.

— Un martyr ! s'exclama Watkin, comme s'il annonçait une victoire éclatante. Mon père, regardez ! C'est un martyr. St Erconwald a son saint, sa précieuse relique !

Paupières closes, Athelstan marmonna une prière. Une relique, il ne manquait plus que cela ! Il ne pensait pas que la volonté de Dieu se manifestât par des ossements ou des lambeaux de chair.

— Comment sais-tu que c'est un martyr ? demanda-t-il faiblement. N'importe qui peut l'avoir déposé là !

Ses paroissiens le fustigèrent du regard, bien décidés à ne pas se laisser subtiliser leur saint martyr.

— Ça se voit que c'est un martyr ! proféra Pike, complètement d'accord avec Watkin, cette fois. Réfléchissez, mon père ! Vous avez vu plus d'un cadavre dans votre vie : on les met dans le trou et on les y laisse comme ça. Tandis que çui-là, on a bien fait attention à ce que sa tête soit tournée vers l'est.

— Et le crucifix ! renchérit Ursula d'une voix suraiguë et triomphante. N'oubliez pas le crucifix !

— Ils ont raison, mon père ! confirma Benedicta d'une voix posée. Qui que ce fût de son vivant, homme ou femme, cette personne a été enterrée en cet endroit précis en signe de respect, et avec un crucifix comme marque de vénération.

Athelstan jeta un coup d'œil désespéré à la ronde.

— *Concedo*, marmonna-t-il en latin. J'admets que c'est une possibilité, mais qui est-ce et pourquoi se trouve-t-il ici ?

— C'est un martyr ! affirma Mugwort. Probablement tué par les Perses.

— Les Perses, Mugwort ? Il n'y a jamais eu de Perses en Angleterre !

— Mais si ! s'écria Tab le chaudronnier. Vous savez bien, mon père, ces pendarts qui ont tué Jésus. Après l'avoir crucifié, ils sont revenus ici, ont fait périr tous les pauvres gens qui croyaient en Notre-Seigneur et pillé les monastères.

Il toisa ses compagnons, l'air sûr de lui. Il s'enorgueillissait du peu d'instruction qu'il avait reçu et ne résistait jamais à la tentation d'étaler son savoir.

— Les Romains, rectifia Athelstan. Ce sont les Romains qui ont envahi l'Angleterre. En effet, quand la foi chrétienne se répandit dans notre pays, ils tuèrent ceux qui croyaient au Christ, des hommes comme saint Alban dont la vénérable dépouille repose dans son église au nord de Londres.

Il lut la déception sur le visage du chaudronnier.

— Mais peut-être as-tu raison, Tab. Les Vikings, qui vinrent des siècles plus tard, arrivèrent jusqu'à Londres. Eux aussi massacrèrent les chrétiens, et cela pourrait être une de leurs victimes.

Il regarda rapidement dans la fosse.

— Cependant nous ignorons s'il s'agit d'un homme ou d'une femme. Bien, poursuivit-il. Pike, Huddle, Watkin, remontez-le avec précaution.

Il désigna, dans l'un des transepts, un grand coffre en chêne — le cercueil de la paroisse.

— Placez-y les ossements et voyons ce que nous pouvons découvrir.

Les trois hommes hissèrent le squelette avec une lenteur respectueuse, comme si c'était le saint sacrement, pendant que l'assistance, y compris les ouvriers, s'agenouillait en se signant. Soudain, tous sursautèrent : Bonaventure, qui s'était faufilé dans l'église, venait de s'apercevoir que les travaux avaient dérangé tout un petit monde de souris et de rats. Il s'était donc élancé, véritable flèche noire, à la poursuite de ses proies.

— Allons ! s'impatienta Athelstan.

Gisant toujours sur un morceau de toile, le squelette fut arraché à la fosse. Sans tenir compte des murmures de protestation, Athelstan l'examina en notant la finesse et la blancheur des ossements et en étudiant attentivement crâne et côtes. Il n'y décela aucune trace de violence.

— Étrange ! murmura-t-il.

— Quoi, mon père ?

— Eh bien, je ne suis pas médecin, mais je ne crois pas que ce squelette soit très vieux. Considérez la solidité de ces os, pourtant fins ! Je pense que c'est une femme. D'autre part, d'après ce que je me rappelle du martyrologue romain, la plupart des martyrs subirent des supplices barbares : crucifixion, pendaison, empalement ou décapitation. Or rien de tout cela n'est visible sur ce squelette.

Il aurait souhaité soumettre la dépouille à un examen plus approfondi, mais ses paroissiens entouraient le cercueil. Il fit signe à Tab.

— Va chercher messire Bladdersniff, le bailli ! lui ordonna-t-il. Tu le trouveras certainement dans une taverne.

Athelstan regarda les ossements.

— Et aussi le mire Culpepper. Il habite à l'angle de Reeking Alley. Il se fait vieux, certes, mais il connaît son métier.

Sur ce, il chassa gentiment ses ouailles de l'église et dit aux ouvriers de se remettre à la tâche et de rattraper le temps perdu. Ses paroissiens restèrent quelque temps sur le parvis, au soleil, à discuter avec animation tandis qu'Athelstan sentait le découragement l'envahir. Il pouvait prédire ce qui allait advenir : on se précipiterait en foule à St Erconwald, on espérerait des miracles, on se disputerait les reliques. C'en serait fini de la simplicité tranquille de sa paroisse. Accourraient ensuite les faussaires : les vendeurs d'indulgences en provenance de Rome et d'Avigon, habiles à tondre les brebis craintives, puis les charlatans aux sacoches pleines de fausses reliques, eux-mêmes suivis d'éventuels acheteurs — des gens prêts à payer au prix fort le moindre doigt ou morceau du crâne d'un saint. Surgiraient enfin les pèlerins professionnels et autres zélotes qui passaient leur vie dans un état proche de l'hystérie. Athelstan s'éloigna du groupe et Benedicta lui emboîta le pas. Il s'arrêta pour contempler son église.

— De quand date-t-elle ? demanda la veuve en devinant ses pensées.

Il fixait la tour dont les intempéries avaient usé la pierre d'un gris sale.

— Je n'en suis pas sûr, mais un grand incendie ravagea tous les bâtiments du quartier à l'époque du roi Étienne [1]. St Erconwald a donc été construite au plus tôt sous le règne de son successeur, Henri II [2].

Se mordillant les lèvres, il s'efforça de rassembler ses notions d'histoire.

— C'était il y a environ deux cents ans.

Il sourit à Benedicta.

— Et je m'empresse de vous dire qu'il ne reste ni chartes ni registres. Ils ont tous disparu. Vous comprenez, cela ne fait pas longtemps que je suis curé de St Erconwald. Avant mon arrivée, la paroisse était desservie par des officiants temporaires ou des chapelains.

— Et avant eux ?

Se souvenant vaguement d'histoires scandaleuses

1. Le roi Étienne régna de 1135 à 1154. (*N.d.T.*)

2. Henri II Plantagenêt, père de Richard Cœur de Lion et de Jean sans Terre, régna de 1154 à 1189. (*N.d.T.*)

qu'il avait entendues, il avisa les membres du conseil paroissial.

— Watkin ! cria-t-il. Deux mots !

Le sacristain accourut, surexcité.

— Watkin, déclara Athelstan d'un ton coupant, il nous faut garder la tête froide. Que sait-on du passé de St Erconwald ? Et surtout du dernier curé ?

Le ramasseur de crottin se gratta la tête, effleura la grosse verrue de son nez et dévisagea Athelstan d'un air penaud.

— Mon père, cette église a toujours été là.

— Et son dernier curé ?

Les coins de la bouche de Watkin s'abaissèrent.

— Un homme étrange, mon père !

— Comment cela ?

Watkin se gratta derechef et regarda le sol comme s'il y cherchait une pièce rare.

— Il s'appelait William Fitzwolfe. C'était un « vagus[1] », un vaurien et un filou. St Erconwald servait d'antre de jeu et il organisait de drôles de réunions la nuit.

— C'est-à-dire ?

— Vous savez bien : des adorateurs de Satan.

— Des sorciers ?

— Oui, mon père. Mais un jour il disparut en emportant tous les registres et les livres de l'église. On dit que le tribunal ecclésiastique le recherchait parce qu'il s'était acoquiné avec des gueuses du genre de Cecily.

Le sacristain racla le sol de ses grandes bottes boueuses.

— C'était un mécréant, mon père. On raconte qu'il trempait dans de bien vilaines affaires, des fausses mesures dans les tavernes aux recrutements des bagasses.

Il lorgna vers Benedicta.

1. Prêtre itinérant. (*N.d.T.*)

— Je veux dire des prostituées, des femmes de mauvaise vie... nous, on les appelle comme ça.

— Cela remonte à quand ? demanda Benedicta.

— À peu près cinq ans. C'est tout, mon père ?

Athelstan fit signe que oui et regarda le sacristain s'éloigner d'un pas lourd.

— Vous avez votre réponse, Benedicta. Aucun registre, aucun écrit, aucune histoire.

Il haussa les épaules.

— Qui sait ? Il existe peut-être un lien entre le squelette et les méfaits de ce Fitzwolfe.

Benedicta lui jeta un coup d'œil perçant.

— J'en doute. Les scélérats de la trempe de ce Fitzwolfe, roi des fourbes, devaient connaître une foule d'endroits où dissimuler un cadavre. Après tout, la Tamise est toute proche. Non. Soit le corps a été enterré là avant la construction de l'église, soit...

— ... soit, enchaîna Athelstan, déposé là pendant les travaux de restauration. *Concedo*, Benedicta. Votre logique est imparable. Ce qui signifie, ajouta-t-il, qu'il me faut trouver la date de construction et savoir si les dalles ont déjà été enlevées. Cranston devrait pouvoir nous aider. Mais, dites-moi, demanda-t-il en changeant de sujet, quel était le prénom de votre mari ? Voudriez-vous me le décrire ?

Benedicta détourna la tête en clignant des yeux.

— Il s'appelait James. Un grand blond, ni gros ni mince. Il avait une moustache, d'épais cheveux longs et une cicatrice sous l'œil droit, souvenir d'un coup de couteau.

Athelstan la remercia. Ils demeurèrent là à échafauder des hypothèses sur les éventuelles réactions de la paroisse jusqu'au retour de Tab, accompagné de Bladdersniff, le bailli pompeux et myope, et de Culpepper, le médecin à la chevelure blanche et à la physionomie enjouée.

— Que se passe-t-il, mon père ?

Le bailli, lèvres pincées, yeux étrécis, dressait le col comme un jars en colère.

Athelstan soupira, se forçant à ne pas faire cas des relents de bière — forts et douceâtres — qui flottaient autour du bonhomme comme un parfum écœurant.

— J'ai besoin de vos lumières, messire Bladdersniff, et des vôtres, mon cher médecin, car nous avons trouvé un corps, ou plutôt un squelette. Suivez-moi !

Ils rentrèrent dans l'église. Bladdersniff, vacillant légèrement, examina les ossements en reniflant et marmottant entre ses dents. Il se redressa enfin, les pouces passés sous sa large ceinture, et éructa :

— Il est mort et c'est un squelette.

Cecily et Benedicta pouffèrent de rire. Le bailli jeta un regard soupçonneux à Pike, qui, derrière son dos, avait singé tous ses gestes avec une telle justesse qu'Athelstan lui-même avait dû détourner la tête. Le mire fut plus efficace. Il s'accroupit et procéda à un examen minutieux.

— Aucun signe de violence, déclara-t-il. Des os fins, graciles, sans trop de marque d'usure.

— Une inhumation récente, donc ? déduisit Athelstan en reprenant espoir.

— Pas forcément.

Le vieux mire leva des yeux larmoyants vers le dominicain.

— Vous connaissez la glaise de Londres, mon père. Grâce à elle, les os gardent un bon état de fraîcheur. Dieu sait quand cette malheureuse a été enterrée ici — car c'est une jeune femme, j'en suis pratiquement sûr.

— Pourquoi ?

— Disons que je le devine, mais je ne crois pas me tromper. Si j'en juge d'après la finesse du squelette et la configuration des côtes, des bras et du bassin.

Athelstan les remercia tous deux. Puis, telle une fermière chassant ses poules devant elle, il fit sortir les gens de l'église en criant aux ouvriers de poursuivre leur tâche. Une fois dehors, il ordonna à Watkin de ne laisser entrer personne. Ses paroissiens assaillirent alors Bladdersniff et Culpepper de questions. Benedicta effleura la main d'Athelstan.

— Tout finira par s'arranger, mon père. Je suis convaincue que ce mystère sera très vite élucidé.

Il emprisonna ses doigts frêles dans ses paumes.

— Soyez remerciée, Benedicta. Que la paix soit avec vous ! Je vais rédiger la missive.

Il regagna son presbytère et en verrouilla la porte. Bonaventure le rejoignit en sautant par la fenêtre, fier comme un prince : la chasse avait été fructueuse. Athelstan s'assit pour réfléchir un moment aux événements de la journée, en déplorant la façon dont sa tranquillité d'esprit avait été si brutalement rompue. Puis, résigné, il finit par sortir sa corne à encre et ses rouleaux de parchemin. Il achevait la lettre destinée aux dominicains de Boulogne lorsqu'on frappa doucement à l'huis.

— Oui ! cria-t-il.

Puis, se rappelant qu'il s'était enfermé, il alla tirer le verrou, s'attendant à moitié à voir Benedicta. Quel ne fut pas son étonnement de se trouver nez à nez avec un Cranston à la mine longue d'une aune ! Il recula, stupéfait, et fit signe d'entrer au coroner qui traversa la cuisine comme un somnambule.

« Quelque chose ne tourne pas rond ! » pensa Athelstan.

Le colosse à la vaste bedaine surgissait en général à la façon du noroît : plein de bruit et de fureur.

— Sir John ! Quel plaisir de vous voir si guilleret !

— Allez au diable ! bougonna Cranston en se laissant tomber sur un escabeau. Ce fainéant de Leif vous a-t-il transmis mon message ?

Athelstan prit place en face de lui.

— Comment se porte Lady Maude ?

— Fort bien.

— Et les deux marmousets ?

Athelstan choisit délibérément le surnom qu'affectionnait le coroner pour évoquer ses jumeaux.

— Pleins d'allant et d'appétit.

Le coroner s'épongea le front et approcha sa large face rougeaude d'Athelstan. Celui-ci frémit en voyant la rage qui fusait au fond des yeux d'un bleu de glacier.

— Sir John, vous n'êtes pas dans votre assiette. Un peu de vin ?

— Non, par la mort diantre ! pesta le coroner. Ce qu'il me faut, c'est une bonne chope de godale. Allons au *Cheval Pie* !

Athelstan accepta, non sans gémir *in petto*.

— Qu'écrivez-vous ? s'enquit Cranston en tapotant la lettre d'un doigt dodu.

Le dominicain expliqua l'affaire et le coroner lui lança un regard matois.

— Si cela se trouve, Benedicta ne sera plus veuve d'ici peu.

— Sir John, vous vous méprenez !

— Bien sûr, murmura Cranston en empochant le rollet[1]. Je m'occupe de faire sceller et envoyer cette missive. Son mari reviendra et il vous faudra rêvasser à quelqu'un d'autre.

Athelstan se retint de répliquer vertement. Bonaventure sauta sur le rebord de la fenêtre et fixa le coroner. S'il avait été donné aux chats de pouvoir sourire, Athelstan aurait juré que le matou souriait. Ce dernier bondit au-dehors et réapparut avec un gros rat dans la gueule. Il s'approcha à pas feutrés de Cranston et déposa son répugnant trophée à ses pieds comme si c'était une rose ou un gobelet en argent massif. Le coroner écarta les pieds en grimaçant.

— Du vent, Bonaventure ! gronda-t-il.

Mais la joie du chat à la vue du corpulent magistrat ne fit qu'augmenter et il se frotta énergiquement contre sa jambe grassouillette.

1. Petit parchemin roulé. (*N.d.T.*)

— Allons, viens ! chuchota Athelstan.

Il prit la queue du rongeur et, suivi du matou attentif, alla jeter le cadavre dans l'herbe. Il revint en s'essuyant les mains. Puis, précédant le coroner qui ronchonnait, il sortit du presbytère et se rendit à l'église. Deux des enfants de Watkin montaient la garde, mais Athelstan s'aperçut avec inquiétude qu'une petite foule s'était rassemblée. Les gens bavardaient, au comble de l'excitation, avec force gesticulations en direction du portail.

— Que fabriquent ces marauds ? grommela Cranston.

— Je vous le dirai tout à l'heure, Sir John !

Il n'y avait guère de monde au *Cheval Pie*. Les habitants des taudis surpeuplés et des venelles sordides de Southwark profitaient, apparemment, du beau temps pour rester près du fleuve ou sur leurs lopins de terre. Le manchot — un pirate repenti — à qui appartenait la taverne accueillit Cranston comme le Messie, en feignant de ne pas remarquer le froncement irrité de ses sourcils ni ses jurons proférés à voix basse.

— De la godale ! rugit le coroner. Bien épaisse et qui tienne au corps ! Pas de petite bière !

Il lança une pièce à l'aubergiste qui l'attrapa avec dextérité.

— Et pour vous, mon frère, du vin coupé d'eau ? dit Cranston.

— Non, Sir John, c'est dimanche. Je prendrai de la godale, moi aussi. Je vais en avoir besoin, je crois !

Le manchot l'entendit. À la pensée que sa clientèle allait s'accroître, ses yeux étincelèrent de plaisir.

— Ah oui, mon père, nous avons tous appris la nouvelle. St Erconwald va devenir célèbre.

— Quelle nouvelle ? marmonna Cranston lorsqu'ils furent assis près de la fenêtre pour jouir de la lumière et de la brise.

Athelstan inspira à fond et lui expliqua en peu de mots la découverte faite dans l'église quelques heures plus tôt. Le coroner l'écouta jusqu'au bout.

— Qu'en pensez-vous, mon cher moine ?

— Frère prêcheur, Sir John ! Je suis frère prêcheur, ne l'oubliez pas !

— Peu me chaut ! rétorqua le magistrat. Croyez-vous que ce soit les ossements d'une sainte ?

Athelstan attendit que le tavernier les eût servis.

— Non, l'église n'est pas assez ancienne. Mais l'absence de tout registre n'arrange rien. Le dernier desservant a disparu en emportant tout ce qui lui tombait sous la main. Peut-être en avez-vous entendu parler ? Un certain William Fitzwolfe ?

Cranston vida sa chope à moitié et frotta son nez charnu. Athelstan l'observa avec espoir : le magistrat connaissait tous les truands de Londres. Il fit la moue.

— Ah oui ! Je me souviens bien de ce pendard. William Fitzwolfe, défroqué et excommunié. Voilà cinq ans qu'il fait partie des gens à qui j'aimerais dire deux mots. La rumeur veut qu'il se terre quelque part dans la capitale.

— Ce qu'il me faut aussi, ajouta Athelstan, ce sont des renseignements sur l'église. Je dois savoir ce qui se trouvait sur le site avant sa construction et de quand date le pavage de l'ancien chœur.

— Je peux vous aider, déclara Cranston. La guilde tient ses propres archives. J'enverrai un de mes fainéants de clercs faire des recherches et voir ce qu'on peut dénicher.

— Et Fitzwolfe ?

— Eh bien, si c'est un prêtre défroqué, coupable de sacrilège et d'autres délits, sa tête aura été mise à prix. Ce que je vais faire, mon bien cher frère, c'est augmenter la récompense et dire à mon armée de mouchards que celui qui mettra le grappin sur cette fripouille gagnera mes bonnes grâces. Et croyez-moi, ils en ont besoin, de mes bonnes grâces !

— Quelle générosité, Sir John !

— Foutaises ! Vous ne m'avez pas demandé pourquoi je suis venu ici.

— Un autre crime ?

— Eh bien, oui et non.

Cranston eut un sourire malicieux.

— Ah ! vous vous posez des questions maintenant ! Mais attendez ! Avant que je vous explique les tenants et les aboutissants, retournons à votre petite église de quatre sous. Le soir tombe et j'aimerais jeter un coup d'œil à ce mystérieux squelette.

CHAPITRE III

Ils revinrent à St Erconwald sans se presser. Un petit groupe de paroissiens s'y attardait, mais après de brèves remontrances de la part de leur curé, ils se dispersèrent, ne laissant sur place que Crim qui montait la garde, les yeux embrumés de sommeil.

— Les ouvriers ont quasiment fini, mon père.

— Bien ! Tu peux t'en aller, Crim.

Il lança une piécette au gamin. À l'intérieur, Athelstan gémit à la vue de la poussière qui recouvrait tout.

— On dirait que l'église a subi un siège, ricana Cranston, qui reprit vite son sérieux après qu'Athelstan lui eut jeté un regard noir.

Le dominicain, paupières plissées, observait les ouvriers occupés à ranger leurs outils dans des sacs à poignées de cuir.

— Pas d'autres squelettes, mon père ! cria le chef des travaux.

Les éclats de rire suscités par cette saillie s'éteignirent soudain quand le prêtre s'avança vers lui, l'air décidé.

— Je plaisantais, mon père ! s'empressa de préciser l'ouvrier. Ce n'est pas de notre faute.

Il tendit la main vers le chœur, s'efforçant désespérément de changer de sujet.

— Regardez, nous avons déjà enlevé la majeure partie du vieux pavement.

Athelstan se retourna. On ne voyait plus que la terre battue et l'affreux trou béant qui marquait l'emplacement de l'autel. Les dalles, soigneusement empilées près du mur, côtoyaient les tas de sable et de gravier. Athelstan étreignit l'épaule de l'homme.

— Vous avez abattu de la bonne besogne, le complimenta-t-il avant d'aller jeter un coup d'œil aux dalles. Tenez, ajouta-t-il en sortant de l'argent de son escarcelle et en le lui lançant, allez boire une chope à ma santé ! Vous recevrez votre salaire à la fin des travaux, mais, poursuivit-il en tapotant une dalle, comme vous me semblez vous y connaître dans la taille des pierres, dites-moi donc si celles-ci datent de la fondation de l'église.

— Oh, que non ! Elles ont été posées en hâte, il n'y a pas très longtemps.

— Quand ?

L'autre haussa les épaules.

— Dix ans ou plus, environ. Vous comprenez, mon père, enchaîna-t-il en frappant la terre battue de sa botte poussiéreuse, cette église, à mon avis, a cent cinquante ans. Au début, il ne devait pas y avoir de dalle sous l'autel, ce n'était que de la terre battue. On en trouve encore, de ce genre d'églises, à Londres. Seulement voilà : on est près de la Tamise, ici, et la glaise est toute gorgée d'eau. Je pense que l'un des prêtres a fait mettre ce pavement. Le tailleur de pierre a même laissé sa marque.

Prenant un cierge sur la herse en bois devant la statue de la Sainte Vierge, il l'alluma avec un silex et l'approcha d'une dalle.

— Regardez ! Voici la marque.

Athelstan et Cranston distinguèrent trois lettres grossièrement gravées : AQD.

— Qu'est-ce que cela signifie ? demanda Athelstan.

— Chaque tailleur de pierre a sa marque, répondit Cranston. Et celle-ci, de toute évidence, appartient à celui qui a dallé le chœur.

— Peut-on savoir son nom ?

— J'en doute, répliqua le contremaître. Il y a des douzaines de tailleurs de pierre, ne serait-ce qu'à Southwark. Et puis, si cela se trouve, le prêtre a engagé un artisan habitant l'autre rive ou même un village des alentours. Moi, en tout cas, je ne connais pas cette marque.

Il ramassa son sac et fit signe à ses compagnons.

— Je ne peux pas vous en dire plus, mon père. Allez, les gars ! On va se rincer le gosier !

— Fermez la porte derrière vous ! leur cria Athelstan.

Il attendit qu'ils fussent partis, avant de conduire Cranston vers le grand cercueil paroissial. Les deux amis examinèrent avec soin le squelette et Athelstan fit part au coroner de ce qu'il savait.

— Je suis de l'avis de ce brave docteur, déclara le magistrat.

Sa voix se répercutait sous les voûtes plongées dans la pénombre.

— Je pense que nous sommes en présence d'une femme.

Il toucha le crucifix et en frotta le bois qui s'émiettait.

— La chair pourrit assez vite, bien que la glaise préserve les os assez longtemps, mais il en va autrement du bois.

Il se saisit du crucifix, deux simples morceaux de bois cloués.

— Rudimentaire ! remarqua-t-il. Le cœur du bois est encore dur. Voyez-vous, mon frère, je dirais, à vue de nez, que cette jeune femme a été inhumée ici, il y a une quinzaine d'années, au plus.

— À la même époque que le pavage du chœur ?

— Exactement.

Cranston prit une profonde inspiration.

— Que Dieu me pardonne ce que je vais faire.

Il souleva le squelette et renversa le crâne en arrière,

indifférent au claquement des vertèbres qui se brisaient. Il l'étudia minutieusement en approchant la bougie de telle façon qu'une lueur inquiétante illumina l'intérieur du crâne.

— Fort intéressant ! observa-t-il à mi-voix.

— Quoi ?

Cranston sépara le crâne du squelette. Le craquement des os résonna dans l'église, comme un coup de tonnerre. Athelstan, yeux clos, se recueillit.

— Que Dieu lui donne le repos éternel ! Seigneur, nous vous prenons à témoin que nous ne voulons pas lui manquer de respect, mais que nous recherchons la vérité.

— Le Seigneur comprendra, claironna Cranston en levant la boîte crânienne et en l'éclairant encore plus. N'oubliez pas ce que disent les Saintes Écritures : « C'est l'esprit qui importe, pas la chair. » Maintenant, mon cher moine...

— « Cher frère », Sir John.

Le coroner eut un sourire malicieux.

— Si vous voulez. Mais veuillez admirer la science de l'observation et de la déduction de votre vieux Cranston. Considérez ce crâne, Athelstan, dites-moi ce que vous voyez.

Il passa le crâne au dominicain, puis la bougie que celui-ci introduisit dans l'ouverture, derrière la mâchoire, pour scruter la boîte cranienne.

— Rien, avoua-t-il.

— Allons, allons, mon frère. Trop de bière embrume l'esprit et brouille la vue.

Il lui serra le bras.

— Regardez encore !

Athelstan obtempéra et étouffa une exclamation. Il enfonça un peu plus la bougie.

— Veillez à ne pas brûler l'os ! l'avertit Cranston.

Le prêtre étudiait la tache rougeâtre, tout en haut.

— On dirait de la peinture rouge, chuchota-t-il. C'est à peine visible.

Cranston lui reprit le crâne et la bougie, serrant les deux dans ses mains, ce qui, dans la semi-obscurité, le fit ressembler à un maître ès sciences occultes. Il souffla la chandelle et replaça le crâne dans le cercueil dont il referma le couvercle. Il s'assit ensuite sur un banc qu'il tapota pour inviter Athelstan à faire de même.

— Mon hypothèse, mon cher ami, commença-t-il pompeusement, se fonde sur l'observation, la logique et la science de la déduction : ce squelette est celui d'une jeune femme qui a été assassinée et déposée dans cette fosse sous l'autel. Par qui ? Je l'ignore.

— Comment l'a-t-on tuée ?

— En l'étouffant ou en l'étranglant.

— Vos preuves ?

— Je l'ai constaté plus d'une fois. Un médecin génois m'a appris quelles marques déceler. Il semble qu'en cas d'étouffement ou de strangulation, les vaisseaux sanguins du cerveau se rompent et que le crâne soit taché.

— Et c'est ce qui s'est passé, à votre avis ?

— Cela ne fait aucun doute, mon brave Athelstan. Mais la question qui se pose est : par qui et pourquoi ? Les ouvriers qui ont installé le pavement du chœur, peut-être ?

— Ou le prêtre qui vivait ici ?

Cranston se frotta la cuisse.

— En effet. N'oublions pas ce Fitzwolfe de sinistre mémoire. Il nous faudra peut-être ajouter l'assassinat à la liste de ses méfaits.

Le dominicain parcourut l'église du regard. St Erconwald ne lui paraissait plus aussi accueillante et gaie. Un crime atroce y avait été commis et ce péché mortel semblait faire peser une chape de plomb sur la maison de Dieu.

« N'est-on à l'abri nulle part ? se lamenta-t-il. Le meurtre et les exactions peuvent-ils ainsi s'insinuer dans la moindre brèche, la moindre faille de l'existence humaine ? »

Il se leva en frissonnant.

— Sir John, vous vouliez me voir pour une affaire personnelle, je crois ?

Cranston esquissa une grimace.

— Oui, mais pas ici. Vous avez encore de votre excellent clairet ?

— J'en ai vidé une bouteille aujourd'hui, mais il m'en reste une pour vous, Sir John.

— Bien, allons-nous-en. Je commence à avoir la chair de poule et mon gosier réclame le jus de la treille.

Athelstan verrouilla soigneusement la porte et précéda Cranston au presbytère. Par bonheur, Bonaventure leur avait faussé compagnie. Le prêtre ferma les volets, alluma des chandelles et enflamma des brindilles sèches pour faire partir le feu. Puis il versa à son compagnon et à lui-même de généreuses rasades de clairet. Cranston lui tendit un parchemin par-dessus la table en approchant une chandelle.

— Lisez cela, mon frère.

— Pourquoi ?

— Lisez-le.

Athelstan déroula le vélin et nota l'écriture typique des clercs. Il parcourut le texte et, perplexe, leva les yeux.

— Quelle étrange histoire, Sir John ! Quel rapport avec vous ?

Le magistrat lui raconta tout et Athelstan ne put retenir un gémissement.

— Dieu de miséricorde, vous êtes tombé dans un traquenard, Sir John ! N'avez-vous jamais entendu parler de ces énigmes, de ces subtils exercices de logique ? Certains, vieux de plusieurs siècles, n'ont jamais été résolus.

Cranston haussa les épaules.

— Je crois que cela s'est réellement passé.

— Sir John, il pourrait vous en coûter mille couronnes ou votre intégrité, si Jean de Gand vous piège dans sa nasse.

— Alors, aidez-moi, mon frère.

Cranston vida son gobelet jusqu'à la dernière goutte et le reposa violemment sur la table. Athelstan lut l'anxiété sur son visage d'habitude jovial.

— Je vais faire de mon mieux.

Cranston voulut se remplir un autre verre à ras bord, mais se ravisa. Il n'osait pas. Il répugnait à rentrer chez lui soûl comme une grive. Jusque-là, il n'avait exposé l'affaire qu'à Athelstan. « Lady Maude a-t-elle déjà eu vent des rumeurs ? » se demanda-t-il.

— Vous devez ne rien celer à votre épouse, Sir John, chuchota Athelstan comme s'il avait lu dans ses pensées. Il vous faut tout avouer à Lady Maude.

— C'est bien là que le bât blesse. Elle sait que je ne quémanderai jamais l'aide du régent, mais où trouver mille couronnes ? Les banquiers ? Mes arrière-petits-enfants en seront toujours à payer les intérêts !

Athelstan se pencha vers le magistrat et agrippa son épais poignet.

— Courage, Sir John. Rappelez-vous que, si un problème existe, la logique veut qu'existe aussi une solution.

Cranston se leva en prenant sa cape et son bonnet en poil de castor.

— Bien, mon frère. Je ferai des recherches sur St Erconwald et sur ce saint homme de Fitzwolfe.

Puis il regarda les poutres en raclant des pieds.

— Il y a un autre problème, n'est-ce pas, Sir John ?

Cranston se laissa bruyamment tomber sur un siège.

— Oui. J'ai reçu une certaine visite.

— Qui ?

— Votre père prieur.

Athelstan ne put cacher sa stupéfaction.

— Voilà, poursuivit Cranston en s'humectant les lèvres et en lorgnant son gobelet, vous n'êtes pas sans savoir que le chapitre doit tenir une réunion exceptionnelle pour discuter des écrits de l'un de vos théologiens.

— Oui, frère Henry of Winchester. Pourquoi ?

La voix du dominicain se fit suraiguë :

— En quoi cela me concerne-t-il ?

— En rien. Mais en deux mots, Athelstan, il se passe de drôles de choses à Blackfriars : un moine est mort et un autre, Alcuin, a disparu.

— Alcuin ! souffla Athelstan en revoyant les traits ascétiques de son ami. Disparu ? Alcuin est né pour être moine. Je ne peux l'imaginer sautant par-dessus le mur du cloître et prenant la poudre d'escampette pour aller rejoindre une belle donzelle dans les bas-fonds de Londres !

— Quoi qu'il en soit, il a disparu et le père prieur m'a chargé de l'enquête.

Cranston déglutit avec difficulté :

— Il vient vous voir mercredi. Avec moi. À mon avis, il va vous adjurer de l'aider.

Athelstan enfouit son visage dans ses mains.

— Oh, Seigneur ! pria-t-il. Épargnez-moi cela ! Pas Blackfriars et les disputes théologiques !

Il dévida à mi-voix un chapelet des pires jurons empruntés au répertoire de Cranston. Il était si heureux à St Erconwald ! Bien sûr, il devait remplir ses tâches de clerc, mais rien de sérieux, pas depuis cette affaire d'horribles assassinats à la Tour lors de Noël deux ans auparavant[1]. Il passait son temps à étudier la voûte céleste, à tenir de grands discours à Bonaventure, à porter secours à ses paroissiens et surtout à restaurer son église bien-aimée. À présent, cette paix, cette sérénité si durement acquise était menacée par l'énigme apparemment insoluble du coroner, par l'inquiétude de Benedicta à propos de son mari, par la découverte du squelette et par la démarche du prieur. Il regarda Cranston.

— Le crime me talonne ! murmura-t-il. Il s'accroche à moi comme une bête vomie par l'enfer. J'ai commis une lourde faute, Sir John, et je la paie cher.

1. Voir *Le Donjon du bourreau*, 10/18, n° 3218.

Cranston se leva et le domina de sa haute taille en lui tapotant amicalement l'épaule.

— Vous n'avez nullement péché, Athelstan. Vous êtes parti pour la guerre, alors que vous étiez jeune homme, et vous y avez entraîné votre cadet. Il y est mort. C'est la volonté de Dieu. S'il y avait un prix à payer, vous l'avez payé. Et maintenant, il y a un autre Francis — mon fils, votre filleul. La vie continue, mon frère. Je vous verrai mercredi.

Cranston ouvrit la porte et disparut dans le crépuscule. Athelstan écouta le bruit décroissant de ses pas. Il s'approcha de la croisée et contempla la tour de l'église qui s'estompait dans l'obscurité. Il respira profondément et s'efforça de faire le vide dans son esprit. Le père prieur attendrait, le squelette aussi. Il n'étudierait pas les étoiles cette nuit, mais l'énigme de Cranston.

Il se rassit à sa table et relut le manuscrit laissé par le coroner. Ces crimes habiles dans la chambre écarlate, comment les avait-on commis ? Aucune nourriture, aucune boisson, aucune trappe ou passage secret. Aucun assassin couleur de muraille. Comment ces hommes avaient-ils donc perdu la vie ?

Il passa brièvement en revue différentes hypothèses, mais les morts étaient en apparence si simples ! Pas le moindre indice, pas la moindre brèche, pas un détail pouvant donner prise au soupçon. Ses paupières se fermèrent... et il se réveilla en sursaut. La chandelle avait presque fondu. La clef de l'énigme devait résider dans les deux derniers cas. Qu'est-ce qui avait pu terrifier un archer au point de lui faire tuer son compagnon ?

Ses paupières s'alourdirent de nouveau et il s'enfonça dans un rêve opaque : il se trouvait dans une chambre écarlate. La Mort au crâne grinçant exécutait une danse étrange tandis qu'une force menaçante et silencieuse rampait lentement vers lui.

Il se réveilla au petit matin, encore assis à la table, la tête sur ses bras croisés. Le froid transperçait ses membres engourdis et Bonaventure se frottait avec impatience contre sa jambe. Quelque part, dans le dédale des taudis et des masures de Southwark, un coq chanta son hymne au soleil. Le dominicain se leva et s'étira. Se frictionnant le visage, il regretta de ne pas être allé se coucher. Il replia le parchemin et l'enferma dans le coffre de sa chambre exiguë. Puis il se déshabilla, fit ses ablutions avec un linge humide et se rasa, en essayant de se concentrer sur la messe qu'il allait célébrer. Il se devait de chasser les pensées importunes qui tourbillonnaient dans son esprit. Il se lava les dents avec un mélange de sel et de vinaigre, avant d'enfiler son autre robe de bure. Ensuite il déjeuna de pain rassis et donna distraitement à manger au matou qui avait passé la nuit à arpenter son royaume : les venelles autour de St Erconwald.

— Quelque chose me dit, Bonaventure, que nous allons vivre une drôle de journée, confia-t-il tranquillement au vieux guerrier, en s'accroupissant pour le nourrir.

Il se rendit à l'église où il récita une courte messe sur un autel improvisé au milieu de la nef, en veillant à ne pas regarder, sur sa gauche, le cercueil qui renfermait les restes morbides d'une jeune femme. La seule personne qui vint fut Pernel la Flamande et elle s'intéressa plus au cercueil qu'à la cérémonie. Après l'office, Athelstan rangea l'autel en prévision de l'arrivée des ouvriers. Il apporta son picotin à Philomel qu'il lâcha dans la petite cour pour qu'il prenne de l'exercice. Puis, de retour au presbytère, il s'astreignit à rédiger la liste des provisions dont il avait besoin avant de se pencher sur les croquis du nouveau chœur, tel qu'il voulait qu'il fût. Mais, incapable de se concentrer et tenaillé par la faim, il décida de fermer le presbytère et de se rendre à une rôtisserie de Blowbladder Alley.

Il y acheta une tourte croustillante à la viande et un plat de légumes en sauce à l'odeur alléchante. Assis, dos au mur, il savoura pleinement cette chaude nourriture. Un mendiant, le nez fendu à la suite d'un méfait quelconque, s'approcha comme un chien couchant et lui demanda l'aumône d'une voix pleurnicharde. Athelstan lui tendit deux piécettes. Le bonhomme disparut dans l'échoppe où il acheta des pâtés à un gros ventru de boutiquier. Puis il revint vers Athelstan et l'abreuva du récit de ses exploits d'ancien soldat. Au bout d'une demi-heure, le prêtre se lassa et partit se promener.

Il aimait Southwark au petit matin, malgré les caniveaux obstrués, les tas nauséabonds d'immondices et les truands qui regagnaient leurs antres pour y attendre le retour de la nuit. Une fille des rues, perruque rousse de guingois, appuyée contre un mur, lui lança quelques brocards sans méchanceté. Un marchand de quatre-saisons, sa charrette à bras remplie de pommes gâtées, allait s'installer près du pont pour y guetter le chaland. Un artisan, suivi de ses poneys de bât, cheminait d'un pas décidé, désireux de quitter Southwark avant le début d'une journée de négoce. À l'intersection de Stinking Alley et de Pig Lane, des lépreux, dissimulés sous des masques et des capuchons, se tenaient accroupis, serrés les uns contre les autres, et regardaient une bohémienne folle se livrer en silence à une danse étrange.

Athelstan s'arrêta et observa le ciel entre les encorbellements. Le voyant parcouru de zébrures lumineuses, il revint au presbytère, toujours résolu à garder l'esprit clair. Il balaya le sol, lava les gobelets et rangea la pièce. Southwark s'éveillait, arraché au sommeil par le fracas des chariots, les pleurs des enfants et les appels des marchands. Un petit cercle de gens se rassembla devant St Erconwald lorsque les ouvriers apparurent, précédés par le tintement de leurs outils et par de vigoureux jurons.

Le prêtre décida de ne pas intervenir. Il remonta dans sa chambre, s'agenouilla sur son prie-Dieu et commença à réciter les prières des matines, des laudes et de none, emporté par la beauté mystérieuse des psaumes, des cantiques louant Dieu et des descriptions imagées du prophète Isaïe.

Soudain il entendit du charivari en bas. Il ne bougea pas. Puis ce furent des cris et des exclamations, suivis de coups violents à la porte. Il murmura une dernière prière et se hâta de descendre. Watkin et Pike, le visage rouge d'excitation, se tenaient sur le seuil.

— Mon père ! Mon père ! Venez vite ! Un miracle !

— Chaque jour est un miracle ! leur rétorqua-t-il sèchement.

— Non, un vrai miracle !

Ils l'entraînèrent vers l'entrée de St Erconwald où s'était formé un petit attroupement. Les gens entouraient un homme de haute taille, aux cheveux blancs, qui avait relevé la manche de son habit vert et montrait son bras à tout un chacun.

— De quoi s'agit-il ? demanda Athelstan sans aménité en se frayant un passage vers l'étranger.

Celui-ci — un homme au large visage hâlé — fit volte-face. Le prêtre remarqua la qualité de son vêtement ainsi que les ridules dues au rire autour de ses yeux et de sa bouche. Une femme, dont les boucles de cheveux châtains s'échappaient de sous une guimpe bleu clair, l'accompagnait. Son bliaut couleur bouton-d'or et son corsage blanc immaculé paraissaient de bonne coupe et devaient valoir cher.

L'homme sourit à Athelstan.

— Mon père, c'est un miracle !

— Balivernes ! trancha le dominicain.

— Voyez, mon père !

L'étranger exposa son bras droit, du coude au poignet :

— Quand je me suis réveillé ce matin, mon bras était infecté. J'ai reçu une estafilade, il y a cinq jours.

Il désigna une fine ligne rosâtre à peine visible au milieu du bras.

— Je ne me suis pas soigné et l'infection s'y est mise et a attaqué la peau. Culpepper, le mire, l'a enduit de baume et entouré de bandage, mais il n'y a eu aucune amélioration.

Il toisa la foule et Athelstan vit nombre de ses paroissiens, bouche bée, ouvrir des yeux ronds en entendant le récit du drame.

— Je n'ai pas dormi de la nuit, mon père. Les démangeaisons étaient insupportables.

Il s'humecta les lèvres.

— Hier nous avons appris la découverte du saint martyr. Mon père, enchaîna-t-il en suppliant Athelstan du regard, j'étais désespéré. Je suis entré dans votre église. Je me suis appuyé contre le cercueil et j'ai prié.

— C'est pure vérité, renchérit la jeune femme.

Elle désigna les bandages sales devant le portail.

— Mon mari m'a dit qu'il se sentait mieux ; la douleur et les démangeaisons avaient disparu.

Ses yeux souriants mendiaient l'approbation d'Athelstan.

— Je peux seulement vous raconter ce qui s'est passé. Nous avons enlevé les bandages.

Elle montra un vendeur d'eau qui passait en hâte :

— J'ai acheté une mesure d'eau et j'ai nettoyé son bras. Plus trace d'infection, mon père ; sa peau était aussi nette qu'une peau de bébé.

Des exclamations de surprise fusèrent et Athelstan jeta un coup d'œil soupçonneux au bras en question.

— Vous affirmez avoir touché le cercueil et récité une prière ?

L'homme rabaissa sa manche.

— Exactement, mon père. Je n'y suis pas resté plus de dix minutes.

— J'ai vu quand ils ont enlevé le bandage ! hurla Watkin. C'est vrai, mon père. C'est un miracle !

L'assistance se signa et fixa St Erconwald avec crainte.

— Mon père, tonna Tab, que devons-nous faire ?

— Garder bouche cousue et tête froide, Tab. Allons, venez ! Tous ! ordonna Athelstan. Entrez dans l'église. Pike, va chercher Culpepper. Présente-lui mes excuses et insiste pour qu'il vienne immédiatement.

À la suite d'Athelstan et du miraculé, les paroissiens pénétrèrent dans la nef. Le prêtre les pria de s'asseoir sur un banc et de faire silence. Il ressortit et s'appuya au portail, tandis que s'élevait derrière lui un brouhaha de voix surexcitées. Il s'accroupit pour examiner les bandages souillés : maculés de taches sombres, ils répandaient une odeur fétide. Il les étudiait encore quand Pike revint, flanqué d'un Culpepper furibond.

— Que se passe-t-il encore, mon père ?

— Veuillez me pardonner, Culpepper, mais il y a un homme dans l'église, un de vos patients, qui prétend que la peau de son bras était infectée et que vous l'avez soigné et bandé.

Culpepper resserra sa robe bordée de fourrure autour de ses maigres épaules, ses traits généralement affables exprimant à présent la plus vive irritation.

— Est-ce là tout ? Je ne peux me souvenir de toutes les blessures que je panse !

— Entrez ! l'adjura Athelstan. Entrez, voyez cet homme, examinez son bras et revenez me dire ce qu'il en est.

Culpepper s'exécuta en hochant la tête et en marmonnant force malédictions. Athelstan resta à l'extérieur. Le tohu-bohu cessa un moment, puis redoubla de plus belle tandis que réapparaissait Culpepper, partagé entre stupéfaction et perplexité.

— Eh bien ? le pressa Pike, le corps et le visage vibrant sous la tension, comme un lévrier.

Le mire lança un regard piteux à Athelstan.

— C'est vrai, mon père. Il y a quelques jours, Raymond d'Arques est venu me voir. Sa peau s'était terriblement infectée. Je l'ai examinée avec attention avant d'y appliquer un onguent et des bandages. Et il m'a payé.

— L'ulcération s'était attaquée au bras ?

— Tout à fait. Une irruption causée par une sorte de moisissure qui durcissait la peau et provoquait d'atroces démangeaisons.

— Et c'est guéri ?

— Vous l'avez constaté, mon père, tout comme moi.

— Cette infection n'aurait-elle pas pu guérir grâce à votre onguent ?

— J'en doute. Pas si vite. De telles infections — et Dieu sait si j'en ai vu — mettent des semaines, voire des mois à disparaître. Sa peau est saine et lisse à présent.

Athelstan donna un coup de pied dans les bandages.

— C'est à vous ?

Le docteur les ramassa sans hésitation et les renifla consciencieusement.

— Oui. Et si vous n'en avez pas l'usage — lui, en tout cas, n'en a plus besoin —, je les remporte pour les réutiliser.

Il approcha son visage de celui d'Athelstan.

— Je ne puis l'expliquer et vous non plus. Et puis, pourquoi Dieu ne ferait-il pas de miracles à St Erconwald ?

Il tourna les talons et s'éloigna à pas lourds et bruyants.

Athelstan s'adressa à Pike.

— Que sais-tu de ce Raymond d'Arques ?

— C'est un brave homme, mon père. Lui et son épouse Margot habitent à Dog Leg Lane. Il a une belle demeure près de Skinner's Yard.

Athelstan s'adossa au mur. Dog Leg Lane se trouvait juste en deçà de la limite de sa paroisse.

— Je ne les vois jamais à la messe, bougonna-t-il.

— Ah ! expliqua Pike, c'est parce que sa jeune femme et lui ont ceinture dorée et vont prier à St Swithin. De bonnes gens, mon père : ils sont pieux et donnent régulièrement aux pauvres. C'est un honnête marchand qui est apprécié et respecté dans le quartier. Demandez au vieux Bladdersniff. Lui connaît tout le monde.

Avec un soupir, Athelstan rentra dans l'église où ses paroissiens fous de joie entouraient Raymond d'Arques et son épouse. Le marchand s'avança vers lui, en faisant signe à l'assistance de rester en retrait.

— Mon père, murmura-t-il, je suis navré. Je souffrais du bras. Je suis venu prier ici. Le moins que je puisse faire, c'est remercier le Seigneur et vous. Veuillez accepter ce don.

Il fourra une pièce d'argent dans la paume du dominicain. Celui-ci refusa.

— Non, non, je ne peux pas.

— Vous le devez, mon père. C'est mon offrande. Si ce n'est pour votre église, que ce soit pour les pauvres.

Il serra avec ferveur les mains du prêtre.

— Je vous en prie, mon père. Je ne vous importunerai plus. Margot, appela-t-il par-dessus son épaule, nous avons assez dérangé ce pauvre curé.

Il s'en alla. Son épouse, un sourire aux lèvres, effleura la main d'Athelstan et se glissa sans bruit dehors, à la suite de son mari.

— Eh bien, mon père ?

Watkin, bras croisés, jambes légèrement écartées, faisait face à Athelstan.

— Eh bien, répéta-t-il, nous avons notre miracle. Cette guérison prouve que St Erconwald a un saint.

Les yeux du ramasseur de crottin brillaient de convoitise ; le prêtre y lut l'appât des gains futurs.

— Il y aura des pèlerinages ! s'écria le sacristain. St Erconwald va devenir célèbre. Vous ne pouvez pas vous y opposer, ajouta-t-il sur un ton de défi. Vous connaissez les lois de l'Église : la nef appartient au peuple. C'est notre église à nous.

Il tendit un doigt épais vers le transept.

— C'est notre cercueil, notre squelette et notre saint. Ceux qui pensent autrement peuvent aller se faire pendre !

Des cris d'approbation saluèrent sa harangue. Athelstan observa ses paroissiens. Il regretta que Benedicta ne fût pas là pour calmer les esprits, car il reconnaissait la dangereuse alliance de la cupidité et de la ferveur religieuse. Tab, le chaudronnier, s'en irait dans son échoppe graver de belles médailles, des statues, des crucifix pour les vendre dès le lendemain. Amisias le fouleur proposerait des linges, ornés d'un *E* brodé, qui auraient — affirmerait-il — touché les restes du saint. Huddle l'imagier vendrait des parchemins, couverts de dessins faits à la hâte. Pike ordonnerait à sa femme de cuire du pain et des friandises et conclurait une alliance contre nature avec Watkin pour faire payer pèlerins et curieux. Athelstan ressentit de la pitié, mais comprit que l'heure n'était pas à la froide logique ni à la vérité brutale.

— Je vais y réfléchir, dit-il.

Se redressant de toute sa taille, il toisa l'assistance.

— Mes enfants, commença-t-il en utilisant l'expression dont il usait dans ses sermons, je vous adjure de montrer la plus extrême prudence. Dieu accomplit des miracles. Cette belle journée est un miracle. Chacun d'entre vous, chaque être unique, est un miracle. Écartez toute précipitation car cette affaire n'est pas très claire. Je ne vous mettrai pas de bâtons dans les roues, mais je vous conjure de réfléchir aux conséquences pour la paroisse et pour vous-mêmes. Vous êtes d'honnêtes chrétiens, mais à mon avis, on vous aveugle.

— Mais le miracle ? cria Mugwort. Et notre martyr ?

Athelstan sourit.

— Comme dit le Psalmiste, Mugwort, les voies du Seigneur sont impénétrables. Nous verrons, nous verrons.

Il fit demi-tour et les laissa. Malgré l'heure, il revint au presbytère et avala un gobelet de vin avec une célérité qu'aurait admirée le coroner.

CHAPITRE IV

Le lendemain du Grand Miracle de St Erconwald, le supérieur d'Athelstan, le père Anselm, avait réuni, dans son bureau, certains membres du chapitre. Il se demandait si un assassin ne hantait pas Blackfriars. La chute mortelle de frère Bruno dans l'escalier de la crypte et — plus étrange encore — la disparition de frère Alcuin le laissaient supposer. Comme si les épreuves qui confondaient les esprits et épuisaient les corps n'étaient point suffisantes !

Il dévisagea ses compagnons, assis autour de la longue table en bois : William de Conches, Grand Inquisiteur, yeux de gerfaut et face en lame de couteau ; frère Henry of Winchester, figure lisse, air enfantin, mais brillant théologien ; frère Callixtus, bibliothécaire, longs doigts tachés d'encre, yeux fatigués pour avoir déchiffré tant de manuscrits et d'ouvrages. Ce frère mince aux traits anguleux devait être bouleversé, car il ne cessait de s'agiter sur son banc et de tambouriner sur la table comme s'il souhaitait être ailleurs. Son voisin, le frère Eugenius, était complètement chauve et avait un visage de chérubin joufflu ; son regard affable et sa bouche souriante semblaient démentir sa redoutable réputation d'assistant zélé du Grand Inquisiteur, occupé sans discontinuité à débusquer hérésies et schismes. Et enfin, les deux adversaires de frère Henry, les Défenseurs de la Cause, qui attaqueraient son traité de théologie en essayant de prendre sa logique en défaut ou en l'accusant d'aller contre la doctrine de l'Église. Cela dit, ces Défenseurs de la Cause étaient d'un abord fort agréable ! Un sourire illuminait toujours le teint mat de Peter of Chingforde, un solide barbu bien découplé. L'habileté avec laquelle il menait ses interrogatoires subtils dissimulait une grande simplicité de manières et un sens de l'humour assez discret. Son voisin, Niall of Harryngton, dominicain irlandais, aux cheveux roux et au teint pâle, lançait des regards de travers au prieur en chantonnant une hymne et en tapotant légèrement la table.

Le prieur lui adressa un faible sourire. Il savait qu'il tardait à frère Niall, dont la patience n'était pas le fort, de revenir au sujet. Pourtant il y avait d'autres affaires plus pressantes — non seulement la mort de Bruno et la disparition d'Alcuin, mais la politique générale du couvent et surtout les supplications importunes du sous-sacristain, frère Roger. Le prieur soupira. Il lui faudrait vraiment consacrer un peu de temps à ce malheureux. Des années auparavant, Roger, alors simple frère convers dans une communauté près de Paris, était tombé aux mains de l'Inquisition. Brisé, l'esprit confus, il était terrifié par William de Conches et par son perfide assistant, Eugenius.

Anselm observa ces deux derniers sous ses paupières plissées. Ils se parlaient à mi-voix, têtes rapprochées. Ne devrait-il pas signaler leur attitude au chapitre général à Rome ? Bien sûr, le Psalmiste avait chanté : « Le zèle pour Ta maison, ô Seigneur, me dévore. » Mais le zèle et l'enthousiasme de ces deux-là pour dévorer l'hérésie menaçaient d'engloutir tout le monde. Il jeta un coup d'œil au haut bout de la table. Frère Henry, mains écartées, attendait que le débat reprît.

— Père prieur, déclara frère Niall, nous avons chanté none, et nous nous sommes un peu restaurés. Nous devrions continuer la discussion à présent, non ?

Sa proposition fut approuvée en chœur. Le supérieur

invita du geste frère Henry à commencer. Tout en lissant la table du bout des doigts, le jeune dominicain, sourire aux lèvres, prit la parole d'une voix basse, mais claire :

— Père prieur, voici le sujet de ma thèse. On a trop mis l'accent sur le fait que Jésus s'est fait homme pour nous sauver du péché originel.

Il leva la main.

— Mais si le vénérable Thomas d'Aquin ne s'est pas trompé dans son étude de la nature divine, Dieu est le *Summum Bonum*, le Bien suprême. Comment, alors, le Bien suprême, le Beau Divin pourrait-il être entaché par le péché ? D'autre part, enchaîna-t-il en fixant William de Conches, si Dieu est tout-puissant, pourquoi ne nous sauverait-Il pas du péché originel par un effet de Sa simple volonté ?

Le prieur frappa légèrement sur la table.

— Frère Peter, frère Niall, votre réponse ?

Le frère Peter eut un petit rire.

— Nous n'en avons pas, car frère Henry dit la vérité : Dieu est le Bien suprême, le Beau Absolu et il est tout-puissant. Nous ne contredisons pas cette thèse-là.

Les deux inquisiteurs, tels des faucons aux aguets, se penchèrent pour écouter la suite de l'exposé. Le prieur se sentit soudain gagné par la fatigue.

— Nous n'allons pas continuer, annonça-t-il soudain, à la surprise générale.

— Comment cela ? protesta William de Conches d'une voix grinçante. Père prieur, nous nous sommes réunis pour discuter et examiner certaines théories. Ce qui est au cœur du débat, c'est l'intégrité de la doctrine de l'Église.

— Non, frère William ! rétorqua le prieur. Ce qui doit être au cœur de nos débats, c'est un problème concernant la vie et la mort. Frère Bruno a péri dans des circonstances mystérieuses. Je pense parfois qu'on l'a assassiné.

Ses paroles furent accueillies par des exclamations de stupeur.

— Et vous croyez qu'Alcuin, coupable, s'est réfugié quelque part ? suggéra Eugenius de sa voix onctueuse.

— Non ! Alcuin n'est pas un meurtrier, mais j'ai peur pour lui. Vous l'accusez d'avoir tué et pris la fuite, Eugenius. Mais est-il encore en vie, au moins ?

— C'est ridicule ! s'énerva Eugenius. Pourquoi irait-on assassiner Bruno ? Et qu'est-ce qui vous porte à croire qu'Alcuin est mort ?

— Rien, mais depuis les premières réunions de ce chapitre restreint, je sens une atmosphère d'intrigue et de malveillance qui n'est pas de mise dans cette enceinte sacrée.

— Que proposez-vous alors ? demanda frère Henry.

— J'ai requis l'aide de Sir John Cranston, coroner de Londres.

— Mais c'est un laïc, un officier de la Couronne ! Il n'a aucune autorité dans ce couvent ! s'insurgea William de Conches.

— Il a celle du roi ! intervint sèchement Callixtus en braquant ses yeux fatigués vers son supérieur. Je suppose, mon père, qu'il ne sera pas seul.

La joie illumina le visage du prieur.

— Vous avez lu dans mes pensées, Callixtus. Sir John ne viendra pas seul, en effet. Je vais demander à son clerc, frère Athelstan, membre de notre ordre et curé de St Erconwald de Southwark, d'être son assistant.

Callixtus se carra dans son siège en lâchant un petit rire sec tandis que William de Conches assenait un grand coup sur la table.

— Athelstan est en disgrâce ! s'écria-t-il. Il a rompu ses vœux et, par sa fuite, mis un terme à son noviciat !

— Le Seigneur est miséricordieux ! s'interposa frère Henry. Pourquoi ne pas l'être, également ? L'art de l'interrogatoire de frère Athelstan ne le cède en rien au vôtre, de par son habileté et son ingéniosité. Je partage l'avis du père prieur. Nous nous sommes réunis pour débattre de certaines thèses, mais je perçois comme une animosité, voire une hostilité, qui n'a rien à voir avec la théologie ou la philosophie.

— Vraiment ? ironisa Callixtus d'un ton si sarcastique que le prieur frémit devant l'antipathie évidente du vieux bibliothécaire envers le jeune théologien.

— Oui ! répondit Henry.

— Alors, conclut le prieur, la séance est ajournée jusqu'à l'arrivée d'Athelstan et de Sir John.

Il se leva.

— À bientôt, mes frères.

Il les salua et les bénit. La réunion s'acheva. Les membres du chapitre sortirent en rang, à l'exception de William de Conches et d'Eugenius qui, restés en arrière, attendirent que la porte se fût refermée pour affronter le prieur.

— À quoi cela rime-t-il ? gronda William. Nous n'avons pas fait tout ce chemin depuis Rome pour discuter du train-train quotidien d'un couvent.

— Je suis prieur, l'interrompit le père Anselm, et responsable officiel de cette communauté. Vous êtes mes invités : soit vous obéirez à mes instructions, soit vous partirez. Dans ce dernier cas, j'en aviserai le maître général à Rome.

— Cet Athelstan, reprit Eugenius en se croisant les mains, travaille bien parmi les pauvres, n'est-ce pas ? Est-il vrai, comme le bruit en court, qu'il a été contaminé par certaines théories dangereuses ?

Il s'échauffa à cette idée :

— Je fais allusion, en particulier, à ces félons qui cherchent à renverser l'Église et l'État pour établir une sorte de paradis sur terre.

Anselm foudroya du regard cet inquisiteur perfide, si habile à attirer ses interlocuteurs dans le piège de l'hérésie. Il se mordilla les lèvres avant de répliquer d'une voix douce :

— Frère Eugenius, vos propos sentent l'hérésie.

Vous mettez en doute les Saintes Écritures, car le Christ, Notre-Seigneur, n'a-t-il pas exhorté ses disciples à être différents des païens qui se plaisent à écraser les autres de leur superbe et à les voir plier genou devant eux ?

Le regard de l'assistant inquisiteur se durcit et la discussion aurait pu s'envenimer si un coup frappé à l'huis ne l'avait interrompue.

— Entrez ! dit Anselm.

Roger, le sous-sacristain, s'avança d'une démarche hésitante, les épaules voûtées. Ses yeux très rapprochés étaient sur le qui-vive et la peur se lisait sur son visage égaré. Il jeta un bref coup d'œil au Grand Inquisiteur et aurait détalé si le prieur ne lui avait pas solidement agrippé le poignet.

— Frère Roger, que se passe-t-il ?

Le sous-sacristain frotta son crâne aux cheveux rares et, le regard en biais, marmonna :

— Père prieur...

Puis il se frictionna les tempes.

— ... j'avais quelque chose à vous dire. Il y en avait treize... il n'aurait pas dû y en avoir treize.

Il fixait le prieur avec angoisse.

— Mais je ne me rappelle plus, mon père. C'est important, mais je ne m'en souviens pas.

Anselm lâcha le poignet du malheureux.

— Réfléchis et reviens me voir.

Le sous-sacristain prit la fuite comme un lièvre.

— Un demeuré ! commenta le Grand Inquisiteur.

— Non, frère William. Un enfant de Dieu. La peur lui a troublé l'esprit. Et le Seigneur sait que, dans ce couvent, rôde à présent le Mal, sinistre et effrayant.

Sur ce, il prit congé de ses invités et sortit sans hâte.

Ses pressentiments n'allaient pas tarder à se réaliser. Ce même jour, après les vêpres, alors que les moines regagnaient leur cellule ou profitaient de la fraîcheur du cloître, frère Callixtus revint à la bibliothèque et au scriptorium.

Contrairement à la règle, il ralluma les grandes bougies pour continuer ses recherches. Membre des plus érudits de l'ordre, il se flattait d'avoir une mémoire prodigieuse et, passionné par le débat du chapitre, il voulait frapper un grand coup. Il s'assura que le scriptorium était bien fermé avant de passer en revue les étagères qui, jusqu'au plafond, croulaient sous des volumes en cuir renfermant, cousus avec soin, les traités et les écrits des Pères de l'Église. Pendant la journée, Callixtus avait fouillé celles du bas et il était décidé à mener sa tâche à bien. Après tout, il lui suffirait de trouver le manuscrit renfermant les renseignements qu'il voulait. Il s'en était vanté auprès d'Alcuin, mais quand ce dernier lui avait demandé des précisions, il s'était borné à lui faire un signe de connivence. Il allait montrer à ces théologiens qu'il n'y avait rien de nouveau sous le soleil et que les grands érudits étaient ceux qui aimaient les livres.

Il alluma d'autres bougies et contempla les étagères qui s'élevaient au-dessus de sa tête. Il poussa la haute échelle jusqu'à l'endroit désiré et y grimpa prudemment, le poing refermé sur la bougie. Sur la tranche d'un ouvrage, il discerna les lettres dorées gravées avec minutie par un bibliothécaire précédent : *Lettres, Livres et Documents de l'âge apostolique*. Callixtus eut un sourire sarcastique et hocha la tête. Il examina méthodiquement les autres ouvrages. Soudain, il entendit du bruit et regarda en bas, apeuré.

— Qui est là ? dit-il à voix basse.

Aucun des frères, sûrement ! Ceux qui travaillaient au scriptorium devaient être morts de fatigue. Les yeux douloureux, les doigts gourds, ils ne s'étaient sans doute pas fait prier pour aller profiter des derniers rayons du soleil. Callixtus poursuivit sa recherche fiévreuse. Il lui fallait trouver ce tome avant l'arrivée d'Athelstan. Rien ne restait secret très longtemps au couvent et, après le repas du soir, la rumeur s'était répandue comme feu de paille : Athelstan, la brebis galeuse, revenait parmi les siens !

Callixtus n'avait aucun grief contre Athelstan. Autant qu'il était possible à un homme tel que lui, il aimait et respectait ce prêtre ascétique à l'esprit caustique qui œuvrait parmi les pauvres. Cependant il ne voulait pas que tout le crédit allât à Athelstan. Son regard tomba sur un certain livre. En levant la bougie, il allongea le bras pour le saisir au moment même où l'échelle était violemment repoussée. Il glissa, trop terrifié pour crier, et s'écrasa comme une pierre sur les dalles du scriptorium. Une atroce souffrance l'envahit. Le souffle coupé par le choc, il suffoquait. Heureusement, il était tombé sur le bras gauche, ce qui lui avait évité d'être plus gravement blessé. Il entendit du bruit et, malgré la douleur lancinante, se tourna vers la vague silhouette sombre qui se penchait sur lui.

— Aidez-moi ! supplia-t-il.

— ... À rejoindre l'éternité, certainement ! siffla-t-on.

Callixtus ouvrit la bouche.

— Oh, non ! gémit-il. Oh, non ! Je ne voulais pas !

Il tenta de ramper, mais la silhouette encapuchonnée abattit un lourd candélabre de cuivre sur sa tempe. Son crâne se brisa comme une noix. Sang et cervelle s'en échappèrent.

Les ennuis sérieux d'Athelstan commencèrent dès le lendemain du Grand Miracle. La nouvelle de la guérison s'était répandue dans les ruelles empuanties de Southwark. Malades et infirmes affluèrent vers St Erconwald, accueillis par un Watkin et un Pike euphoriques, qui avaient transformé le parvis en une petite place de marché.

— Ils se fatigueront vite, confia Athelstan à Bonaventure.

Debout devant le presbytère, il observait la longue

file de pèlerins qui, pleins d'espoir, attendaient d'entrer dans l'église pour voir le squelette, allumer un cierge devant le cercueil de bois et réciter une prière. Athelstan avait décidé de faire contre mauvaise fortune bon cœur. Les ouvriers continueraient à travailler et Cranston — il en était certain — allait lui fournir des renseignements qui résoudraient l'affaire une bonne fois pour toutes.

Cependant son bel optimisme s'évapora dès le début de l'après-midi. D'autres guérisons s'étaient produites : un enfant couvert de verrues affirmait que ses pustules disgracieuses avaient disparu ; un estomac bilieux guérit, des douleurs au bas-ventre s'estompèrent, une série grandissante de maux s'envolèrent après que les malades eurent prié devant le cercueil. Messire Bladdersniff et les autres dizainiers[1] vinrent se plaindre, mais Athelstan ne put que proclamer son mécontentement, dire que tout cela ne dépendait pas de lui et se claquemurer au presbytère.

La rumeur de la découverte miraculeuse attira tous les rapaces et vautours humains qui hantaient Southwark : simulateurs, mendiants, colporteurs et vendeurs de tout poil. Ils s'agglutinèrent comme des mouches autour de St Erconwald. Un vagabond, un bandeau sur l'œil, se prétendit affligé d'un pied malade. Il entra dans l'église en boitant bas, mais en ressortit peu après en jetant sa béquille et en proclamant sa guérison. Puis il offrit de vendre ladite béquille — devenue objet sacré. Debout devant le presbytère, il affirmait à un groupe de spectateurs ébaudis que contre un denier ils pouvaient se procurer cette béquille sacrée qui l'avait aidé à aller à Jérusalem et à en revenir. Athelstan en frémit. Tout d'un coup, une voix plus stridente s'éleva sur le parvis :

— J'apporte des indulgences de Rome et du Vicaire

1. Membres du guet, veillant à l'exécution des décisions du pouvoir municipal. (*N.d.T.*)

du Christ en Avignon. Si vous achetez ce parchemin rédigé avec de l'encre, provenant d'un pot façonné dans le bois même de la crèche de l'Enfant Jésus, alors tous vos péchés vous seront remis et votre temps en Purgatoire sera raccourci de mille jours et de mille nuits.

Athelstan, la tête dans les mains, ne put en supporter davantage. Il déverrouilla la porte, l'ouvrit à toute volée et sortit d'un pas décidé. Il s'empara de la béquille du simulateur et lui flanqua une bonne volée sur le dos.

— Au nom de Dieu, va-t'en ! s'écria-t-il. Ne connais-tu point le verset : « Ceci est la Maison de Dieu et les Portes du Ciel » ? Ce n'est pas une échoppe crasseuse de Cheapside !

L'autre trébucha et porta la main au couteau passé à sa ceinture. Athelstan, brandissant toujours la béquille, marcha sur lui d'un air menaçant.

— Vas-y, sale jean-foutre, hurla-t-il, citant directement Cranston. Ose prendre ton poignard et je te fracasse la tête en moins de deux, espèce de mécréant !

Emporté par la colère, il désigna le petit groupe des spectateurs.

— Eux, ce sont d'honnêtes chrétiens qui gagnent leur vie à la sueur de leur front !

Le pendart lui jeta un regard torve avant de prendre la poudre d'escampette. Le dominicain s'appuya sur la béquille, cherchant son souffle.

— Je suis désolé, murmura-t-il à ses paroissiens effrayés, rentrez chez vous. Veillez sur votre épouse, votre mari et vos enfants. Gardez votre argent. Aimez votre prochain : c'est ainsi que vous trouverez Dieu, pas dans ces misérables tours de saltimbanques.

— Des indulgences ! proclama soudain la voix stridente. Des indulgences pour vos péchés. Les Portes du Ciel vous appellent !

Athelstan se redressa et fustigea du regard le vendeur d'indulgences qui, installé sur les marches de l'église, lui tournait le dos. Sans hésiter, il s'élança vers lui et lui enfonça durement le bout de la béquille dans les reins. Le bonhomme dévala les marches en vacillant et se retrouva à quatre pattes sur le parvis. Il se retourna vers le dominicain, paupières étrécies par la rage et lèvres retroussées sur des chicots noirâtres. Son visage aigri au teint bilieux était un masque de haine. Athelstan s'accroupit en haut des marches.

— Je vais fermer les yeux, annonça-t-il, et réciter le Je vous salue Marie. Quand j'arriverai à la phrase : « Maintenant et à l'heure de notre mort », j'ouvrirai les yeux. Si tu es encore là, je te rosserai d'importance et te jetterai sur un tas de fumier.

Athelstan avait à peine prononcé « Sainte Marie » qu'en entrouvrant un œil il vit le vendeur d'indulgences décamper comme un lapin. Il se leva et braqua son regard sur Watkin et Pike qui se tenaient juste à l'entrée de St Erconwald.

— Si cela se reproduit, murmura-t-il, vous continuerez peut-être à être mes paroissiens, mais sûrement pas mes amis !

Il regagna pesamment le presbytère et alla s'étendre.

— Si Dieu existe dans les Cieux, chuchota-t-il, la vérité finira par apparaître.

Le lendemain matin, la paix régnait autour de St Erconwald après les violentes réactions d'Athelstan. Ce ne fut pas la vérité qui apparut, mais Cranston et le père prieur. Athelstan venait de célébrer la messe sur l'autel provisoire. Il avait vérifié les progrès des travaux et nourri Philomel. Il prenait son petit déjeuner, consistant en son dernier bol de soupe et un gobelet de vin coupé, lorsque Cranston tambourina à l'huis et fit une entrée majestueuse, comme s'il était l'Esprit-Saint.

— Bonjour, mon frère ! beugla-t-il, la main crispée sur sa gourde miraculeuse.

Sans y être invité, il remplit le gobelet d'Athelstan, engloutit une large rasade, rota et fit signe de venir au prieur ravi. Athelstan se leva.

— Bonjour, mon père. Accepteriez-vous de vous

joindre à Sir John et à moi pour prendre un peu de vin, malgré l'heure matinale ?

Le prieur lança un coup d'œil admiratif au coroner.

— Pourquoi pas ? remarqua-t-il doucement. Le Psalmiste ne dit-il pas que le vin réjouit le cœur de l'homme, et saint Paul lui-même, dans son Épître à Timothée, ne lui recommande-t-il pas : « Prends un peu de vin à cause de ton estomac et de tes fréquents malaises [1] » ?

Cranston, radieux, demanda en étouffant un renvoi :

— Est-ce vrai ?

— Bien sûr, Sir John !

— En ce cas, saint Paul est mon saint préféré. Il faut que j'en parle à Lady Maude. Vous dites l'Épître à sainte Marie ?

— Non, à Timothée ! rectifia Athelstan. Veuillez prendre place, mon père. Et vous, Sir John, un peu de vin ?

Une fois qu'ils furent installés — Cranston souriant aux anges, et le prieur vidant délicatement son gobelet d'étain — Athelstan se frictionna le visage.

— Vous avez l'air exténué, mon frère, observa Cranston.

Athelstan désigna la porte d'un geste vague.

— Vous en connaissez la raison, Sir John. Ce maudit squelette et, pire, l'épaisse couche de bêtise de mes paroissiens. N'importe quelle pie borgne leur ferait prendre des vessies pour des lanternes !

— Oui, j'ai eu vent de cette affaire, l'interrompit le prieur.

Le coroner s'agita sur son escabeau.

— Je fais ce que je peux, rugit-il. Mes clercs passent les archives au crible et mes agents écument les bas-fonds de Whitechapel pour retrouver votre Fitzwolfe, mais jusqu'à présent... chou blanc.

---

1. Première Épître à Timothée, 5, 23 (La Bible de Jérusalem, Éditions du Cerf-Pocket). (*N.d.T.*)

Il engloutit une rasade.

— Et la chambre écarlate ? demanda-t-il, les paupières mi-closes.

— Rien, Sir John, rien.

— La chambre écarlate ? s'étonna le prieur.

Cranston émit un rire forcé.

— Une plaisanterie, mon père. Une énigme que ce brave frère et moi essayons de résoudre.

— Ma présence est due à une énigme, également, reprit le prieur en regardant Athelstan droit dans les yeux. Sir John vous a peut-être raconté ce qui s'est passé à Blackfriars. La situation a encore empiré.

Il reposa le gobelet.

— Frère Bruno est mort dans des circonstances mystérieuses. Alcuin le sacristain n'a toujours pas réapparu. Roger, le sous-sacristain... vous souvenez-vous de lui, Athelstan ?

Ce dernier fit signe que oui.

— Eh bien, il s'est mis à divaguer. Les inquisiteurs subodorent la présence d'une hérésie. Et puis...

Il hésita en déplaçant son gobelet.

— Voici qu'hier frère Callixtus, le bibliothécaire, a voulu, Dieu sait pourquoi, travailler au scriptorium tard dans la nuit. Il examinait les étagères du haut lorsque... Eh bien, l'échelle a glissé. Il est tombé et s'est brisé le crâne.

— Que le Seigneur l'accueille en Son saint Paradis ! murmura Athelstan avec un signe de croix.

Les noms mentionnés par son supérieur lui disaient quelque chose, mais les visages restaient flous, indistincts dans sa mémoire. Il connaissait certains frères de loin, au temps où il servait à Blackfriars. D'autres, comme Henry of Winchester et les inquisiteurs, venaient d'ailleurs. Appuyé contre la table, il réfléchit rapidement. Si le prieur lui avait demandé son aide une semaine plus tôt, cela l'aurait réellement dérangé. Mais les voies du Seigneur sont impénétrables : un court séjour loin de St Erconwald pourrait lui faire le plus grand bien. Il croisa le regard de son supérieur.

— Que se passe-t-il à Blackfriars, à votre avis ?

Les yeux rivés sur son gobelet, le père Anselm chuchota :

— Que Dieu me pardonne, mais je crois qu'un fils de Caïn, un assassin, se cache parmi nous. Je voudrais que Sir John et vous veniez sur-le-champ mener l'enquête.

— Et St Erconwald ?

Cranston se pencha vers Athelstan et lui donna une petite tape sur la main.

— Ne vous mettez pas martel en tête, mon frère. Ce qui advient ici peut être considéré comme une infraction à la loi. J'enverrai quelques solides sergents munis d'un mandat des guildes interdisant l'entrée de l'église à tous, sauf aux ouvriers.

Athelstan se hâta d'approuver.

— C'est parfait. Maintenant, mon père, racontez-moi en détail ce qui est arrivé à Blackfriars.

Paupières closes, il écouta attentivement le résumé précis du prieur.

— Ainsi, conclut-il, nous avons une réunion du chapitre restreint à Blackfriars où Henry of Winchester défend son traité contre les arguments de frère Peter et de frère Niall en présence de nos amis inquisiteurs, prêts à combattre la moindre hérésie.

— C'est exact.

— Et pendant ce temps-là, frère Bruno et frère Callixtus meurent, Alcuin disparaît, tandis que, vous-même, vous vous alarmez devant les élucubrations d'un frère qui n'a plus toute sa tête.

Le prieur se frotta les yeux.

— Je me tracasse parce que Roger a commencé à divaguer après la disparition d'Alcuin. Vous comprenez, tous les témoins disent qu'Alcuin est entré dans la chapelle pour prier devant le corps de frère Bruno, après avoir fermé la porte à clef parce qu'il voulait être seul. Il agissait souvent ainsi. Frère Roger a frappé à la porte, mais ne recevant pas de réponse, il a utilisé une autre clef. Aucun signe d'Alcuin.

Le prieur se croisa les doigts.

— D'une façon ou d'une autre, la disparition d'Alcuin semble avoir fait basculer l'esprit de frère Roger encore plus.

Il se leva.

— Il faut que vous veniez, Athelstan. Sir John veillera sur St Erconwald. Je préfère vous en prier, mais si c'est nécessaire, je vous l'ordonnerai, en tant que votre supérieur.

— Je viendrai, promit Athelstan en se levant, lui aussi, et en s'étirant. Quelques jours loin de St Erconwald me reposeront. Mon père, retournez à Blackfriars. Sir John et moi, nous vous y rejoindrons bientôt. J'aimerais que vous réunissiez les membres du chapitre. Je dois les interroger ensemble.

Le prieur acquiesça, resserra la cordelette de son habit et prit congé. Athelstan le regarda se diriger vers les degrés de l'église, l'endroit où il avait attaché son cheval.

— Oh, Sir John ?

Il se retourna vers le coroner.

— La lettre concernant le mari de Benedicta a-t-elle été expédiée ?

— Comme une flèche.

— Bien.

Le dominicain sortit dans la cour. Des enfants jouaient sur les marches.

— Crim ! Crim ! Cours aussi vite que possible chez Dame Benedicta et prie-la de venir ici.

Il revint dans la cuisine où Cranston se versait une autre rasade.

— Soyez prudent ! l'avertit-il. Vous aurez besoin de votre entière lucidité cet après-midi.

— Ce qu'il me faut, c'est une bonne goulée ! lui

rétorqua Cranston avec irritation. Surtout si je passe la journée en compagnie de moinillons peureux !

— De dominicains dominateurs, plutôt ! plaisanta Athelstan.

Cranston laissa échapper un rot.

— Lady Maude et les enfants vont bien ?

— Oui, mais je resterai dormir à Blackfriars, répondit le magistrat. Je crois que Lady Maude a eu vent de mon pari stupide. Vous la connaissez, Athelstan.

Le magistrat gonfla les joues.

— Elle ne me harcèle pas, mais je ne supporte pas ses longs regards chargés de reproche. Mon frère, supplia-t-il, il nous faut absolument élucider cette énigme.

Athelstan tourna le dos à son compagnon pour que ce dernier ne lût pas le désespoir sur son visage. « Des squelettes, des crimes mystérieux et un assassin en liberté dans notre couvent ! » Il ferma les yeux. « Seigneur Dieu, venez à notre secours ! » Il vaqua dans la cuisine jusqu'à ce qu'on frappât à la porte.

— Entrez.

Benedicta s'avança, son beau visage marqué par la fatigue et l'angoisse. Elle s'inclina devant Cranston.

— Qu'est-il arrivé, mon père ? Pourquoi m'avez-vous fait appeler ?

Athelstan l'emmena vers un escabeau et s'assit près d'elle.

— Benedicta, la lettre est bien partie, mais la réponsc tardera certainement à venir. Il me faut abandonner la paroisse pendant quelque temps et retourner à Blackfriars.

Il lui effleura le poignet. Cranston, gêné, détourna la tête en toussant.

— Écoutez, Benedicta, reprit Athelstan, dès mon départ, ce soir, convoquez le conseil paroissial à une réunion.

Il prit le trousseau de clefs à sa ceinture.

— Vous pouvez vous réunir dans cette pièce. Essayez de leur faire entendre raison. Veillez sur l'église ! Gardez l'œil sur les ouvriers : ils devraient avoir fini d'ici quelques jours. Donnez à manger à Bonaventure et, pour l'amour de Dieu, surveillez Cecily !

Il sourit.

— C'est le seul être qui importe plus à Watkin et à Pike que le squelette.

Benedicta prit les clefs.

— Prenez soin de vous, mon père ! murmura-t-elle. Vous nous manquerez.

Elle ressortit aussi silencieusement qu'elle était entrée.

— Une brave femme ! commenta Cranston d'un ton narquois. Un caractère entier !

Il se releva en vacillant. Sa grande carcasse se balança lorsqu'il rassembla ses esprits fumeux pour reboucher la gourde.

— Une bonne sieste, éructa-t-il, et j'aurai de nouveau bon pied bon œil.

Athelstan se hâta de ranger les gobelets. Il fit ses ablutions, changea d'habit et descendit sa vieille selle tout usée. Puis il mit écritoire, parchemin, plumes et encrier de corne dans les fontes de cuir et harnacha Philomel qui protesta devant la brusque interruption de son idéal de picotin et de sieste. Moins d'une heure après, Cranston, ronflant, rotant et pétant en selle, cheminait vers le Pont de Londres, suivi de son « clerc bien-aimé », comme il surnommait Athelstan.

CHAPITRE V

Ils eurent du mal à franchir le pont encombré de charrettes, les paysans se hâtant de quitter la ville avant le couvre-feu, une fois leur marchandise vendue. Le marché de Bridge Street puait le hareng avarié. À la vue de la marée à la fraîcheur douteuse que les vendeurs tentaient de brader, Athelstan se promit d'y regarder à deux fois avant de goûter aux pâtés de poisson servis dans les tavernes ou les rôtisseries. Par cette superbe journée, tout Londres était dehors. Les riches atours de satin amarante côtoyaient les guenilles des maigres gamins des rues à demi nus. Un cornemuseux précédait un groupe de prostituées qu'on venait de tondre et qu'on emmenait à un bâtiment rond appelé la Tun, sur Cheapside. Cranston et Athelstan tournèrent à gauche dans Ropery où les étals offraient toutes sortes de cordelettes, ficelles, cordes et gros fils, certains teintés de couleurs vives, d'autres, couverts de poussière, destinés aux maçons et aux tailleurs de pierre. Des apprentis se précipitèrent pour accoster les deux hommes, s'enhardissant même jusqu'à toucher les brides des chevaux, mais un seul coup d'œil au visage rougeaud de Cranston et à l'habit du dominicain leur fit rapidement tourner les talons.

En apercevant les cordes de maçon, Athelstan repensa aux dalles de St Erconwald et à l'étrange marque que personne n'avait reconnue. Il avait prié ses paroissiens de lui signaler celles qu'ils trouveraient éventuellement. L'ouvrier qui avait posé ces dalles, raisonnait-il, devait en savoir long sur le squelette.

Cranston s'émut tout d'un coup.

— Seigneur, regardez ça !

Ils s'étaient arrêtés à l'angle de Vintry, là où les gardes du shérif appliquaient les peines infligées aux malfaiteurs.

Un homme nu était plongé, jusqu'au menton, dans un tonneau rempli de pissat de cheval. La sentence, grossièrement rédigée et clouée sur le bois, accusait ce brasseur d'avoir coupé sa bière. Mais la foule s'agglutinait surtout autour d'une vieille mégère aux jupes usées attachées au-dessus de la tête ; un dizainier frappait, de sa baguette, ses fesses grisâtres et flasques pour la punir d'avoir maltraité des enfants. Les badauds invectivaient l'infortunée sorcière aux yeux bandés en lui jetant toutes sortes de détritus. La cohue se calma un peu pour laisser passer un cortège funèbre conduit par un prêtre portant une croix et chantant le requiem. La plupart des participants du cortège avaient bu plus que de raison. Quant au cercueil, il tanguait tant sur les épaules des porteurs, comme un bouchon sur l'eau, que le couvercle se souleva soudain. Le bras livide du cadavre en sortit et se balança de telle façon que le mort parut prendre un dernier congé de l'assistance.

Athelstan et Cranston mirent pied à terre et, la bride à la main, croisèrent les chariots qui se dirigeaient vers les quais en faisant un bruit d'enfer sur les pavés. À peine tourné le coin de Beck Street, ils durent s'aplatir contre la façade d'une maison pour céder le passage à une étrange procession. Torse nu, des pénitents masqués et encapuchonnés avançaient lentement dans la rue. Certains psalmodiaient le Miserere tandis que d'autres les frappaient jusqu'à ce qu'éclate la peau de leur dos, devenue rouge et noirâtre.

— Des flagellants ! murmura Athelstan. On en voit à Paris, à Cologne, à Madrid et maintenant à Londres.

Ils vont de ville en ville, en chantant des psaumes et en se fouettant mutuellement pour expier leurs péchés.

Cranston émit un rot sonore.

— Et comment, au nom du Ciel, cela peut-il plaire au Christ de Miséricorde ?

Le dominicain se borna à hocher la tête. Les flagellants disparurent à l'angle de la rue et le son du fouet et des cantiques décrut au loin.

Athelstan et Cranston s'approchaient de Blackfriars. Ils en distinguaient clochers et tourelles au-dessus des tuiles rouges des maisons. Des gardes armés et revêtus de la livrée de la ville bloquaient une ruelle adjacente et tenaient une petite éponge près de leur visage ou devant leur bouche. Athelstan frissonna. La ruelle était déserte. La porte de chaque habitation était verrouillée et barrée d'une planche, tandis que les vantaux occultaient soigneusement les fenêtres. L'enseigne tape-à-l'œil d'une taverne grinçait d'une façon sinistre, comme pour déplorer sa grande salle vide.

— La peste ! s'écria Cranston en remontant en selle. Que Dieu nous préserve si elle frappe à nouveau !

Athelstan esquissa un signe de croix vers l'entrée de la ruelle et suivit Cranston sur l'immense place de Blackfriars, au fond de laquelle s'élevait le grand portail et l'impressionnante enceinte du monastère. Le coroner tira sur la cloche comme un sourd. Un frère convers leur ouvrit et les conduisit dans la cour pavée. Là, un palefrenier édenté, affligé d'yeux chassieux et de la plus horrible tache de vin qu'eût jamais vue Athelstan, vint prendre leurs chevaux en marmonnant d'inaudibles billevesées. Lorsque, à la suite du frère convers, ils longèrent des couloirs à la fraîcheur agréable, Athelstan sourit à part lui. Quelle sensation étrange que de fouler à nouveau ces lieux où il avait commencé son noviciat ! À la vue de certain couloir voûté, il s'arrêta net comme s'il voyait son propre fantôme, le fantôme du jeune homme qui s'était, une nuit, glissé le long de ces murs et faufilé par une fenêtre pour traverser les jardins baignés de lune, franchir l'enceinte et rejoindre son cadet qui l'attendait pour partir à la guerre. Pauvre Francis, inhumé sur un champ de bataille, quelque part en France !

— *Mea culpa !* chuchota Athelstan aux grains de poussière dansant dans la lumière qui se déversait par la croisée. *Mea maxima culpa !*

Le frère convers le dévisagea avec curiosité.

— Quelque chose ne va pas ? s'enquit-il.

Les paupières plissées, Cranston fit signe que non comme s'il avait lu dans les pensées de son clerc.

— Ce n'est rien, déclara-t-il à voix basse. Mon ami a vu un fantôme.

Le frère, perplexe, poursuivit son chemin. Ils traversèrent ainsi le cloître marbré de soleil pour gagner le logis du prieur. Le supérieur les attendait dans sa vaste chambre peinte en bleu.

— Vous êtes arrivés plus tôt que je ne le pensais.

Il appela le frère convers d'un claquement de doigts et lui glissa certaines instructions à l'oreille.

— Prenez place, murmura-t-il.

Il agita une clochette.

— Vous devez avoir soif.

Le visage du coroner s'illumina. Athelstan, mal à l'aise dans cette pièce où il avait été confronté à sa faute, se contenta d'acquiescer, l'esprit ailleurs.

Un frère lai leur apporta un grand pichet d'hypocras et trois gobelets. Il avait à peine fini de remplir ceux d'Anselm et d'Athelstan que Cranston avait vidé le sien et lui faisait signe de le resservir.

— Allons, n'hésitez pas ! s'exclama le magistrat à mi-voix en claquant des lèvres. Délicieux ! Un vrai nectar ! Remplissez ça à ras bord et posez-le sur le plancher, près de moi.

Le frère, déconcerté, obéit et ressortit, les yeux écarquillés.

— Vous aimez notre hypocras, Sir John ? Nous avons de belles ruches qui fournissent le miel le plus doux et le plus parfumé qui soit. Je vous en donnerai un pot ainsi qu'un tonnelet d'hypocras pour Lady Maude.

— Quel régal ! reprit le coroner en oscillant dangereusement sur son tabouret.

Ses yeux larmoyants fixaient Athelstan.

— Quel merveilleux endroit ! Je ne comprends pas pourquoi vous en êtes parti.

Son compagnon le fustigea du regard. Le magistrat allait bientôt piquer du nez car c'était l'heure de sa sieste. « Pourvu qu'il ne dégringole pas de son siège ! » pensa Athelstan : le coroner, fin soûl, pesait son poids !

— Mon père, se hâta-t-il de demander, pourquoi ce grand débat autour de l'ouvrage d'Henry of Winchester ?

Le prieur, fasciné par Cranston, avait peine à s'arracher à la contemplation du jovial coroner affalé sur son tabouret comme un énorme chérubin secoué de renvois.

— Henry a rédigé un traité, expliqua-t-il lentement, dans lequel il affirme que Dieu s'est fait homme, non pour nous sauver du péché, mais pour nous redonner la Beauté originelle.

Athelstan haussa les sourcils.

— Je ne vois pas ce qu'il y a d'hérétique dans cela.

— C'est ce que j'ai pensé au début, mais si on accepte cette hypothèse, à savoir que le Christ est venu nous rendre à notre innocence première, qu'en est-il alors de l'importance du péché ou de la notion de justice et de rétribution divines ?

— Péché, péché ! marmonna Cranston. Les prêtres n'ont que ce foutu mot à la bouche. Comment imaginer que le Seigneur miséricordieux puisse envoyer un homme en enfer pour trop aimer la boisson ?

Il se lécha les lèvres et allait se lancer dans sa thèse à lui quand on frappa à la porte. Le frère convers entra.

— Mon père, le chapitre vous attend.

Athelstan, stupéfié par le commentaire théologique du coroner, se leva et souffla rapidement au prieur :

— Il est temps d'y aller, mon père !

Ce dernier acquiesça d'un clin d'œil, puis, à sa suite, ils s'enfoncèrent dans un dédale de couloirs. Cranston traînait derrière les dominicains, tel un navire de fort tonnage en pleine tempête. Les membres du chapitre siégeaient déjà autour de la table, ainsi que frère Roger à l'air sempiternellement ahuri. Ils se levèrent à demi à l'entrée du prieur, mais il leur fit signe de se rasseoir. Les présentations furent rapides et Athelstan se félicita de la présence du coroner. Il savait qu'on le considérait comme une brebis galeuse ; certains pouvaient ne pas apprécier sa venue et même soulever des objections. Pour l'instant, tous dévoraient Cranston des yeux. Il s'était écroulé sur la chaire du prieur sans demander l'avis de personne et les dévisageait avec la mine enfarinée d'un Bacchus hilare. Les réflexions faites à voix basse n'échappèrent pas à Athelstan qui surprit les mots « pilier de taverne » et « ivrogne », accompagnés de regards condescendants.

Tandis que le prieur prononçait un discours embarrassé, le clerc étudia ses frères en Christ. Il connaissait de réputation William de Conches et son assistant enjoué, Eugenius. Des hommes dangereux à l'œil implacable et à la mentalité de limier, qui étaient convaincus que le Seigneur se réjouissait vraiment de voir des êtres brûlés vifs dans des tonneaux d'huile pour sa plus grande gloire. Quant au jovial frère Peter et à l'Irlandais, c'était des inconnus pour lui, mais ils paraissaient d'un abord fort agréable. Peter se retenait d'ailleurs d'éclater de rire à la vue de Cranston qui, paupières closes, s'inclinait de plus en plus sur la table. Frère Henry of Winchester, immobile comme une statue, ses traits hâlés tout empreints de sérénité, adressa un petit salut et un sourire timide à Athelstan qui lui répondit de même. Le clerc avait entendu parler de ce jeune théologien hors pair, de ce brillant prédicateur à l'esprit aussi aiguisé qu'un rasoir. Son voisin, le pauvre frère Roger, offrait avec lui un contraste des plus saisissants, avec sa tête d'innocent de village et ses étranges touffes de cheveux plantés droit sur le crâne. En voyant ses yeux fous et la salive qui lui coulait sur le menton, Athelstan se demanda s'il n'avait pas l'esprit dérangé au point de commettre un crime.

Le prieur finit son discours et regarda Cranston, mais celui-ci, un sourire béat aux lèvres, s'était à moitié assoupi. Athelstan toussota pour détourner l'attention et plaça sur la table son encrier en corne, du parchemin et de quoi écrire. Il les tripota nerveusement avant de prendre la plume et de regarder l'assemblée.

— Le père prieur, déclara-t-il posément, m'a prié de venir élucider les événements mystérieux qui se sont déroulés depuis la première séance du chapitre restreint, un lundi, le trente et unième jour du mois de mai. Moins d'une semaine après cette réunion, le frère Bruno a été victime d'une chute mortelle dans l'escalier de la crypte. Le samedi suivant — à savoir samedi dernier — frère Alcuin, le sacristain, s'est rendu à l'église afin de prier, seul, pour le repos de l'âme de frère Bruno qui gisait dans un cercueil au pied du maître-autel. Il verrouilla la porte derrière lui. Est-ce exact, mon père ?

Le prieur confirma d'un geste.

— Oui, Alcuin a bien fermé la porte à clef. Pourtant, quand frère Roger, à son tour, a pénétré dans l'église, il avait disparu.

Le prieur observa une pause et Athelstan vit le rictus et le regard vide du simple d'esprit.

— Hier soir, frère Callixtus, contrairement à la règle, alla dans la bibliothèque pour des recherches personnelles. Apparemment, il glissa de l'échelle et se tua sur le coup.

— Coïncidences ! affirma d'un ton sec William de Conches en s'appuyant sur la table, bras croisés. L'escalier de la crypte est assez raide et Bruno était âgé.

Il haussa les épaules.

— Une fois dans l'église, Alcuin a peut-être succombé à l'émotion et décidé de quitter le couvent. Il est donc ressorti de l'église, l'a verrouillée et a pris la poudre d'escampette en pleine nuit.

Le Grand Inquisiteur toisa Athelstan :

— Ce ne sera ni le premier ni le dernier à agir ainsi !

Athelstan lui opposa un visage serein en luttant pour maîtriser sa fureur croissante.

« J'espère, songea-t-il, que c'est vous l'assassin, car je sens la présence du crime ici. »

Mais, clignant des yeux, il se hâta de chasser ces mauvaises pensées.

— Et frère Callixtus ? poursuivit Athelstan. Il est bien tombé de l'échelle, n'est-ce pas ?

— Oui, oui, lâcha avec dureté Eugenius, la tête détournée pour éviter son regard.

Coudes sur la table, Athelstan joignit le bout des doigts en s'efforçant de ne pas se tourner vers la droite, là où Cranston ronflait légèrement, comme un bienheureux.

— Frère Henry, frère Niall, frère Peter ? Vous avez, tous trois, étudié la logique, n'est-ce pas ? reprit Athelstan avec le sourire.

Ils confirmèrent d'un signe de tête.

— Ainsi que la théorie de la probabilité et de la fréquence des coïncidences ?

Ils opinèrent derechef.

— Dites-moi, mon père, enchaîna Athelstan, combien de morts violentes se sont produites ces trois dernières années au couvent ? Pas des décès dus aux maladies, mais des accidents ou des agressions ?

— Aucune.

— Donc, pendant les trois ans et même les six ans qui ont précédé ce chapitre, aucune mort violente n'est à déplorer. Mais dès la première réunion, deux frères meurent et un troisième disparaît dans des circonstances mystérieuses, et cela en moins de deux semaines. Je m'adresse à chacun d'entre vous : est-ce là chose possible ? Chose logique ?

Henry of Winchester hocha la tête en souriant.

— Frère Niall ? Frère Peter ?

Leurs expressions disaient assez qu'ils partageaient l'avis de frère Henry.

— Nous avons certains indices, par ailleurs, poursuivit Athelstan. Des détails que le père Anselm ne m'a pas précisés.

Le supérieur lui lança un coup d'œil surpris.

— N'est-ce pas, mon père ?

Le prieur passa la langue sur ses lèvres fines. Avait-il bien fait, se demanda-t-il fugitivement, de rappeler Athelstan ? Le jeune dominicain était trop vif, trop sagace. Le remède allait-il être pire que le mal ? William de Conches avait-il raison ? Ne valait-il pas mieux passer ces affaires sous silence ?

Athelstan le fixait de ses yeux gris océan.

— C'est juste, reconnut le prieur. Frère Alcuin ne s'est pas enfui du couvent. Il a laissé sa cellule en l'état. Il n'a emporté ni besace, ni aumônière, ni nourriture, ni argent, ni bottes et il n'a pas pris de cheval à l'écurie. En outre, s'il était parti, il y a de fortes chances pour que quelqu'un l'eût aperçu. D'autre part, il se sentait exclu du chapitre restreint. Lui et son ami proche, frère Callixtus...

Le prieur eut un faible sourire.

— ... se considéraient comme des théologiens. Certains frères surprirent une conversation où ils traitaient le chapitre de farce. Frère Callixtus, affirmait Alcuin, était en mesure de prouver que vous, Grand Inquisiteur, perdiez votre temps.

— Qu'entendait-il par là ? tonna William de Conches.

— Simplement, mon frère... intervint soudain Cranston, en ouvrant les yeux et en claquant de la langue.

Tous sursautèrent. Le coroner reprenait ses esprits. Il s'étira en toisant l'assemblée pour repérer d'éventuels rieurs.

— ... Il voulait dire par là que deux moines — pardon, deux frères dominicains — considéraient le chapitre comme une perte de temps. L'un est mort, l'autre a disparu. N'ai-je pas dit vrai, mon père ?

Le père Anselm l'approuva prestement. Cranston leva un doigt boudiné.

— Je n'ai pas étudié la logique, mais je n'oublie jamais le vieux proverbe : « Chien qui sommeille tend l'oreille ! » Je m'appelle Sir John Cranston, coroner royal. Même somnolent, je suis tout ouïe.

Athelstan gémit *in petto*. Si seulement Cranston se retenait de jouer les ivrognes assoupis !

— D'après vous, mon père, enchaîna-t-il, à quoi Alcuin et Callixtus faisaient-ils allusion quand ils affirmaient que le Grand Inquisiteur perdait son temps ?

— Je l'ignore. Ils ne cessaient de s'entretenir à voix basse, à l'écart de tous, et Callixtus fouillait la bibliothèque à la recherche de certain manuscrit.

— L'autre, l'interrompit grossièrement le magistrat en foudroyant Athelstan du regard, vous savez... le vieux, le premier qui est mort, Bruno. Faisait-il partie du chapitre restreint ?

— Non, répondit Eugenius. Mais frère Alcuin, pour je ne sais quelle raison, a toujours insisté sur le fait que lui-même se rendait à la crypte au moment où frère Bruno faisait cette chute mortelle.

Eugenius esquissa une moue.

— Quant à ce que cela signifiait, je vous laisse à vos propres conclusions, Athelstan.

Ce dernier prit quelques notes avant de poser sa plume et de s'approcher de frère Roger qui, recroquevillé comme un lièvre apeuré, ne quittait pas des yeux le Grand Inquisiteur. Athelstan emprisonna sa main dans les siennes.

— Frère Roger, chuchota-t-il, que désiriez-vous confier à notre père prieur ?

Le simple d'esprit cligna fébrilement des yeux et s'humecta les lèvres. Sa langue semblait trop grosse et de la salive coulait sur son menton mal rasé. Il se frotta la tête de ses doigts sales.

— J'ai vu quelque chose dans l'église, mais je ne me rappelle pas quoi, sauf qu'il aurait dû y en avoir douze — peut-être treize.

Il ajouta avec un sourire vague.

— Je ne sais plus. Frère Roger oublie si vite !

Athelstan, déçu, se redressa.

— Mon père, y a-t-il d'autres détails que nous devons connaître ? Quelqu'un en sait-il plus sur ces énigmes ?

Ses paroles se heurtèrent à un mur de silence.

— En ce cas, mon père, Sir John et moi-même aimerions nous retirer. Une chambre nous attend, n'est-ce pas ?

— Oui. On va vous y conduire. Vous logerez dans notre hostellerie.

Athelstan se mordit les lèvres. Cranston, il le savait, désirait rester à Blackfriars, loin de la langue acérée de Lady Maude, mais l'idée de partager une chambre avec le coroner ne l'enchantait guère. Ils avaient, plus d'une fois, voyagé ensemble et le clerc savait à quel point le magistrat pouvait se montrer loquace, surtout après un bon repas et quelques rasades de bordeaux.

— Avons-nous votre permission d'aller partout dans le couvent et de voir ce que nous voulons ?

— Naturellement.

La séance fut levée. Frère Roger s'enfuit presque. Frère Niall et frère Peter saluèrent amicalement Athelstan. Frère Henry exprima sa joie de le revoir. Quant aux inquisiteurs, ils l'ignorèrent avec superbe. Le prieur confia Cranston et Athelstan aux bons soins d'un frère lai. Ils quittèrent le logis principal pour contourner l'église et gagner la modeste hostellerie qui dominait le verger. Le rez-de-chaussée abritait cuisines et resserres, tandis qu'à l'étage s'ouvrait une vaste chambre bien tenue. Deux lits de sangles, un coffre, un prie-Dieu, une table sous la croisée garnie de verre, une chaise, quelques escabeaux formaient l'ameublement, tandis qu'au mur étaient enfoncées des chevilles où suspendre les vêtements. Si une jonchée[1] fraîche parsemée d'herbes aromatiques recouvrait le sol de la cuisine, la chambre, elle, s'ornait de tentures de laine et d'un tapis, de laine également, monté sur une simple trame.

— Le père prieur a dit que vous pourriez vous joindre à nous au réfectoire si vous le désirez, leur indiqua le jeune frère. Ou cuisiner vos propres aliments, ou vous faire apporter votre repas.

— Qui s'en charge ? s'enquit Athelstan.

— Moi, répondit le jeune homme. Je m'appelle Norbert. J'accomplis mon noviciat et me prépare à prononcer mes vœux définitifs.

Athelstan scruta son visage lisse et ses yeux bruns et limpides. Il avait l'air de quelqu'un à qui on pouvait se fier.

— Vous ne faites pas partie du chapitre ?

— Oh non, mon frère, je n'en suis pas encore digne.

— Alors, rétorqua Athelstan en lui frappant l'épaule, c'est vous qui nous apporterez les plats du réfectoire. Bon, maintenant, mon garçon, allez jeter un coup d'œil sur nos chevaux. Philomel, mon vieux destrier, mange à s'en faire éclater la panse.

Athelstan coula un regard vers Cranston.

— Il n'est pas le seul, d'ailleurs ! Sir John est doté d'un appétit prodigieux. Assurez-vous que son tranchoir[2] soit toujours bien garni.

Le sourire du novice dévoila des dents bien écartées.

— Et cet hypocras, renchérit le coroner en passant les pouces dans sa ceinture, est fort bénéfique pour le gosier, je crois.

— Notre prieur vous en a fait mettre une barrique de

---

1. En été, le sol était recouvert d'un mélange de joncs et de rameaux : la jonchée. En hiver, il était recouvert de paille. (*N.d.T.*)

2. Carré de pain qui servait d'assiette aux autres aliments et que l'on jetait aux chiens à la fin du repas. (*N.d.T.*)

côté, Sir John. Et puis, il y a des pichets de vin et un tonnelet de bière dans la resserre.

— Merveilleux ! Merveilleux ! murmura le magistrat.

Athelstan attendit que le novice sorte pour s'asseoir lourdement à la table.

— Réfléchissons un peu, Sir John.

Il posa parchemin et plume devant lui.

— D'abord le chapitre est convoqué pour débattre de sujets théologiques. Frère Henry confronte son point de vue avec ceux de frère Peter et de frère Niall. Les inquisiteurs sont là pour débusquer une éventuelle hérésie. Deux autres frères, Alcuin et Callixtus, suggèrent, à mots couverts, que le chapitre est une perte de temps, mais sans expliquer pourquoi. Callixtus tombe de l'échelle, dans la bibliothèque, Alcuin disparaît. Le bruit court que frère Bruno, qui n'avait rien à voir avec le chapitre, a glissé dans l'escalier de la crypte au moment même où Alcuin était censé y entrer. Frère Roger, un simple d'esprit, clame qu'il y a quelque chose de louche dans l'église et parle du nombre douze ou treize. Bon ! Sir John, votre avis ?

Un ronflement sonore lui répondit. Il se retourna. Cranston, affalé dans la seule chaire de la pièce, devant la petite cheminée, dormait à poings fermés, un sourire flottant sur ses lèvres gourmandes. Avec un soupir, le clerc l'installa plus confortablement, et remit du bois sur le feu. Puis il revint à ses notes. Pendant une heure, tandis que ronflait Cranston, il essaya de trouver une certaine logique dans ce qu'il avait appris. Il entendit distraitement la cloche appelant les frères à complies — le soleil se couchait. Cranston se réveilla en sursaut. En se tapotant l'estomac, il alla d'abord aux latrines, puis à la resserre où il prit un pichet d'hypocras.

— Pas maintenant, Sir John, déclara Athelstan qui l'avait suivi. Nous avons du pain sur la planche.

Cranston eut aussitôt l'air malheureux comme les pierres.

— Je meurs de soif, mon frère.
— Sir John, des tâches urgentes nous attendent.
— Lesquelles, par exemple ?
— C'est vous le coroner, Sir John. C'est à vous de passer au peigne fin les lieux des différents crimes. Plus vite nous résoudrons ces morts suspectes, plus vite nous éluciderons l'énigme de la chambre écarlate.
Cranston reposa sa chope en souriant.
— Frère Athelstan, vous m'avez convaincu.
Ils retournèrent dans le cloître. Athelstan se rappelait que la crypte se trouvait au bout d'un étroit passage, près du portail nord de l'église. Seul le bourdonnement des abeilles butinant les fleurs, autour du jet d'eau cristallin au centre du cloître, brisait le silence du jardin. Les frères avaient rangé les petites tables sur lesquelles ils copiaient et écrivaient. Athelstan se souvenait des longues heures passées à recopier des textes érudits en profitant de la lumière du jour. Il s'arrêta brusquement. Frère Callixtus avait été son maître et Alcuin s'était toujours passionné pour les écrits théologiques. Auraient-ils vu quelque chose ou étudié un ouvrage en rapport avec le chapitre ? Le clerc contempla le jet d'eau. La bibliothèque de Blackfriars était réputée, car elle s'enorgueillissait de posséder des manuscrits venant de toute la chrétienté, pas seulement des traités de dominicains, mais des œuvres des Anciens aussi bien que d'autres théologiens.
— Allons, Athelstan ! l'appela Cranston d'une voix pressante en désignant l'épaisse porte, renforcée de ferrures. Les secrets de la crypte n'attendent que nous !
Le dominicain ouvrit docilement la porte.
— L'escalier est abrupt, murmura-t-il. Il s'enfonce dans le noir. Quand j'étais novice, je pensais que c'était l'entrée de l'Enfer.
Il montra une torche murale près du seuil.
— Vous qui avez de l'amadou, Sir John, allumez-la !
Le coroner obéit et la torche de résine crépita.

— Recommencez, Sir John, lui dit Athelstan en refermant la porte.

Cranston s'étonna.

— Mais, par la mort diantre, la torche est allumée !

— Recommencez, refaites votre geste !

Le magistrat s'exécuta à contrecœur.

— Quelle mouche vous pique, mon frère ?

— Eh bien, essayons de reconstituer les actions de frère Bruno. Regardez, Sir John, la marche du haut, très large, ne présente aucun danger. La torche se trouve au mur, quand on referme la porte. Frère Bruno a dû se retourner pour l'allumer, tout comme vous à l'instant. Or cette première marche, je le répète, est fort large, d'une largeur suffisante pour permettre à quelqu'un de se cacher derrière le battant. Bruno entre et se retourne. Comme vous, il est en déséquilibre quand il tend la main pour saisir la torche.

— Et vous en concluez, l'interrompit Cranston, qu'un homme tapi dans l'obscurité a poussé le vieillard en le prenant pour frère Alcuin ?

— Oui.

Athelstan sortit soigneusement la torche de son tenon et la brandit dans les ténèbres, faisant danser les ombres sur les marches raides qui disparaissaient devant eux. Il désigna la rampe de fer.

— Du temps de mon noviciat, on redoutait cet escalier aux arêtes coupantes, aussi a-t-on installé cette rampe. Personne, surtout un vieil homme et même quelqu'un comme Alcuin, n'aurait pu survivre à cette chute.

— Mais ce n'est pas Alcuin qu'on a poussé, observa Cranston, c'est ce pauvre frère Bruno. Une erreur, certes, mais la question demeure : pourquoi en voulait-on à Alcuin ? Et pourquoi est-il venu ici ? C'est vous qui avez étudié à Blackfriars, Athelstan !

Le clerc sourit en replaçant la torche dans son support de fer et en rouvrant la porte.

— Bonne remarque, Sir John. La crypte servait

souvent à des réunions secrètes. Vous connaissez le problème des factions et des querelles mineures qui est l'apanage de toute communauté, sans parler des amitiés coupables qui peuvent naître entre des hommes voués au célibat.

— C'était le cas, ici ? marmonna Cranston en refermant la crypte.

Athelstan le prit gentiment par le coude pour le guider vers le cloître et la lumière décroissante du jour.

— Et d'autres agissements, plus bizarres encore, Sir John, mais à présent, nous recherchons un meurtrier.

— Cela a quand même pu être un accident ! insista Cranston.

— Ça dépend de deux choses. D'abord, y a-t-il un lien entre Alcuin et la crypte ? Qui allait-il y rencontrer ? Ensuite, lorsqu'on a retrouvé le corps de Bruno, la torche murale était-elle allumée ? Si elle ne l'était pas, cela signifie qu'on l'a poussé alors qu'il enflammait l'amadou. L'assassin devait agir rapidement sous peine d'être pris sur le fait. Tout ce qu'il a dû voir, c'est une vague silhouette. Enfin, rien de plus facile que de donner un coup violent et de disparaître dans la nature !

Cranston se massa le cou en frissonnant. « Ici, tout n'est que paix et silence, songea-t-il. Quel contraste entre le tumulte de la ville et Blackfriars avec ses murs chaulés, ses couloirs d'une propreté irréprochable, ses jardins fleuris, ses fontaines cristallines et l'harmonie des voix louant le Seigneur... Et pourtant, les passions s'y déchaînent avec autant de violence que dans les ruelles autour de Cheapside : luxure, envie, jalousie, cupidité et même meurtre. »

La porte de l'église s'ouvrit et les deux hommes s'écartèrent pour laisser passer les frères qui, en rangs, silencieux et anonymes, se dirigeaient vers le réfectoire, mains enfouies dans les manches volumineuses et tête dissimulée sous le capuchon.

Cranston leva le nez comme un chien de chasse et huma l'air.

— Un bon repas ! murmura-t-il en se caressant la panse et en se pourléchant les lèvres. De la venaison, mon frère ! De la viande fraîche et tendre, assaisonnée de romarin.

— Tout à l'heure, Sir John.

Le clerc agrippa le coroner par le poignet et attendit que la communauté se fût éloignée pour entraîner son compagnon dans l'église qui embaumait l'encens. Le soleil jouait encore sur les vitraux, striant la pénombre de faibles lueurs. Les vapeurs d'encens du chœur se répandaient dans la nef comme un parfum. Athelstan perçut l'immobilité sacrée, comme si l'air lui-même avait été purifié par le plain-chant.

Ils remontèrent la nef pour passer sous le jubé remarquablement sculpté et pénétrer dans le chœur. Athelstan se figea, muet d'admiration devant la beauté du sol au marbre multicolore, et celle des marches d'albâtre et de l'impressionnant maître-autel taillé dans le marbre le plus rare et reposant sur des piliers dont les corniches étaient recouvertes d'une épaisse feuille d'or. Des chandeliers en argent massif ornaient la nappe d'autel en soie blanche. Une superbe rosace resplendissait encore aux feux du soleil couchant. Athelstan regarda le chœur où les frères s'assemblaient pour chanter l'office et les stalles abondamment sculptées. Il se remémora son noviciat et ces matines dont il chantait les psaumes, encore ensommeillé. Le maître-autel était surmonté d'un immense crucifix noir, suspendu à la charpente par des chaînes d'or fin. Sous la rosace de l'abside derrière l'autel, certaines niches abritaient les statues grandeur nature des apôtres.

— Ce n'est pas St Erconwald, reconnut Cranston, ébahi devant la sereine beauté des lieux. C'est de la pure poésie de marbre et de pierre. Mais est-ce ici qu'est mort Alcuin ?

Athelstan cligna des yeux, comme si la paix régnant dans le lieu saint lui avait fait oublier les raisons de sa présence.

— Combien de portes y a-t-il ? demanda brusquement le magistrat.

— Deux seulement, celle par laquelle nous sommes entrés, dit Athelstan en montrant le portail principal, et une dans le chœur.

— Pas de trappes ou de passages secrets ?

— Aucun. Et le père prieur a affirmé que ces deux portes étaient verrouillées. De toute évidence, frère Alcuin voulait être seul.

— Mais où peut-il bien être allé ? s'exclama Cranston.

Athelstan lui fit signe de contourner le maître-autel. D'énormes poteaux de bois se dressaient à chaque coin d'un tapis écarlate.

— À quoi servent-ils ? s'étonna le coroner.

— Lorsque meurt un membre de la communauté, on place son cercueil sur ces poteaux, expliqua Athelstan. Le corps doit rester devant le maître-autel pendant un jour et une nuit. Ensuite, on chante la messe de requiem.

Il donna un coup de pied sur le sol.

— Ensuite, on descend le cercueil dans un immense caveau voûté.

— Frère Alcuin aurait-il pu y être jeté ?

— J'en doute. Rappelez-vous, on y a descendu le cercueil de frère Bruno. Nos frères convers ne sont peut-être pas des génies, mais ils auraient certainement remarqué le cadavre d'un de leurs frères, gisant n'importe comment.

Athelstan désigna un prie-Dieu. Son regard circulaire s'attarda sur les statues dans leurs niches.

— C'est ici que frère Alcuin a été vu vivant pour la dernière fois, dit-il à mi-voix. Le père prieur en est certain. Mais ensuite, que lui est-il advenu ?

Ses chuchotements résonnaient de façon bizarre dans le silence, et Cranston, malgré la beauté de l'église, sentit sourdre une menace et frissonna.

— Je l'ignore, mon frère. Je l'ignore complètement. Mais j'ai l'impression que nous sommes à l'entrée de la Vallée de la Mort !

CHAPITRE VI

Athelstan et Cranston s'attardèrent un moment à soupeser différentes hypothèses sur la disparition d'Alcuin, avant de revenir dans le chœur.

— J'ai l'estomac dans les talons, maugréa Cranston.

— Vous avez toujours faim, Sir John ! Il y a quelque chose d'autre que vous devriez voir avant le souper.

Le coroner se mit à bouder comme un gamin à qui on aurait refusé une friandise.

— Sir John, poursuivit patiemment Athelstan, on vous a demandé céans pour mener une enquête. Quelle est donc la marche à suivre, pour un coroner ?

Cranston s'adossa au mur.

— Il doit examiner le corps, laissa-t-il tomber du bout des lèvres. Que suggérez-vous, Athelstan ? Que j'exhume frère Bruno ?

— Certes non, mais Callixtus, lui, n'est pas encore enterré.

— Allons, Athelstan, bougonna le magistrat. Le travail d'abord, le plaisir de la table ensuite !

Ils quittèrent l'église et passèrent par le cloître pour gagner le réfectoire. Un frère lai, passablement âgé, y était de service. Athelstan lui fit signe d'approcher.

— Veuillez me pardonner, lui murmura-t-il, mais auriez-vous l'amabilité d'aller dire au père prieur que Sir John Cranston doit absolument examiner la dépouille de frère Callixtus ?

Le vieux moine sembla étonné, mais, pressé par Athelstan, entra dans le réfectoire. Athelstan resta près de la porte entrebâillée, contemplant les ombres qui dansaient à la lueur des chandelles. Il écouta le lecteur lire un extrait de la Vie des Saints tandis que le reste de la communauté attablée observait un silence que seuls rompaient le tintement des plats et le raclement des sandales sur le sol. Le frère lai revint.

— Notre prieur accède à votre demande, annonça-t-il. Frère Callixtus repose à l'infirmerie. Je dois vous y conduire.

L'infirmerie occupait un bâtiment isolé. Le frère infirmier, son habit recouvert d'un tablier blanc, les accueillit et les mena dans une petite pièce chaulée, à l'arrière, qui servait de chambre mortuaire.

— Nous avons fait notre possible, déclara-t-il à mi-voix. Frère Callixtus sera inhumé samedi.

D'un geste vague de la main, il leur montra une table à l'écart qui disparaissait sous un linceul blanc, frangé de violet. Athelstan découvrit le corps. On avait procédé à la toilette mortuaire de Callixtus avant de le revêtir de l'habit de cérémonie des dominicains. La manière dont il avait péri, pourtant, était manifeste : des ecchymoses pourpres et noirâtres marbraient son visage aigri et ascétique. Athelstan étudia ses traits crispés : l'arête du nez était plus vive, les joues s'étaient creusées et les yeux enfoncés dans les orbites. Il éprouva de la compassion en se rappelant la finesse d'esprit et l'humour caustique dont avait fait preuve Callixtus, dans la fleur de l'âge. Il examina, avec la plus grande minutie, la blessure à la tempe. L'embaumeur avait fait de son mieux, mais il constata à quel point cette plaie était profonde, nette et large comme le sillon d'un champ.

— Mon frère ! lança-t-il à l'infirmier. Est-ce vous qui avez ramené de la bibliothèque le cadavre de Callixtus ?

— Oui.

— S'était-il heurté le crâne aux dalles ou à un objet pointu ?

— Non, il gisait par terre, tout simplement.

— Qu'avez-vous découvert ? demanda Cranston en s'approchant.

Il se sentait un peu nauséeux. L'estomac vide, il fronçait le nez en respirant l'odeur âcre de la pièce.

— Regardez, Sir John ! Il s'est, certes, meurtri la face et la tête dans sa chute, mais je pense que voici le coup qui l'a tué, affirma Athelstan en désignant la tempe.

Puis il remit le linceul en place.

— Ce que j'entends par là, chuchota-t-il, c'est que Callixtus est bien tombé, mais qu'ensuite il a été frappé par un objet tranchant. Oh, poursuivit-il en se tournant vers l'infirmier, lorsque vous avez enlevé le corps de frère Bruno dans la crypte, la torche était-elle allumée ?

— Bien sûr ! Il y fait noir comme dans un four. C'est Alcuin qui a trouvé le corps. Ah oui !

L'infirmier porta les doigts à ses lèvres.

— C'était bizarre, ça !

— Quoi ?

— Il n'a trouvé le corps qu'après avoir allumé la torche. C'est lui-même qui l'a dit, je m'en souviens bien.

Il enchaîna, le visage ridé par la perplexité :

— Mais quelle mouche avait donc piqué Bruno pour qu'il se promène dans ce trou noir ?

— Seul Alcuin pourrait répondre, observa Cranston d'un ton sans réplique en regardant Athelstan. Autrement dit, cette énigme n'est censée être résolue que par un homme qui a disparu.

Ils remercièrent l'infirmier. Athelstan pria le frère lai, qui les avait attendus, de les conduire à la bibliothèque. Là il lui ordonna, malgré ses protestations, d'allumer toutes les bougies. Puis il se dirigea vers la longue échelle étroite qui s'élevait jusqu'aux étagères, disparaissant dans la pénombre. Il s'efforçait de ne pas se laisser distraire par les murmures admiratifs de Cranston, car ce scriptorium lui évoquait trop les jours heureux. C'est dans cette bibliothèque, une des plus riches du royaume, qu'il avait fait ses études de novice. L'odeur pénétrante du cuir et le doux parfum des manuscrits fraîchement enluminés l'emplirent de nostalgie. Sa gorge se noua. Mais c'est aussi là qu'il avait pris la décision de s'enfuir du couvent pour entraîner son frère sur les champs de bataille, là-bas en France. Il jeta un bref coup d'œil à la ronde. Cet endroit était-il hanté par des fantômes ? Celui de son frère, ou ceux de ses parents morts de chagrin ?

Refoulant ses larmes, il empoigna l'échelle.

— Vous comprenez, Sir John, c'est ici que Callixtus a grimpé sur l'échelle. Il a glissé et il est tombé là, précisa-t-il en désignant le sol. Or les dalles sont bien lisses et je n'aperçois aucun objet pointu. Voudriez-vous aider le frère à rassembler les candélabres, Sir John ?

— Pourquoi ? Qu'est-ce que vous manigancez ?

Athelstan leva la main.

— « Réfléchir et analyser », telle est la leçon que vous m'avez apprise, Sir John. Callixtus a eu la tempe fracassée par un objet contondant. À part les coins des tables et des escabeaux, les seuls objets lourds et pointus que je vois dans ce scriptorium sont des candélabres.

Avec un haussement d'épaules, le magistrat aida le frère stupéfait à apporter tous les candélabres sur l'une des longues tables d'études.

— Il aurait pu se cogner à un coin de table, objecta-t-il.

Immobile près de l'échelle, Athelstan réfuta cette hypothèse.

— Absolument pas, Sir John. Les étagères se trouvent d'un côté, les tables de l'autre. Si vous tombiez de cette échelle, ce serait le sol.

Athelstan eut un petit rire :

— Nous pourrions tenter l'expérience.

— L'échelle ne supporterait pas mon poids, bougonna Cranston en déposant brutalement les chandeliers.

Quand il eut enfin achevé sa tâche, Athelstan alla près de la porte du scriptorium et ouvrit une volumineuse armoire en chêne. Fouillant les tiroirs, il déplaça encriers en corne et nombreux parchemins jusqu'à ce qu'il trouvât une cassette en bois d'où il sortit un épais morceau de verre rond.

— Qu'est-ce que c'est ? lui demanda Cranston quand il revint vers la table.

— Un verre qui grossit les objets, Sir John. Nous nous en servons souvent pour étudier des manuscrits dont les lettres sont minuscules, gribouillées ou presque effacées. Un instrument fort ingénieux et prisé par les Arabes. Regardez !

Il tint la loupe près du pied d'un candélabre et Cranston ne put retenir une exclamation de joie en voyant à quel point était grossie l'épaisse arête de métal.

— Bien ! s'exclama Athelstan.

Prenant les candélabres les uns après les autres, il en examina les pieds, à la lueur des bougies rassemblées. Le frère lai, nerveux, ne tenait pas en place.

— Il y a de la cire partout, gémit-il.

— Nettoyez-la, alors ! aboya Cranston.

L'autre s'éloigna en hâte pendant qu'Athelstan continuait ses recherches.

— Ah !

Il mit à part un des candélabres et tendit le morceau de verre au coroner.

— Jetez un coup d'œil là-dessus, Sir John. Le Crime vous apparaîtra comme en plein jour !

Cranston s'exécuta.

— Par les cornes du Diable ! murmura-t-il.

Il s'approcha davantage.

— Des taches de sang, des cheveux !

Athelstan reprit la loupe et le candélabre.

— Le sang de Callixtus, les cheveux de Callixtus ! Le malheureux n'est pas tombé tout seul de l'échelle. On l'a fait basculer et on l'a achevé avec ce candélabre. Éteignez les bougies, ordonna Athelstan au frère lai. Et remettez tout en place ! Je vous sais gré de votre aide. J'en informerai le père prieur.

Le candélabre à la main, il guida Cranston vers l'hostellerie où frère Norbert mettait la table. Celui-ci, surpris à la vue de l'objet, s'apprêta à questionner les deux hommes, mais le coroner l'empoigna fermement par l'épaule.

— Frère Norbert, gronda-t-il, mon estomac crie famine. Apportez-moi de quoi manger ! De la bonne viande, du pain et votre fameux hypocras.

Il approcha tellement son visage à la barbe blanche de celui du novice que ce dernier, interloqué devant ses airs d'ogre, sortit presque en courant. Avant même qu'Athelstan descendît de la chambre, il avait rapporté des plats de viande fumante, des miches de pain tout juste sorties du four, enveloppées dans des linges et deux grandes chopes d'étain, qu'il plaça sur la table avant de repartir à petits pas pressés.

— Allez, venez, Athelstan ! bougonna Cranston en s'asseyant et en répartissant les plats. Je vais manger ma part, et si je finis avant vous, je continuerai par la vôtre.

Ils se restaurèrent en silence jusqu'à ce que Cranston s'écartât de la table en rotant discrètement et en souriant jusqu'aux oreilles à Athelstan qui, le regard fixe, semblait perdu dans ses pensées.

— J'en suis arrivé à la conclusion, mon cher clerc, qu'il s'agit d'un meurtre.

Le coroner gesticula en direction du tonnelet d'hypocras.

— Une autre chope et je suis prêt à écouter vos suggestions.

Athelstan, amusé, remplit la chope pour la troisième

fois. Au moins son compagnon dormirait-il comme un loir la nuit prochaine, pensa-t-il.

— Bien, et alors ?

— Premièrement, Sir John, je crois que la mort de Bruno est accidentelle, en ce sens que c'est Alcuin qu'on voulait pousser dans l'escalier. Deuxièmement, je pense qu'Alcuin est mort, mais Dieu seul sait où on a caché son corps. J'ignore aussi pourquoi et comment il a été tué. Troisièmement, l'assassinat de Callixtus ne fait aucun doute. Quatrièmement, ces morts et cette disparition ont un lien avec les débats tenus au chapitre. Enfin, je suis convaincu que Callixtus cherchait quelque chose de bien précis dans la bibliothèque, même si je ne sais pas quoi exactement.

— La moisson est pauvre ! grommela Cranston en s'essuyant les lèvres d'un revers de main. Que faire, à présent ?

— Il est trop tard pour demander à tous où ils se trouvaient, mais je peux exiger du père prieur qu'il fasse procéder à une fouille minutieuse des cellules d'Alcuin et de Callixtus. Peut-être dénichera-t-on quelque chose ? Et pourtant, je vous le dis, Sir John, d'autres meurtres vont probablement se produire.

Il observa une pause en détournant la tête.

— On dirait que le crime me poursuit, n'est-ce pas, Sir John ?

Cranston lui lança un regard apitoyé.

— Athelstan, vous connaissez les êtres humains. Vous êtes prêtre. Derrière la grille du confessionnal, il vous faut écouter tout un déballage de péchés et de fautes. Depuis que Caïn a pris la mâchoire d'un âne pour tuer son frère, le Crime règne en maître là où des hommes et des femmes, de quelque condition ou rang que ce soit, s'affrontent et luttent pour le pouvoir.

Il se leva en repoussant son siège.

— Allons ! nous avons fait le maximum pour le prieur, et il ne me reste qu'un peu plus d'une semaine pour venir à bout de l'énigme du régent.

Le dominicain se frotta les yeux.

— Je suis recru de fatigue, Sir John. Je dois célébrer l'office divin, et puis il y a cette affaire de St Erconwald.

— Billevesées !

Cranston se frappa la cuisse.

— Cela vous fera du bien ! Remontons !

En soupirant, Athelstan éteignit les lampes à huile, s'assura que le feu ne risquait rien avant de prendre une chandelle et de suivre le magistrat dans la chambre plongée dans l'obscurité.

— Allons, mon ami, allumez donc les bougies !

La pièce sembla s'animer lorsque le clerc obtempéra.

— Bien, imaginons que nous soyons dans la chambre écarlate.

Il alla prendre le document résumant l'énigme et le relut rapidement.

— Nous avons un lit, un escabeau, une table et une fenêtre, comme dans le récit.

Il referma la porte.

— On précise qu'il n'y a pas de passage secret. Personne n'est entré, on n'a servi ni boisson ni repas. Alors, comment ont-ils péri ?

Il s'approcha de la croisée.

— Le premier homme a été retrouvé mort, plaqué contre la fenêtre, tellement terrifié que ses ongles s'enfonçaient dans le bois.

Assis sur le lit, Athelstan s'efforçait de complaire à Cranston, malgré son épuisement.

— Aucune marque de violence, ajouta-t-il.

— En effet, confirma Cranston.

— La deuxième victime, enchaîna Athelstan, gisait étalée de tout son long, près du lit, à même le sol. Allez, Sir John, jouez ce rôle.

Cranston s'allongea par terre.

— Là non plus, poursuivit Athelstan à mi-voix, aucune marque de violence, personne n'est entré dans la pièce, on n'a servi aucun mets ni aucune boisson susceptibles d'être empoisonnés.

Il se leva et approcha son escabeau du lit de Cranston.

— Maintenant, Sir John, les deux derniers cas. Je suis l'homme assis sur le tabouret. Vous, étendez-vous sur le lit en faisant mine d'avoir une arbalète armée dans les mains.

Cranston s'exécuta.

— Maintenant, Sir John, bondissez sur vos pieds et tirez-moi une flèche droit dans la poitrine. Moi, simultanément, je me lèverai du tabouret.

Ils jouèrent la scène comme des acteurs de pantomime, puis échangèrent un regard exaspéré.

— Nous n'aboutissons nulle part, gémit Cranston.

— Y aurait-il eu quelque chose dans la cheminée ou dans les bougies ? s'interrogea Athelstan.

— J'y ai songé, mais, rappelez-vous, quand la deuxième personne, le prêtre du village, a trouvé la mort, aucune bougie n'était allumée et le feu était éteint.

— Ce sont les deux derniers morts qui m'intriguent, déclara Athelstan devant le regard désemparé de Cranston. Rejouons la scène encore une fois, Sir John. Étendez-vous sur le lit !

Cranston se coucha tandis qu'Athelstan, assis sur l'escabeau, s'appuya au mur.

— Qu'est-ce qui a bien pu réveiller cet arbalétrier ? Qu'est-ce qui l'a effrayé au point qu'il a tué son camarade avant de périr à son tour ? Les soldats de métier, pour la plupart, sont capables de tirer à la seconde même. C'est ainsi qu'est mort le camarade de l'arbalétrier. Comme disent les mathématiciens, il doit exister un dénominateur commun, quelque chose qui lie les deux morts. Il ne faut pas faire fausse route. N'êtes-vous pas de mon avis, Sir John ?

Des ronflements sonores lui répondirent. Athelstan n'en crut pas ses yeux. Affalé sur le lit, un sourire béat éclairant sa face rougeaude, le coroner dormait comme un enfant, oublieux du monde. Athelstan lui ôta ses bottes, défit sa ceinture et l'installa du mieux qu'il put. Puis, après avoir soufflé les chandelles, il s'agenouilla après de son lit et se signa, voulant réciter la prière du soir, mais ce lui fut presque impossible. Son esprit tourmenté fut assailli par une succession d'images : le visage ahuri de frère Roger, le cadavre rigide de Callixtus, les regards accusateurs et malveillants des inquisiteurs, l'énigme insoluble de Cranston, le chaos entourant St Erconwald et enfin Benedicta, si belle dans sa solitude. Il hocha la tête et fit un signe de croix avant de se coucher en souhaitant que le sommeil l'emportât le plus vite possible.

Il se réveilla dès potron-minet. Cranston ronflait comme un sonneur sur l'autre lit. Après ses ablutions, il revêtit sans faire de bruit un habit propre et enfila des sandales à lanières. Il se glissa ensuite hors de l'hostellerie et traversa les jardins noyés de brume pour répondre à l'appel étouffé de la cloche sonnant les laudes. Il se joignit à ses frères dominicains dans les stalles du chœur. Ensemble, ils chantèrent les psaumes et écoutèrent les textes saints, bras croisés, tête baissée, mais Athelstan percevait la curiosité que suscitait sa présence. Ensuite, il célébra la messe dans une petite chapelle latérale en s'efforçant de se concentrer sur le mystère de l'Eucharistie, le mystère de la transformation du pain et du vin en sang et corps du Christ.

Frère Norbert lui servit d'acolyte et l'aida, à la fin, à ranger vêtements et objets liturgiques. Athelstan se rendit ensuite au réfectoire pour y déjeuner de gruau d'avoine, mêlé de lait et de miel et accompagné de deux tranches de pain de froment frais. Se souvenant de son maigre ordinaire à St Erconwald, il sourit en savourant la bière coupée d'eau. Il avait pris place à la table réservée aux visiteurs et aux invités, près de l'entrée. Debout au lutrin, au fond du réfectoire, un frère mal réveillé lisait d'une voix monocorde un passage de la vie de saint Dominique. Enfin le prieur agita une clochette et la communauté se dispersa pour vaquer à ses diverses tâches.

Athelstan garda la tête baissée.

— Vous portez-vous bien, mon frère ?

Il leva les yeux. Henry of Winchester se tenait à côté de lui.

— Aussi bien que faire se peut. Je vous en prie, prenez place.

Le jeune théologien se glissa sur le banc. Athelstan remarqua sa prestesse et sa souplesse. Henry avait une aisance naturelle et une grâce qui s'harmonisaient admirablement avec son exceptionnelle intelligence.

— Votre enquête progresse-t-elle ?

Athelstan fit la moue.

— Je vous le dirai, mon frère, quand j'en aurai fait le compte rendu au père prieur. Et votre traité ?

— *Cur Deus Homo*, « Pourquoi Dieu s'est fait homme ».

— Si le chapitre approuve vos écrits, votre ouvrage sera étudié dans chaque université de la chrétienté.

Athelstan lui donna un coup de coude malicieux.

— Et ensuite, frère Henry ? Une mitre d'évêque ? Une barrette de cardinal ? Un siège à la Curie ?

Henry of Winchester rit doucement et se détourna, jouant avec les miettes qui jonchaient la table.

— Je m'estimerai heureux si je reçois l'aval du Grand Inquisiteur. Si j'avais su que mon traité provoquerait un tel tollé, j'y aurais réfléchi à deux fois avant de l'écrire. L'avez-vous lu ?

Athelstan fit signe que non. Frère Henry, scrutant le réfectoire, grimaça en voyant le prieur approcher.

— Alors je vous en enverrai une copie à l'hostellerie. Je vous prie instamment de la lire, car votre avis m'intéresse fort.

Il se leva et s'éloigna à grandes enjambées sur un dernier salut juste au moment où le prieur rejoignait Athelstan, en relevant les manches de son habit.

— Avez-vous passé une bonne nuit, mon frère ?

Le sourire contraint qu'avait réservé Athelstan au frère Henry disparut.

— Père prieur, murmura-t-il en se penchant par-dessus la table, j'aimerais que vous passiez au crible les effets personnels de frère Callixtus et de frère Alcuin. Vous en avez le droit absolu. Si vous trouvez quelque chose de louche, faites-le-moi savoir.

Le prieur lui jeta un regard aigu.

— Pourquoi ?

— Vous avez eu raison de faire appel à moi, mon père. Callixtus a bien été assassiné, le crâne fracassé par un candélabre. Bruno a été tué, lui aussi. Quant au corps de ce pauvre Alcuin, Dieu seul sait où on l'a caché.

Le prieur pâlit. La tête dans les mains, il se frotta les yeux.

— En êtes-vous sûr ?

— Dieu m'est témoin que oui. Blackfriars abrite un meurtrier. Je voudrais que vous meniez ces fouilles à bien. Que le chapitre se réunisse cet après-midi ! Je lui présenterai mes conclusions.

— Doit-on crever de faim céans ?

La voix de stentor de Cranston, campé sur le seuil, résonna dans le réfectoire, faisant bondir de peur un moine âgé.

— Par le cul du diable, jura le coroner en jetant un coup d'œil furibond à Athelstan, je me réveille, l'estomac dans les talons et glacé jusqu'aux os... rien à manger et mon clerc envolé !

Le prieur claqua des doigts. Un frère réfectorier apparut, portant sur un plateau du ragoût d'agneau à l'odeur exquise, accompagné de petits pains de froment et d'un pichet de bière. Cranston lui arracha quasiment le plateau des mains et se laissa tomber près de son clerc. Puis il balaya le réfectoire du regard, en tapotant son impressionnante bedaine, et vit alors le rictus narquois d'Athelstan, l'ébahissement du prieur et les yeux écarquillés des autres dominicains.

— Par la mort diantre, bougonna-t-il, j'oubliais votre vœu de silence.

Il huma les plats et sourit d'une oreille à l'autre.

— Bon ! Je vous demande à tous de me pardonner et vous souhaite le bonjour, à vous, père prieur, et à vous, frère Athelstan.

Il prit la grande cuiller en corne et s'attaqua gaillardement à la viande. Au bout d'un moment, il s'essuya les lèvres avec le linge recouvrant la panière et rota.

— Tout repas succulent, rugit-il assez fort pour être entendu de tout le couvent, ou presque, est un hymne à la gloire du Seigneur. Si le bon Dieu n'avait pas voulu que nous mangions, Il ne nous aurait pas dotés d'estomac et de nourriture délicieuse. Car, comme dit le psaume, « le vin réjouit le cœur de l'homme ».

— C'est le seul verset des psaumes qu'il connaisse, chuchota Athelstan au prieur.

Cranston continuait de se délecter, faisant disparaître, en un clin d'œil, viande, pain et bière. Sur un bref signe de croix, il se leva et donna un coup de coude à son clerc.

— Allons, mon frère. La matinée promet d'être belle. Mon père, j'ai aperçu le verger. Vous avez des pommiers et des pruniers, hein ? Et des ruches, aussi ?

Le prieur, fasciné par le personnage, se borna à confirmer d'un signe de tête. Athelstan ne put que lever les yeux au ciel et, sur un dernier haussement d'épaules, se hâter de suivre Cranston qui, à pas de géant, rejoignait l'allée de gravier menant aux jardins. Le coroner s'arrêta soudain pour mettre son bonnet en poil de castor et, paupières étrécies, observa le ciel embrumé.

— Vous allez voir, mon frère ; il va faire beau. Avez-vous résolu mon énigme ?

— J'essayais lorsque vous vous êtes endormi, Sir John.

Cranston émit un grognement dédaigneux et grossier.

— Et vous n'avez guère avancé en ce qui concerne l'affaire du couvent, je suppose ?

— En effet, Sir John.

Ils traversèrent le jardin aux simples et, contournant l'hostellerie, pénétrèrent dans le vaste verger qui s'étendait jusqu'à l'enceinte. Cranston commentait de long en large sa nuit de sommeil lorsque soudain Athelstan fit halte et lui saisit le bras.

— Sir John, regardez !

Cranston scruta la brume qui s'accrochait encore aux frondaisons.

— Par la male mort ! éructa-t-il en s'avançant d'un pas. Qu'est-ce que c'est ?

Mais Athelstan s'était déjà élancé vers un arbre et gémissait, à genoux, le regard rivé sur le visage livide et grotesque de frère Roger.

— Oh, non !

Le malheureux se balançait à une maîtresse branche, cou tordu, jambes et bras pendant mollement comme ceux d'une poupée de son.

— Que Dieu ait pitié de son âme ! s'écria Cranston avant de prendre son poignard et de trancher la corde en s'étirant sur la pointe des pieds.

Il rattrapa le corps comme si celui-ci n'était pas plus lourd qu'un enfant et l'étendit doucement sur l'herbe mouillée de rosée. Athelstan s'agenouilla près du cadavre et fit un signe de croix tout en s'empressant de lui chuchoter à l'oreille :

— *Absolvo te a peccatis...* « Je t'absous de tes péchés... »

Il se hâta de donner l'absolution pendant que le magistrat, appuyé contre l'arbre, fixait le bout de la corde accrochée à la branche, symbole sinistre de la tragédie.

— À quoi bon ? murmura le coroner. Cela fait des heures qu'il est mort. Son âme s'est envolée il y a belle lurette !

Athelstan débarrassa le cadavre du nœud coulant.

— Nous ne le savons pas de façon certaine, Sir John, rétorqua-t-il par-dessus son épaule. L'Église nous enseigne que l'âme ne quitte le corps que des heures, voire des jours, après la mort. Donc, tant que subsiste l'espoir, subsiste le salut.

Il s'assit sur ses talons.

— De toute manière, je crois que la miséricorde du Christ s'étendra à notre infortuné frère. Quelle triste fin et quelle vie tragique !

— Il s'est tué ! objecta Cranston. Il a mis fin à ses jours.

Athelstan contempla l'affreuse marque autour du cou.

— Je n'en suis pas si sûr, Sir John !

Il examina la plaie rouge noirâtre causée par le frottement de la corde et retourna délicatement le corps.

— Ah ! C'est bien ce que je pensais. Voyez, Sir John !

Il suivit d'un doigt la trace du nœud coulant et montra, juste au-dessous de la mâchoire, sous les oreilles, deux coupures plus fines, des égratignures rouges.

— Qu'est-ce que c'est ?

— Allons, Sir John, ce n'est pas la première fois que vous rencontrez ce genre de blessures !

Le coroner, redoublant d'attention, retourna le cadavre en s'efforçant de ne pas regarder les yeux exorbités, la langue noirâtre et gonflée que mordaient les dents jaunâtres.

— Ce pauvre bougre ne s'est pas pendu, conclut-il. On l'a étranglé. Ces égratignures sont celles d'un lacet.

Athelstan, monté dans l'arbre pour dénouer le restant de la corde, l'approuva haut et fort.

— Vous ne vous trompez pas, Sir John. La corde a laissé une marque sur l'arbre, certes, mais c'est à cause du poids du corps. Si Roger s'était suicidé, la branche aurait été plus entaillée. Même les malheureux qui se pendent ont le réflexe de se débattre contre la mort. Le bois montrerait des marques plus profondes.

En se tenant prudemment près du tronc, Athelstan secoua la branche du pendu.

— Que faites-vous, mon frère ? aboya Cranston, surpris par une pluie de pommes vertes et dures.

— Vous allez voir, Sir John.

Au grand étonnement du coroner, Athelstan agrippa la branche à deux mains et y rampa lentement jusqu'à ce qu'elle portât tout son poids. Il lui imprimait un mouvement de balancier et la faisait ployer. Soudain, un craquement retentit : la branche s'était rompue. Athelstan s'écroula presque sur Cranston, cloué par la stupéfaction. Un sourire crispé aux lèvres, le dominicain se releva en s'essuyant les mains et en époussetant son habit.

— Cela fait des années que je n'ai pas fait ça, Sir John.

L'œil grave, il observa ensuite la branche cassée, puis le corps de Roger gisant dans l'herbe.

— Nous pouvons prouver que c'est un meurtre. D'abord on distingue bien les marques du lacet qui l'a étranglé. L'assassin espérait que l'ecchymose causée par le nœud coulant les dissimulerait. Ensuite, la branche n'est pas assez profondément entamée, ce qui signifie que Roger était déjà mort quand on l'a hissé là-haut. Enfin, si Roger s'était pendu, il se serait débattu et la branche n'aurait pas été seulement abîmée, mais cassée. Il pesait plus lourd que moi et on dit qu'un pendu peut gigoter une demi-heure.

Il se gratta la tête.

— Non, Sir John, ce pauvre bougre — comme vous diriez — a été attiré dans un piège, soit hier soir, soit ce matin avant l'aube, pour y être étranglé.

Il s'interrompit.

— Et vous voyez le problème que cela pose, n'est-ce pas ?

Cranston cligna des yeux.

— Non !

— Eh bien, après l'avoir assassiné, comment son bourreau a-t-il pu monter dans l'arbre avec le cadavre et attacher la corde à cette branche ?

Cranston scruta le sol environnant.

— Disons qu'il avait déjà préparé le nœud coulant. Il étrangle Roger, hisse son corps et le nœud se referme sur le cou du malheureux.

— Ce scélérat devait être très grand !

— Pas forcément !

Cranston s'enfonça parmi les arbres et revint avec une solide caisse en bois, d'un pied de haut et de trois de large. Il la cala fermement à l'endroit de la pendaison. Athelstan sourit.

— Bien sûr ! Ces caisses abondent dans le verger. Les frères les utilisent en automne lors de la cueillette des fruits. Il a donc suffi au criminel de grimper sur la caisse, de hisser le corps de Roger, d'assurer le nœud coulant, d'enlever la caisse et hop ! Roger semble s'être pendu.

— Et comme vous l'avez si subtilement prouvé, mon cher frère, cette branche se serait rompue s'il avait essayé d'y ramper ou s'il s'était débattu dans son agonie.

Le coroner s'approcha de la dépouille.

— Meurtre, déclara-t-il, par un ou plusieurs inconnus. Mais Dieu et le roi réclament justice. Nous découvrirons le coupable et aussi le mobile, j'espère !

— Le mobile, ne serait-ce pas ce qu'a vu frère Roger dans l'église ? suggéra Athelstan. D'où sa remarque : « Il aurait dû y en avoir douze. » Je me demande ce qu'il entendait par là.

CHAPITRE VII

De retour au corps de logis, Athelstan et Cranston se rendirent chez le prieur. Le dominicain lui narra avec concision ce qu'ils avaient trouvé et les conclusions qu'ils en avaient tirées. Le père Anselm pâlit et Athelstan vit qu'il était sur le point de s'effondrer.

— Pourquoi ? s'écria-t-il d'une voix basse et rauque. Pourquoi tous ces morts ?

— Dites-moi, mon père, demanda Cranston, que pouvait donc faire frère Roger dans le verger ?

— Il y allait souvent. C'était un endroit qu'il affectionnait. Il disait qu'il aimait parler aux arbres.

Le prieur s'efforça de refouler ses larmes.

— Roger était un innocent. Il servait à la sacristie. Alcuin, malgré sa sévérité, lui témoignait une grande bonté. Roger, en réalité, ne faisait pas grand-chose : il balayait, nettoyait, cueillait des fleurs pour l'église. Il ne supportait pas d'être enfermé. Il préférait travailler dehors, ce que je lui accordais bien volontiers. Quand ses frères se réunissaient pour chanter laudes, matines ou vêpres, Roger se rendait au verger. Le malheureux répétait que c'était là qu'il se sentait le plus près de Dieu.

Le prieur frappa son bureau du poing.

— Et à présent, cette pauvre âme a rejoint le Seigneur et son assassin se pavane en toute liberté. Qu'allez-vous faire, Athelstan ?

— Tout mon possible, mon père, mais il me faut prendre congé et rentrer à St Erconwald.

Il jeta un regard suppliant au prieur.

— Je reviendrai plus tard. Je dois juste m'assurer que tout va bien là-bas.

— Ah, la fameuse relique ! remarqua aigrement le prieur. Dieu seul sait pourquoi vous vous mettez martel en tête, Athelstan. Vos paroissiens ne vous écoutent pas.

Il esquissa une grimace.

— Oui, j'ai appris la nouvelle. Le renom de votre mystérieux martyr se répand dans toute la ville. Si vous n'y prenez garde, l'évêque en personne va intervenir, et vous n'ignorez pas ce que cela veut dire.

Athelstan, paupières closes, murmura une prière.

Oh, oui, il savait ce que cela signifiait ! Les hommes de l'évêque enlèveraient le squelette et le transféreraient dans une paroisse plus riche, ou le découperaient en morceaux qu'ils vendraient comme reliques tandis que St Erconwald serait sous scellés, le temps de l'enquête. Une enquête qui durerait des mois.

— À propos du premier miracle, insista le prieur, êtes-vous sûr qu'il soit authentique ?

— Un médecin a bandé le bras du patient et ce miraculé, un bourgeois de bonne réputation, affirme que son membre est guéri.

L'esprit ailleurs, ce fut presque avec indifférence qu'il prit congé de son supérieur. Il regagna l'hostellerie, accompagné de Cranston qui lambinait derrière lui, et il remplit les fontes en réfléchissant aux paroles du prieur tandis que le coroner tournait autour de lui comme un chapon trop gras.

— Pourquoi partir, mon frère ? Pourquoi retourner à St Erconwald ?

— Parce que, pour l'instant, Sir John, il n'y a rien à faire ici tandis que là-bas j'ai du pain sur la planche !

Il lança un coup d'œil perçant au magistrat.

— Je vous suggère, Sir John, d'aller retrouver Lady

Maude. Je suis convaincu qu'elle vous attend impatiemment.

Cranston gémit comme un garnement pris en faute.

— Par le sabbat des sorcières, souffla-t-il, si Dame Maude a eu vent de mon pari, je ne donne pas cher de ma peau !

— Tôt ou tard, Sir John, il vous faudra affronter son courroux. Le plus tôt sera le mieux. Allons-y !

Ils appelèrent Norbert pour qu'il verrouille l'hostellerie et décidèrent de ne pas revenir à cheval, mais de prendre une barque à East Watergate pour descendre jusqu'au Pont de Londres. Knight Rider Street et les ruelles avoisinantes étaient encore désertes. Les citadins dormaient au seuil de cette journée, à part des apprentis qui, les paupières lourdes de sommeil, abaissaient les étals et les hommes du shérif qui, à East Watergate, préparaient dare-dare l'exécution de quatre pirates du fleuve — de pauvres diables aux cheveux grisonnants et aux traits burinés que l'on poussait, sans douceur, en haut des échelles, vers les nœuds coulants. Athelstan et Cranston détournèrent la tête lorsque le sergent à cheval donna l'ordre de retirer les échelles. Les larrons se livrèrent à une gigue de mort quand la hart se tendit et leur coupa la respiration. Athelstan se recueillit et pria pour leurs âmes. Ces pendaisons lui rappelaient amèrement la scène atroce du verger. Il coula un regard vers la rangée de potences noires dont les branches faisaient saillie au-dessus de la Tamise. Un cri s'éleva : les parents des pirates s'élançaient et, saisissant à bras-le-corps les cadavres agités de soubresauts, leur tiraient brutalement dessus jusqu'à ce qu'une série de craquements brefs indiquent que les nuques avaient été brisées. Les corps s'immobilisèrent enfin. Les hommes du shérif protestèrent pour la forme, mais ne s'opposèrent pas à ces actes de miséricorde. Le sergent déclara que justice avait été faite et la troupe s'éloigna.

— Pas trop tôt ! Nous allons enfin pouvoir descendre le fleuve ! ronchonna Cranston.

Les passeurs et les mariniers qui contrôlaient le trafic s'étaient rassemblés, en petits groupes, pour assister à l'exécution des gredins qui nuisaient à leur commerce. Ils s'en retournaient, à présent, en flânant, vers les marches menant au quai. Le magistrat loua la barque la plus rapide. Menée par quatre rameurs, elle se porta vite au mitan du fleuve, fendant la brume en direction de Southwark. Ils durent s'arrêter et se boucher le nez et la bouche lorsqu'ils croisèrent l'une des grandes embarcations qui, au son d'une cloche, déchargeaient, dans le courant rapide, des monticules de détritus, de carcasses et d'immondices. D'autres bateaux glissèrent près d'eux : une barque transportant des gardes et leurs prisonniers vers la Tour, une gabare gasconne, les cales chargées de tonneaux, descendant lentement vers Rotherhithe. Près de Dowgate, une grande nef dorée, pleine de joyeux fêtards — jeunes damoiseaux en habit de soie, accompagnés de courtisanes impudentes —, revenait vers la ville après une nuit de stupre dans les bas-fonds de Southwark.

Athelstan et le magistrat débarquèrent enfin au petit quai, situé en contrebas du prieuré de St Mary Overy, tout près des tourelles crénelées et des murs de l'auberge l'*Évêque de Winchester*. Cranston s'était finalement résolu à suivre les conseils d'Athelstan, et donc à rejoindre Lady Maude, mais à condition que son clerc l'accompagnât.

— Vous comprenez, mon frère, en votre présence, la colère de Maîtresse Maude s'apaisera plus facilement.

Athelstan opina d'un air entendu. « Quel spectacle grandiose cela serait ! » pensa-t-il. Lady Maude, ce petit bout de femme aux manières douces et délicates, avait la réputation d'avoir un caractère bien trempé.

S'enfonçant dans un dédale de venelles nauséabondes, les deux compagnons passèrent devant l'auberge de l'*Abbé de Hyde*, et se faufilèrent dans un passage étroit où un roquet efflanqué, au poil jaunâtre, léchait des plaies sur la jambe d'un mendiant. Enfin, ils débouchèrent sur le parvis de St Erconwald. Athelstan s'assura d'abord que le presbytère était en bon ordre, mais remarqua avec désespoir que la truie d'Ursula s'était attaquée à d'autres choux. Puis, prenant un second trousseau dans son coffre, il ouvrit l'église. Les maçons n'étaient pas encore arrivés. La poussière emplissait toujours la nef, mais les ouvriers n'avaient pas perdu leur temps : les dalles toutes neuves, posées bien régulièrement, étincelaient de toute leur blancheur.

Athelstan applaudit et exprima sa joie, d'abord *sotto voce*, puis haut et fort.

— Magnifique ! Ce sera bientôt au tour du jubé d'être remplacé, puis à celui de l'autel. Pensez-vous, Sir John, que l'église aura fière allure, un jour ?

Ce dernier, assis à la base d'un pilier, en convint d'un air distrait.

— Un vrai bijou ! marmonna-t-il. Mais avez-vous remarqué ce qui manquait ?

Athelstan regarda le transept.

— Le cercueil ! hurla-t-il. Ce maudit cercueil a disparu !

— Ne vous inquiétez pas, mon père !

Crim s'était glissé dans l'église. Bonaventure, la queue dressée, le suivait. Le gamin s'avança en sautillant tandis que le chat miaulait de plaisir à la vue de son vieil ami, ce gros bouffe-tripe de coroner. Celui-ci le maudit allégrement en tapant des pieds pendant que Crim expliquait que son père avait déplacé le cercueil et les précieux ossements dans l'humble dépositoire [1] de la paroisse.

— Vous comprenez, mon père, les gens ont pris leurs jambes à leur cou quand sont arrivés les sergents envoyés par Sir John. Puis, Pike a dit que si l'église

1. Local où l'on déposait provisoirement les cadavres avant l'inhumation. (*N.d.T.*).

était sous scellés, le dépositoire, lui, ne l'était pas, alors on y a transporté le cercueil.

Athelstan ravala ses jurons et sortit en coup de vent pour traverser le cimetière, envahi par les mauvaises herbes, et rejoindre le dépositoire, accoté au mur du fond — un modeste bâtiment carré au toit de chaume qu'éclairait une minuscule fenêtre à vantaux. Sur le seuil, le fossier dormait comme un bienheureux, mais Athelstan repéra le sentier tracé, jusqu'à la cabane, par le flot des pèlerins.

— Rions un peu ! murmura-t-il.

S'approchant du dormeur, il flanqua un grand coup de sandale dans la semelle de ses lourdes bottes et le réveilla en sursaut. Il vit immédiatement ses paupières rougies, son visage mal rasé et la gourde vide qu'il serrait dans son poing crispé.

— Oh, bien le bonjour, mon père !

Athelstan s'accroupit près du fossier.

— Que fais-tu ici ? demanda-t-il d'une voix angélique.

Pike se frotta les yeux et se redressa, l'air méfiant.

— Je veille sur la relique, mon père.

— Et qui t'a dit d'enlever le cercueil de l'église ?

— Watkin. C'est lui qui a eu l'idée.

— C'est vrai, mon père, confirma une voix venant de derrière une pierre tombale délabrée. C'est Watkin.

Cecily la ribaude, les cheveux ébouriffés et les traits bouffis de sommeil, se dressa comme une apparition, une épaisse cape enroulée autour de sa robe écarlate maculée.

Athelstan la dévisagea, puis toisa Pike en s'efforçant de maîtriser la fureur qu'il sentait bouillonner en lui.

— Vous avez passé la nuit ici ? Ensemble ? Vous êtes dans un cimetière. Dans un enclos sacré !

Il se releva.

— N'as-tu pas compris les Saintes Écritures, Pike ? Ceci est un lieu consacré au Seigneur, pas la cour d'un bouge.

Il s'avança vers la porte.

— Je vais l'ouvrir, mon père, proposa Pike.

— Écarte-toi ! s'écria le dominicain en donnant un violent coup de pied sous la clenche.

— Non, mon père, ne faites pas ça ! gémit Cecily.

Athelstan frappa derechef et la porte s'ouvrit à la volée au moment même où Cranston, fuyant l'affection de Bonaventure, accourait en demandant ce qui se passait.

Athelstan balaya le dépositoire du regard. Le cercueil reposait sur la table, entouré de fleurs fanées. Quelqu'un avait confectionné et accroché au mur un crucifix rudimentaire. La colère d'Athelstan redoubla en voyant que le cercueil avait été profané.

— Ils ont commencé à vendre des morceaux de bois ! siffla-t-il.

Il ressortit en coup de vent, renversant presque Cranston. Tel un papillon bigarré, Cecily s'enfuit vers l'entrée du cimetière, mais Pike ne bougea pas. Athelstan l'agrippa par sa cotte et l'attira vers lui.

— Écoute, Pike, ce que vous avez fait me met hors de moi. Ton père est enterré là, ainsi que son père, son grand-père et les ancêtres de mes paroissiens. De braves gens, de saintes femmes, pauvres et travailleurs.

D'un geste de la tête, il désigna le dépositoire.

— Ils ont façonné ce cercueil de leurs propres mains, après en avoir acheté le bois. Ils ont fait venir un charpentier. Et toi et les autres, vous transformez tout cela en spectacle de balladins.

Effrayé par le courroux inhabituel de son curé, Pike le fixait, bouche bée. Athelstan le relâcha.

— Bon ! Écoute-moi bien, Pike ! Je vais revenir dans quelques jours. À mon retour, je veux voir le cercueil rangé dans l'église, le dépositoire fermé et toute cette histoire finie !

Il jeta un coup d'œil à la végétation envahissante.

— Et dis de ma part à Watkin qu'il nettoie cet endroit, qu'il fauche l'herbe et qu'il redresse les pierres tombales ! Sinon, je me charge de lui flanquer une volée de bois vert dont il se souviendra jusqu'à la fin de sa vie. Est-ce compris ?

Pike opina craintivement avant de s'éloigner à pas lourds et de quitter le cimetière.

Cranston envoya une grande claque sur l'épaule de son clerc.

— Bravo, mon frère. Vous auriez dû lui botter le cul.

Athelstan, exténué, s'assit parmi les débris des stèles.

— Ils ne pensent pas à mal, Sir John. Ils sont paresseux. Ce sont des gens simples qu'aveugle la perspective de profits rapides. Je n'aurais pas dû me mettre en colère.

Pour tout commentaire, Cranston rota.

— Crim, s'écria Athelstan, je sais que tu te caches quelque part !

Le gamin surgit en tremblant de tous ses membres, les yeux rivés sur le dominicain comme un chien battu.

— Calme-toi, Crim ! le rassura Athelstan en souriant. Tu es un brave petit. Bon, avant qu'il y ait trop de presse dans les rues, va vite dire à Lady Benedicta de nous retrouver, Sir John et moi, au *Cheval Pie*.

L'enfant détala, sautant comme un lévrier par-dessus les hautes herbes. Cranston agrippa son clerc par le bras et l'aida gentiment à se relever, puis il passa autour de ses épaules une patte d'ours. Athelstan sentit son haleine empuantie par le vin et comprit qu'à l'abri de sa cape volumineuse il avait goûté à sa gourde miraculeuse.

— Vous êtes un fameux gaillard pour un ecclésiastique ! Vous avez des tripes, un cœur d'airain et une langue acérée comme un rasoir.

Une expression malicieuse se peignit sur sa physionomie et il étreignit Athelstan à l'étouffer.

— À défaut d'être dans les ordres, vous auriez été un bon apprenti coroner.

— Vous êtes de joyeuse humeur, Sir John.

— Je me sens déjà beaucoup mieux, déclara le magistrat. Une chope de bière et la belle Benedicta. Que demander de plus ?

— Lady Maude ? suggéra Athelstan.

Cranston se rembrunit.

— Par le cul du diable, ne me faites pas peur !

Ils entrèrent dans la taverne et s'installèrent à une table. Le magistrat en était à sa deuxième chope et déchiquetait la chair succulente d'une caille de ses doigts boudinés lorsque Benedicta les rejoignit. Cranston réclama, de sa voix de stentor, une coupe d'hypocras avant d'inviter la jeune femme à s'asseoir sur ses genoux et de rire à gorge déployée devant sa réplique acerbe, tout en lançant en catimini des regards ironiques à Athelstan. Le dominicain, il le savait, était un homme bon, un petit saint, mais il avait néanmoins une faiblesse pour Benedicta et cela fascinait le coroner. Les rares fois où Athelstan se montrait nerveux, c'était pendant les premiers moments de ses rencontres avec Benedicta. Cette fois-là ne fit pas exception. Il s'empressa autour de la veuve comme un amoureux transi, en s'inquiétant de son confort, et celle-ci, gênée de se voir l'objet de tant d'attentions, assura qu'elle se trouvait très bien. Athelstan en convint à part lui. Ses cheveux aile-de-corbeau, soyeux et parfumés sous le voile de gaze blanc, encadraient ses traits harmonieux, débarrassés de toute anxiété, et elle portait une robe de satin rose, fort seyante, ornée au col d'une broche en forme de cœur qui faisait l'admiration d'Athelstan. Après un geste de connivence vers Cranston, elle coula un regard vers le dominicain.

— Vous êtes-vous rendu à l'église, mon père ?

— Oui, et je n'ai pas caché à Pike ma façon de penser. Quant à Cecily, elle a fui avant que je lui dise ses quatre vérités. Benedicta, je vous avais confié la garde de St Erconwald.

La jeune femme haussa d'élégantes épaules.

— Vous connaissez Watkin, mon père. C'est une

forte gueule. Au moins, j'ai réussi à les écarter de l'église. Qu'auriez-vous voulu que je fasse ? Que je me couche dans le cimetière, comme Cecily ? demanda-t-elle, la malice de ses yeux contredisant son air innocent.

Cranston ricana. Athelstan sourit.

— Avez-vous reçu une réponse à la lettre ? s'enquit-elle, pleine d'espoir.

Le magistrat posa son énorme patte sur la main délicate de la veuve.

— Ne vous inquiétez pas ! lui dit-il sur le ton de la confidence, entre deux rots. J'ai envoyé le messager le plus rapide avec mission de se rendre de Douvres à Boulogne et d'y attendre une réponse.

Benedicta lui saisit un doigt et le pressa fort.

— Sir John, vous êtes un vrai gentilhomme.

Cranston prit sa chope et y piqua du nez pour cacher sa confusion.

— Et cette affaire de Blackfriars ? reprit-elle.

— Un meurtre, belle dame ! proféra sombrement le magistrat. Un foutu assassinat ! Un crime des plus sournois ! J'ai élaboré, à ce sujet, un certain nombre d'hypothèses, comme mon clerc vous l'expliquera sous peu.

Il lui jeta un regard soupçonneux : la jeune femme se mordillait les lèvres tandis qu'Athelstan s'intéressait soudain au contenu de son gobelet.

— Je voulais vous parler, Benedicta, avant de retourner au couvent de Blackfriars, déclara le dominicain d'une voix douce. Il faut que le cercueil soit emporté dans l'église et qu'il y reste. Nous sommes jeudi. Je reviendrai mardi pour les confessions d'avant la Fête-Dieu. Dites à Watkin que je ne veux trouver aucun désordre.

— Bien ! Quoi d'autre ?

Athelstan s'appuya au mur.

— J'ai réfléchi à ce que le prieur m'a confié, juste avant mon départ de Blackfriars, à propos du premier miracle. Vous savez, je crois qu'il est temps de rendre visite à Raymond d'Arques. Allons-y !

Il se leva. Cranston empoigna hâtivement sa chope et la vida d'un trait. Athelstan désigna la rue en observant :

— La brume se dissipe... à plus d'un titre.

L'étroite maison à colombages de Raymond d'Arques, sise à l'angle d'une ruelle, arborait un toit de tuiles rouges et des petites fenêtres au rez-de-chaussée et à l'étage. Une allée courait sur l'un des côtés. Athelstan l'emprunta avant de s'arrêter, au fond, devant une modeste grille. Jetant un coup d'œil par-dessus, il vit une immense cour, vide, à l'exception de quelques mendiants accroupis. Surpris, il revint sur le devant de la demeure et frappa à la porte, Cranston et Benedicta derrière lui. Ce fut l'épouse avenante de l'artisan qui leur ouvrit et les invita à entrer.

— Ah, frère Athelstan !

Elle dévisagea brièvement Cranston et Benedicta.

— Deux amis, dit le prêtre, Sir John Cranston, coroner de la Couronne, et Benedicta, membre de mon conseil paroissial.

La dame s'enfonça dans les profondeurs de sa demeure.

— Veuillez me suivre, chuchota-t-elle. Maître d'Arques est occupé. Vous êtes venu le voir à propos du miracle de St Erconwald ?

— Oui. La nouvelle s'est répandue dans tout Southwark et a même franchi la Tamise.

Il faisait frais dans la cuisine dallée où Raymond d'Arques faisait ses comptes comme en témoignaient les pièces d'argent éparpillées sur la table, les parchemins, l'encrier de corne, la plume ainsi que le boulier à billes noires. Il repoussa son tabouret à leur entrée et se leva pour les inviter à prendre place de chaque côté de la table.

— Soyez le bienvenu, mon père !

Après les présentations, il serra la main de Cranston

et salua courtoisement Benedicta. Athelstan s'installa et embrassa la pièce du regard. La cuisine était propre et bien tenue. De l'énorme marmite suspendue au-dessus du modeste feu de bûches s'échappaient des odeurs alléchantes. L'artisan devina ses pensées.

— Du ragoût de bœuf, précisa-t-il, mais ce ne sont pas les plats mijotés par ma femme qui vous intéressent, je suppose.

Il releva la large manche de son habit pour montrer son bras indemne.

— Vous voyez, mon père, l'infection a complètement disparu.

Cranston et Benedicta examinèrent la peau lisse à la recherche d'une escarre quelconque, mais ils n'en trouvèrent aucune. La femme de l'artisan, à l'autre bout de la table, suivait leurs moindres gestes.

— Maître d'Arques, reprit Athelstan avec embarras, conscient de jouer les intrus dans cette heureuse maisonnée, avez-vous vécu toute votre vie à Southwark ?

— J'y suis né et j'y ai grandi.

— Vous avez toujours été charpentier, n'est-ce pas ?

— J'ai exercé maints métiers, mon père. Pourquoi ?

— Maîtresse d'Arques est-elle votre première épouse ?

Raymond d'Arques rit à gorge déployée avant d'adresser une œillade à sa femme.

— C'est la plus belle rose de mon chapeau ! Margot Twyford, précisa-t-il en désignant la dame, est en effet ma première et seule épouse. Ma première et seule bien-aimée, ajouta-t-il doucement.

Elle détourna la tête, gênée.

— Twyford ? intervint Cranston. Les fameux Twyford ?

— Oui, Sir John. Les fameux Twyford, les grands marchands. C'est ma famille. Mon père s'est résigné de fort mauvaise grâce à mon mariage avec un homme qui n'appartenait ni à notre milieu ni aux guildes dirigées par les Twyford.

Athelstan eut l'impression qu'il était presque allé trop loin. Il s'apprêtait à dévier la conversation sur des sujets plus anodins quand un coup sourd résonna à la porte de derrière.

— Je suis désolé, marmonna le charpentier. D'autres tâches nous attendent.

Son épouse se leva. Prenant un immense plateau sur une desserte, elle s'agenouilla devant la cheminée et versa, avec une louche, le ragoût dans de petits bols en grès.

— Désirez-vous manger ou boire quelque chose ? leur demanda-t-elle par-dessus son épaule.

— Oh non, mille mercis ! se hâta de répondre Athelstan après un rapide coup d'œil à Cranston. Avez-vous des enfants, maître d'Arques ?

L'homme rit à nouveau. Il alla ouvrir la porte. Athelstan aperçut les mendiants qu'il avait vus quelques minutes auparavant : ils braquaient leurs regards vers la cuisine avec l'air d'attendre quelque chose.

— Allez vous asseoir, leur ordonna tranquillement l'artisan. Mettez-vous contre le mur, ma femme va vous apporter à manger.

Les mendiants obéirent sans barguigner tandis que maîtresse d'Arques plaçait les bols en disposant, entre chacun, un épais tranchoir. Elle sourit à ses hôtes et disparut dans la cour, accueillie par de bruyants remerciements et des exclamations.

— Vous nourrissez les pauvres ? s'étonna Benedicta, les yeux brillants d'admiration.

— Notre paroisse est St Swithin. Nous nous sommes réparti certains devoirs. À midi, tous les jours, mon épouse et moi donnons à manger aux malheureux de la paroisse. C'est le moins que nous puissions faire.

Athelstan acquiesça sans un mot et se dirigea vers la porte. En jetant un bref regard à la ronde, il remarqua un petit buffet, superbement sculpté.

— Est-ce vous qui avez fabriqué ce meuble, maître d'Arques ?

— Bien sûr, il porte ma marque.

Il rejoignit Athelstan et lui montra un minuscule emblème juste au-dessus d'un gond : une croix complexe flanquée de deux couronnes délicatement ciselées.

— Mon père, murmura-t-il, pourquoi êtes-vous venu ?

Athelstan esquissa un sourire.

— Les miracles sont choses rares. Je voulais m'assurer que le vôtre avait résisté au temps.

Il fit signe à ses compagnons.

— Sir John, Benedicta, nous avons suffisamment dérangé notre hôte. Maître d'Arques, je vous prie de saluer votre épouse.

Le charpentier les reconduisit et ils attendirent — du moins Cranston attendit-il — d'avoir tourné le coin avant d'exprimer leurs pensées.

— Athelstan, au nom de Dieu tout-puissant, à quoi rimait donc cette visite ?

— Je voulais vérifier une hypothèse, Sir John. C'est Raymond d'Arques qui est à l'origine de cette grande énigme de St Erconwald. Je pensais — injustement — que Watkin lui en avait soufflé l'idée.

— Vraiment ? demanda Benedicta.

— De la part de Watkin et de Pike, son allié et ex-adversaire, rien ne m'étonne, rétorqua le dominicain. Mais venez ! Une dernière visite !

Ils allèrent voir Culpepper, le mire, dans sa méchante officine de Pig Pen Lane, mais le vieil homme ne leur fut pas d'un grand secours.

— Maître d'Arques, confirma-t-il, est un paroissien respecté, un honnête artisan qui a souffert d'une hideuse infection au bras. Non, déclara-t-il en les reconduisant à la porte, les gens honorables comme maître d'Arques ne trempent pas dans les manigances de va-nu-pieds tels que Watkin le ramasseur de crottin et Pike le fossier.

Athelstan et ses compagnons revinrent lentement à

St Erconwald. Après avoir dit adieu à Benedicta, Athelstan fila d'un pas énergique vers le Pont de Londres, entraînant avec lui un Cranston qui se faisait tirer l'oreille.

— Rien ne vaut son chez-soi, cita Athelstan en s'efforçant de dissimuler sa déception après ses visites infructueuses. Il est temps que vous affrontiez Lady Maude.

Lorsqu'ils arrivèrent chez Cranston, dans Cheapside, ils étaient épuisés.

La poussière, par cette journée de canicule, envahissait les rues grouillantes de monde. Marchands, apprentis, surveillants de marché tâtillons, mendiants geignards, malfaiteurs qu'on emmenait pour les encager près de la Grande Citerne, tout cela formait, dans Cheapside, une cohue dans laquelle ils avaient eu peine à se tailler un chemin. Ce qui n'arrangeait rien, c'est qu'une troupe de saltimbanques avait installé une estrade rudimentaire près de la grand-croix du marché et jouait un mystère sur le thème de la chute de Jézabel. Cranston et Athelstan avaient eu la malchance d'arriver au moment de bravoure, lorsque le prophète Élie condamne la reine dépravée à être dévorée vivante par les chiens. Les spectateurs, complètement captivés par l'action, avaient poussé des « ooh » et des « aah » avant de décider d'aider le prophète en jetant sur la scène tous les détritus qui leur tombaient sous la main. Cranston, quant à lui, avait, d'une gifle retentissante, envoyé bouler dans la poussière un coupe-bourse repéré dans la foule.

— Décampe, sale petit jean-foutre ! avait-il rugi.

Malheureusement, sa voix de stentor s'était entendue jusque sur la scène où l'acteur jouant le rôle du prophète avait cru que le coroner s'adressait à lui. Sans l'intervention d'Athelstan, on aurait assisté à un drame plus terrible encore, car Cranston, se dressant de toute sa hauteur, s'était mis à agonir d'injures les acteurs, les accusant d'être des suppôts de l'enfer et affirmant qu'ils n'avaient pas reçu l'autorisation de jouer. D'autres voix s'étaient jointes à la sienne et Athelstan n'avait été que trop heureux d'arracher son compagnon à la populace et de passer, sans s'arrêter, devant l'*Agneau de Dieu*, l'estaminet favori du magistrat, pour le mener à bon port.

— Sir John, déclara Athelstan, soulagé, sur le seuil de la demeure, vous accompagner dans Londres est une expérience inoubliable que je ne souhaite pas renouveler.

Cranston fulmina contre la foule.

— Dans mon recueil sur les statuts municipaux, entonna-t-il, les saltimbanques devront montrer leurs tours de passe-passe dans des lieux précis après en avoir obtenu l'autorisation. En outre...

Athelstan en avait entendu assez. Il se retourna et tambourina furieusement à l'huis.

— À votre aise ! bougonna le magistrat. Si j'avais du temps et de la patience, je réglerais leur compte à ces pendards !

Une servante maigre aux traits tirés leur ouvrit. Cranston entra en la frôlant, un sourire sardonique aux lèvres.

— Sir John ! s'exclama-t-elle. Nous ne vous attendions pas !

— J'arrive comme un voleur dans la nuit, brailla Cranston. Va dire à Lady Maude que son seigneur et maître est de retour.

— Lady Maude est allée acheter de la viande dans le quartier des Shambles, Sir John. Elle ne va pas tarder.

— Et mes marmousets, mes petits princes ?

— Ils sont en haut, Sir John, dans le solar[1] avec leur nourrice.

Cranston gravit l'escalier d'un pas hésitant et ordonna à Athelstan de le suivre d'un geste impérieux.

---

1. Pièce exposée généralement au sud, où se tenaient de préférence le seigneur et sa famille. (*N.d.T.*)

Celui-ci s'exécuta prestement. Dans la salle haute, une agréable pièce bien éclairée avec des tapisseries au mur et des tapis au sol, la nourrice, assise sur un coussiège [1], balançait doucement un énorme berceau en bois. À leur entrée, elle se leva et fit la révérence.

— Laissez-nous ! ordonna le magistrat avec désinvolture.

— Lady Maude m'a bien recommandé de ne pas laisser les enfants seuls, se récria la jolie donzelle d'un ton suppliant.

Cranston fronça les sourcils.

— Je suis le père des marmousets, proclama-t-il. Il ne leur arrivera rien.

La nourrice, lançant des regards anxieux par-dessus son épaule, quitta la pièce pendant que Cranston faisait signe à Athelstan de s'avancer.

— Écoutez ! chuchota le magistrat.

Il se pencha sur le berceau et releva la couverture de pure laine sous laquelle ses deux « petits marmousets », comme il les appelait, étaient profondément endormis. Il enfonça le visage sous le haut dais du lit, soufflant des relents de vin sur ses fils bien-aimés.

— Quels beaux garçons ! gronda-t-il. Quels trésors !

Athelstan les contempla, presque cachés par la tête grisonnante de leur père, et il se promit à nouveau de rester impassible. Gras à lard, chauves, rougeauds, les joues creusées de fossettes, ils étaient le portrait tout craché du coroner, à tel point que s'il les avait rencontrés dans Cheapside, Athelstan aurait tout de suite deviné leur parenté. Cranston écarta son clerc.

— Des enfantelets bien heureux ! marmonna-t-il. Même quand ils dorment comme des loirs, ils sourient aux anges ! Observez-le !

Il se pencha pour caresser la bouche de l'un d'eux. « Francis ? » pensa Athelstan. Le magistrat, un peu

1. Banc de pierre, accoté à la fenêtre et couvert de coussins. (*N.d.T.*)

déséquilibré, pressa si fort que le bébé s'éveilla. Deux yeux bleus humides les dévisagèrent.

— Chut, mon fils ! murmura Cranston. Rendors-toi !

Il se redressa en vacillant et imprima une violente poussée au berceau. L'autre nourrisson s'éveilla et les deux bambins observèrent fixement leur géniteur.

— Regardez ! s'exclama ce dernier. Ils sont si heureux de voir leur père !

Comme à un signal donné, les jumeaux firent la moue, écarquillèrent les yeux et laissèrent exploser leur colère, furieux d'avoir été réveillés aussi brutalement. Le magistrat remonta la couverture et remua le berceau avec vigueur. Athelstan ne put s'empêcher de rire : plus Cranston berçait sa progéniture, plus les hurlements s'amplifiaient. Le coroner le foudroya du regard.

— Ne restez pas là à rire comme un foutu bossu, sacré frocard ! Chantez un cantique, bénissez-les !

— Sir John ! Que faites-vous donc ?

Cranston fit lentement volte-face, comme un vaisseau de fort tonnage virant à la brise. Lady Maude se dressait sur le seuil. Athelstan perçut, en cette petite femme de cinq pieds deux pouces, mignonne à croquer avec ses traits délicats et ses cheveux châtains, une extrême indignation, d'autant plus impressionnante qu'un sourire mielleux se dessinait sur son beau visage habituellement serein.

— Sir John, que faites-vous donc ? répéta-t-elle en traversant d'un pas tranquille la pièce. Vous déboulez dans cette maison comme un sanglier, vous foulez mes instructions aux pieds et effrayez mes enfants. N'est-ce pas déjà grande folie que d'avoir relevé ce défi qui menace le toit sur leurs têtes ? acheva-t-elle dramatiquement, le doigt pointé vers le plafond.

Elle se retourna et appela la nourrice qui cala un bébé rougeaud, furieux et agité sur chaque bras et disparut dans l'escalier. Les braillements des nourrissons s'éloignèrent. Levant les yeux au ciel, Cranston se glissa sur sa chaire favorite près de la cheminée. Il aperçut une écuelle vide, rangée dans un coin de l'âtre.

— Ce jean-foutre de Leif est-il venu céans aujourd'hui ?

— Oui, il travaille au jardin, pour la simple et bonne raison que vous, Sir John, êtes occupé ailleurs. Dans les bas-fonds, apparemment, si j'en juge par votre langage ?

Cranston se tassa sur son siège, la bouche en cul-de-poule, ressemblant plus à ses jumeaux, aux yeux d'Athelstan, qu'au coroner royal de la rive nord. Lady Maude, raide comme la justice, se planta devant lui, bras croisés.

— Sir John, vous avez une grande gueule et une grosse panse — la seule chose qui vous rachète est votre grand cœur. Parfois, vous êtes l'homme le plus sage de la terre et parfois, soupira-t-elle, Leif vous en remontrerait dans le domaine du bon sens. Comment avez-vous pu accepter ce pari ? Mille couronnes ?

— Athelstan va m'aider, protesta faiblement son époux.

Lady Maude lança un coup d'œil meurtrier au dominicain, qui décida de battre en retraite près de la fenêtre et de laisser passer l'orage. Assis sur le coussiège, il regarda Lady Maude chanter pouilles à son mari et lui assener un bref — mais virulent — sermon sur les vertus du sens commun et la nécessité de tourner sept fois sa langue dans sa bouche avant de parler. Cranston, que rien n'effrayait ici-bas, se recroquevillait, paupières mi-closes. Lady Maude cessa enfin sa diatribe. Elle respira profondément, puis donna quelques tapes sur l'épaule de son époux et déposa un doux baiser sur sa joue.

— Voilà, Sir John, je vous ai dit ma façon de penser.

Elle joignit les mains et s'adressa à Athelstan.

— Vous êtes le très bienvenu, mon frère. Je rends grâces à Dieu que Sir John vous ait auprès de lui. Je suis convaincue, dit-elle sur un ton de menace sous-jacente qui fit sourire jaune Athelstan, je suis convaincue que vous aiderez mon époux à sortir de cette impasse. Et maintenant, Sir John, que diriez-vous de quelques dragées et d'un verre de clairet ? Et vous, mon frère ? Bien, rien de tel que des douceurs pour faire passer le goût du vinaigre, n'est-ce pas, Sir John ?

Cranston, tête à demi baissée, acquiesça vigoureusement. Puis, lorsqu'elle s'éloigna, encore toute courroucée, il laissa échapper un long soupir et s'effondra sur la chaire comme une baudruche qui se dégonfle.

— Croyez-moi, mon frère, murmura-t-il d'une voix rauque, rien sur cette terre, je dis bien rien, n'est plus terrifiant que Lady Maude montant sur ses grands chevaux. Plutôt affronter toute une troupe de la Grande Truanderie !

Lady Maude revint en apportant du vin et des friandises. Elle servit Cranston avec la déférence et l'obligeance d'un bon écuyer. Sentant d'où venait le vent à présent, le coroner se redressa et reprit du poil de la bête. Il s'enquit d'un ton rogue de ce qui s'était passé durant son absence et hocha impatiemment la tête en écoutant son épouse volubile parler des voisins, du prix du pain et des rivalités entre négociants de la ville.

— Oh, j'oubliais, Sir John ! s'exclama-t-elle en portant les mains à ses lèvres. Des lettres sont arrivées pour vous.

Elle alla prendre deux rollets dans une cassette. Cranston les déroula et les parcourut, claquant la langue.

— La chance nous sourit, mon frère. D'abord, mes clercs ont établi que votre église ne date que de cent trente ans et qu'elle a été construite à l'emplacement d'une résidence privée. Ensuite — ce qui est plus important — mes agents ont repéré messire William Fitzwolfe, ancien curé de St Erconwald, à Southwark. Il fréquente l'auberge du *Tabar*[1] *de Velours*, sise dans une ruelle donnant sur Whitefriars.

1. Petit manteau simple. (*N.d.T.*)

La joie au cœur, Athelstan bondit et s'empara des rollets.

— Pourquoi vos hommes ne l'arrêtent-ils pas, tout simplement ?

— Parce que, répondit Cranston d'un ton pompeux, la loi définit avec précision les chefs d'inculpation. Fuir sa propre église n'est pas un délit, je vous le rappelle.

— À condition de ne pas faire main basse sur les objets du culte.

— Cher frère, vous connaissez la loi. Nous n'avons aucune preuve.

— Alors que faire ?

Cranston se leva et détacha sa ceinture.

— Apportez-moi mon épée et ma dague, Lady Maude, et l'un de mes solides gourdins pour Athelstan. Nous allons faire passer un mauvais quart d'heure à messire Fitzwolfe.

Quelques minutes plus tard, Cranston s'apprêtait à sortir en grande pompe de chez lui. Il enlaça tendrement son épouse en marmonnant que tout se passerait bien et il embrassa ses deux marmousets sur le front, ce qui leur fit prendre la mouche à nouveau.

— Si seulement il n'oubliait pas qu'il porte moustache et barbe, confia Lady Maude au dominicain, et qu'elles sont, toutes les deux, aussi dures que des soies de sanglier !

CHAPITRE VIII

Cranston et Athelstan se frayèrent un chemin dans la cohue de Cheapside avant d'affronter l'entrelacs de ruelles sordides entourant le carmel de Whitefriars. Des miséreux mendiaient d'une voix déchirante. Les insectes grouillaient sur les nombreux tas d'immondices qui encombraient les rigoles et s'amoncelaient, presque à hauteur de taille, devant les taudis fétides. Deux garnements avaient capturé un petit chien et s'appliquaient à lui introduire un bout de bois dans le rectum. De prestes coups de pied de Cranston les firent déguerpir sans demander leur reste. Au coin des rues, les colporteurs, avec leurs plateaux de colifichets, et les rôtisseurs, avec leurs petits étals de nourriture survolée d'une nuée de mouches, hélaient les clients tout en guettant l'arrivée des dizainiers patrouillant dans le quartier. Des surveillants de marché avaient appréhendé deux individus : l'un ne s'était pas acquitté du tonlieu, l'impôt permettant de s'adonner au négoce dans la capitale ; quant à l'autre, les surveillants s'employaient à lui faire dire la phrase : « C'est du bon pain », car ils le soupçonnaient d'être un Flamand qui n'avait pas le droit d'importer de la marchandise.

— S'il la prononce mal, bougonna Cranston dans sa barbe en passant d'un air très digne, ils lui brûleront la paume au fer rouge.

Des ombres se glissaient sous les porches des

venelles, ou en surgissaient en catimini. L'air empestait la fumée noire des fabricants de colle qui faisaient fondre les os et les déchets en provenance des Shambles dans d'énormes chaudrons derrière leurs cabanes misérables. Cranston semblait bien connaître le quartier. Athelstan, sur ses talons, le poing crispé sur son gourdin, veillait à ce que personne ne les suive.

Des enfants se disputaient. Des roquets se battaient sur des détritus. Dans un des amas, Athelstan aperçut — sans contestation possible — une main qui dépassait, les doigts écartés, déjà rongés par la pourriture.

— Que Dieu nous ait en Sa sainte garde ! murmura-t-il.

— C'est la porte de l'enfer, ici ! rétorqua Cranston. Dites vos prières, mon frère, et ouvrez l'œil. Si quelqu'un s'approche de vous, même un ivrogne, une femme ou un mioche, frottez-lui les côtes de votre gourdin !

Ils s'engouffrèrent dans une ruelle. Des gueux sortirent de l'ombre pour leur barrer la route. Cranston dégaina épée et dague.

— Au diable, pendards ! tonna-t-il.

Les silhouettes se fondirent dans l'obscurité. Une femme et trois enfants à moitié nus mendiaient à l'angle de la rue. Leurs guenilles laissaient entrevoir des ecchymoses et d'horribles ulcères. Lorsque la pauvresse au visage osseux tendit vers Athelstan ses doigts crochus en lui jetant un regard étincelant de son œil valide, le dominicain porta immédiatement la main à son aumônière. Mais, d'une claque, Cranston écarta la paume de la misérable et entraîna Athelstan.

— Gardez votre argent, mon frère. Ne voyez-vous pas que c'est une simulatrice ?

— Une quoi ?

— Une fausse mendiante.

Athelstan lança un bref coup d'œil par-dessus son épaule.

— Mais les enfants, Sir John... Ces plaies épouvantables !

Le magistrat gloussa.

— C'est étonnant ce qu'on peut faire avec une mixture de sel, de peinture, de potasse et de sang de porc.

— Elles ont l'air si vraies !

— Observez mieux ces gamins. Ils se portent à merveille. Loin de crever de faim, ils sont bien nourris et mangent sans doute plus que moi.

« Ça, ce serait un miracle », remarqua Athelstan *in petto*.

Tout en s'enfonçant dans une autre venelle à la suite du coroner, il hochait la tête, stupéfait devant l'ingéniosité des mendiants.

— Sommes-nous arrivés ?

Cranston s'arrêta et désigna une enseigne sale qui se balançait sans conviction à la perche coincée sous le toit d'une auberge à deux étages. Il ouvrit la porte d'un coup de pied et ils s'avancèrent dans la pénombre, éclairée seulement par quelques lampes à huile. Cela sentait l'humidité et les battants des rares fenêtres, haut dans le mur, étaient solidement fermés. Le brouhaha des conversations s'éteignit. Un frisson parcourut Athelstan à la vue des trognes patibulaires des buveurs, de leurs regards hostiles et de leurs traits crispés. Deux d'entre eux somnolaient, les autres s'étaient rassemblés en petits groupes qui buvaient ou jouaient aux dés.

— L'antichambre de l'enfer ! bougonna Cranston.

Un homme se leva d'une table près de la porte. Athelstan aperçut l'éclair d'un couteau. Le coroner dégaina épée et dague.

— Bien le bonjour, mes gaillards ! claironna-t-il avec grandiloquence. Certains d'entre vous me connaissent. Les autres, je suis sûr de faire leur connaissance tôt ou tard. Je suis Sir John Cranston, coroner de la ville, officier du roi. Voici mon clerc et secrétaire, frère Athelstan, autrefois attaché à Blackfriars.

Il tendit soudain une main grassouillette vers l'homme à face de rat qui brandissait le couteau.

— Et toi, coquin, assieds-toi et ferme-la !

Le bonhomme obtempéra lentement.

— Que voulez-vous, Cranston, par la male peste ? hurla une voix.

Le magistrat brandit son épée.

— Je vous jure que je ne vous veux pas de mal. Cela dit, je pourrais fort bien revenir avec quelques sergents et voir ce que recèle ce petit paradis.

Le gargotier à la face luisante surgit servilement de la pénombre en s'essuyant les mains sur un linge crasseux et en multipliant les courbettes.

— Sir John, vous êtes le bienvenu dans mon humble auberge.

Cranston l'agrippa par l'épaule.

— Balivernes ! Allons, mon gros, je veux parler à un certain individu, seulement parler ; je sais qu'il est ici, alors ne me débite pas de mensonges. C'est un gredin qui se fait appeler William Fitzwolfe et qui vivait autrefois dans la paroisse de St Erconwald.

Un silence de mort accueillit ces paroles.

— Ah bon ! si vous le prenez comme ça...

Il se retourna à demi vers la porte.

Athelstan entendit des chuchotements et une silhouette sortit de l'ombre.

— C'est moi, Fitzwolfe. Je n'ai commis nul méfait.

Cranston lui fit signe d'approcher.

— Oh, que si, mon garçon, mais ne nous occupons pas de cela pour le moment. Tout ce que nous voulons, c'est cinq minutes de votre temps.

L'autre s'avança en pleine lumière et Athelstan le contempla avec dégoût. Au premier abord, l'homme avait l'air respectable. Ses cheveux noirs lui descendaient sur les épaules et ses mains étaient douces et pâles comme son visage, rasé de près. Mais un rictus narquois tordait ses lèvres et la mort hantait ses yeux froids et calculateurs. Il était vêtu de cuir noir, de la tête aux pieds, et Athelstan remarqua la dague dans la tige de sa botte et le large coutelas à sa ceinture. Il émanait de toute sa personne une force maléfique et menaçante, telle qu'Athelstan n'en avait pas rencontré depuis longtemps. En apercevant le dominicain, Fitzwolfe ébaucha ce qu'il considérait comme un sourire.

— Vous devez être Athelstan, le nouveau curé de St Erconwald. Comment se portent mes ouailles bien-aimées ? Six ans déjà ! Watkin, le ramasseur de crottin, passe-t-il son temps à vous dire ce qu'il faut faire, comme avec moi ?

Il enfonça ses pouces dans son baudrier.

— Et Cecily la ribaude ? Un beau cul, mais si bruyante dans ses ébats !

Athelstan s'avança.

— Je vous accuse de vol, Fitzwolfe !

Le prêtre défroqué eut un geste étonné.

— Vos preuves ? Ce sont les paroissiens qui ont pillé l'église après mon départ.

Le dominicain prit une profonde inspiration pour étouffer la colère qu'il sentait monter en lui.

— Allons, allons ! intervint Cranston avec autorité. Aubergiste, y a-t-il une pièce tranquille par-derrière ? Une cuisine, une arrière-salle ? Je veux avoir une petite conversation avec notre ami.

Le tavernier les emmena dans un endroit sordide qu'enfumait le feu de l'âtre. Des plats sales et des tranchoirs jonchaient la table maculée de graisse, sur laquelle des souillons s'efforçaient de laver la vaisselle en plongeant casseroles et pots dans un baquet d'eau couverte d'écume.

Cranston claqua des doigts.

— Sortez tous ! Toi aussi, tavernier.

Il mit aubergiste et servantes dehors, ferma la porte et s'y appuya. Puis il désigna l'autre issue.

— Ouvrez cette porte, Athelstan, au cas où nous devrions partir d'ici en hâte, et restez tout près, au cas où messire Fitzwolfe aurait la même idée.

Ce dernier, pourtant, avait pris place sur un escabeau en croisant les jambes aussi délicatement qu'une femme, les mains autour des genoux.

« Cet infâme larron se moque de moi », pensa Athelstan.

— Je suis là de ma propre volonté, Sir John, et je peux partir quand j'en ai envie. Vous n'avez aucun mandat d'arrestation, n'est-ce pas ?

Il ricana.

— Aucun, en tout cas, qui soit encore valable. Cela fait six ans que j'ai quitté St Erconwald.

Un sourire aux lèvres, Cranston frappa du plat de son épée l'épaule de Fitzwolfe, le faisant sursauter et perdre un peu de sa superbe.

— Je vais vous expédier *ad patres*, Fitzwolfe !

L'ancien ecclésiastique voulut se lever, mais Cranston appuya sur l'épée.

— Je suis magistrat, voyez-vous, et suis venu céans pour un interrogatoire. Vous avez le choix. Soit je vous exécute et affirme que vous m'aviez menacé de votre dague — et qui vous pleurera, alors ? —, soit vous répondez gentiment à mes questions. Que choisissez-vous ? demanda le coroner en rengainant son arme.

— Que désirez-vous savoir ?

— Quand vous étiez curé de St Erconwald, avez-vous fait poser des dalles dans le chœur ?

— Oh, allons, Sir John, railla Fitzwolfe. J'avais d'autres chats à fouetter que de m'occuper de cette pauvre église !

— Ce fut donc fait avant votre arrivée ?

— Oui, ce fut une des brillantes idées du père Theobald. Un travail assez bâclé, hein ?

Fitzwolfe décocha à Athelstan un coup d'œil moqueur.

— Ces maudites dalles me faisaient constamment trébucher. Remarquez, ce n'était pas difficile après une bonne beuverie.

Athelstan n'en croyait pas ses oreilles. Cet homme

ne craignait ni Dieu ni Diable. Le dominicain comprenait à présent pourquoi il se sentait si mal à l'aise en sa présence. Il avait la nette conviction que Fitzwolfe était un maître ès sciences occultes, un de ces sorciers et adorateurs de Satan qui pratiquaient la magie noire — à l'instar de nombreux défroqués qui abusaient ainsi du pouvoir spirituel qu'on leur avait conféré. Fitzwolfe croisa son regard et acquiesça imperceptiblement, comme s'il avait lu dans ses pensées. Puis il se leva avec nonchalance.

— D'autres questions ?

— Oui ! répondit Athelstan en s'adossant au mur, bras croisés. Je suis sûr que vous avez déjà fait fondre les objets du culte appartenant à St Erconwald et les avez vendus, mais vous avez aussi emporté les registres de comptes. Soit vous les avez brûlés, soit ils sont encore en votre possession.

— Je les ai déchirés.

— Et les pages ?

— J'ai réutilisé un certain nombre de parchemins.

Il haussa les épaules.

— Ils n'étaient plus utiles à personne. Ils étaient couverts des gribouillages sans queue ni tête du père Theobald. Qu'est-ce qui vous fait croire que je les ai encore ?

— La certitude que vous éprouvez un plaisir mauvais à vous servir d'un livre d'église à des fins dépravées.

Fitzwolfe tendit le doigt vers le plafond.

— Vous êtes libre d'examiner ce qui me reste. C'est dans ma soupente, là-haut.

Cranston fit une parodie de courbette.

— Qu'attendons-nous ?

Fitzwolfe refusa d'un signe de tête.

— Pas vous. Pas question qu'un magistrat fourre son nez dans des affaires qui ne le concernent en rien.

— Et moi, rétorqua Cranston, je ne vais pas vous

laisser monter cet escalier, disparaître par les toits et vous égailler dans la nature jusqu'à la Noël !

Fitzwolfe montra Athelstan du pouce.

— Le dominicain peut venir. Vous, vous attendez dehors.

Ils revinrent dans la salle de l'auberge. Sourds aux brocards et aux malédictions étouffées, ils suivirent Fitzwolfe. Ils sortirent par la porte de derrière et entrèrent dans un couloir froid et humide, puant l'urine de chien et jonché de toutes sortes d'immondices. Ils gravirent les marches branlantes et glissantes qui serpentaient jusqu'en haut du bâtiment.

— Un lupanar, murmura Cranston.

Ils passèrent devant des portes et des paliers.

— Des recoins, poursuivit le coroner, des passages secrets, des tunnels où grouille toute une vermine humaine. Si cela ne tenait qu'à moi, je ferais raser ce trou à rats.

— Mais ce ne sera pas le cas, lança Fitzwolfe haut et fort. N'est-ce pas, Sir John ?

Ils atteignirent enfin l'étage supérieur. Le truand introduisit une clef dans une porte massive, renforcée de ferrures, qu'il entrebâilla.

— Restez ici, Sir John.

Il fit signe d'entrer à Athelstan avec un sourire rusé.

Le dominicain fronça le nez en pénétrant dans la pièce dont l'odeur douceâtre lui soulevait le cœur. Il mit un moment à s'habituer à la pénombre. Fitzwolfe, glissant comme une ombre, battit son silex. Bientôt de longues bougies blanches s'allumèrent dans les bougeoirs de cuivre, protégées par des éteignoirs. Athelstan examina la soupente. Un frisson lui parcourut la nuque et, pour une raison inconnue, il sentit le souffle lui manquer. « Bien que je marche dans la vallée de l'ombre de la mort, récita-t-il, je ne crains pas le Mal. »

La chambre était propre, mais on avait peint les murs, le plancher et le plafond d'un noir satiné qui miroitait à la lueur des chandelles. Dans un coin, sous la petite fenêtre, un lit de camp jouxtait une table pouvant servir d'autel, surmontée d'un crucifix inversé au Christ décapité. Athelstan tremblait. N'apercevait-il pas des taches de sang sur la table ? Et cette étrange odeur ? Des herbes médicinales aux senteurs particulièrement fortes ou du goudron mélangé à autre chose ? Fitzwolfe l'observait tel un chat aux aguets. Athelstan secoua la tête comme pour s'éclaircir l'esprit. Le mécréant semblait s'être transformé : face plus longue, teint plus bilieux, yeux sombres brillant de méchanceté démoniaque.

— Les pages ! réclama hargneusement Athelstan. Vous avez promis de me donner les pages.

Avec un haussement d'épaules, Fitzwolfe alla au pied du lit, ouvrit un coffre et en fouilla le contenu. Athelstan regarda sur la gauche. Un livre relié en cuir était attaché à un lutrin par une chaînette. Il y jeta un bref coup d'œil, mais détourna la tête, horrifié : c'était un grimoire de magie noire et de sortilèges. Sur le mur, derrière le lutrin, étaient accrochées des pages aux enluminures chatoyantes et à la fine bordure, ressemblant à un livre d'Heures ou à une Vie des saints. L'une des pages représentait un groupe de gens écoutant un prédicateur, mais le personnage vêtu en prêtre avait une tête de bouc au mufle écumant, et un énorme pénis dépassait des plis de son habit. Sur une autre page, un porc, portant mitre et chape d'évêque, déchiquetait des corps miniatures. Une troisième montrait une nef et un transept dont les piliers rappelèrent St Erconwald à Athelstan, bien que, par un effet habile de perspective, le spectateur eût l'impression de plonger le regard dans un puits sans fond. Au bout, là où aurait dû se trouver le jubé, étincelait la face argentée aux yeux de braise et aux lèvres dorées d'un démon. Athelstan s'arracha à cette vision. L'air de la pièce était épais, oppressant, gluant. Il eut tout à coup la certitude que les ombres étaient plus profondes dans les coins, comme si quelqu'un ou quelque chose y était tapi.

— Allons, Fitzwolfe, les pages ! réclama-t-il d'un ton autoritaire.

— Les voici, mon frère !

Fitzwolfe s'avança lentement, les parchemins jaunis et déchirés à la main. Les pages, maladroitement cousues, se détachaient presque.

— Que se passe-t-il, mon frère ? Vous n'aimez pas mon repaire ? Mon enfer des enfers ?

Lorsqu'il lui tendit le parchemin, sa main glacée effleura celle du dominicain.

— Vous êtes prêtre, Athelstan. Que craignez-vous ?

Athelstan sursauta en entendant un raclement de pieds dans un angle de la pièce.

— Qu'est-ce que c'est ? s'écria-t-il.

— Regardez donc, mon frère, regardez vous-même ! murmura Fitzwolfe. Dans le coin ! Que voyez-vous ?

Le dominicain s'exécuta, prêt à affronter une vraie menace, quelque chose de terrifiant. Était-ce une silhouette ? se demanda-t-il. Ou une ombre ? Il distingua la rondeur d'une épaule ivoirine, la forme parfaite d'un sein, l'or fin d'une chevelure et il entendit un léger gloussement. Il s'empara du parchemin.

— Ces papiers m'appartiennent ! bredouilla-t-il. Ils sont à moi.

Il courut presque jusqu'à la porte et tira la poignée à fond, mais la chambre était verrouillée. Il perçut, derrière lui, les pas traînants du félon et d'une autre personne. Il fourragea dans la serrure, tourna la clef, ouvrit la porte et s'élança dans le couloir. La porte derrière lui se referma en claquant. Il entendit, sans le moindre doute, le ricanement de Fitzwolfe, et un autre, en écho.

— Qu'arrive-t-il, Athelstan ?

Cranston agrippait son clerc, effaré devant sa pâleur de marbre et ses traits baignés d'une sueur qui dégoulinait sur son visage. Il le secoua derechef.

— Mon frère, que s'est-il passé ?

Athelstan surmonta son hébétement et empoigna le gourdin qu'il avait laissé appuyé au mur.

— Partons, Sir John ! Ce n'est pas un endroit pour nous. Ni pour aucune autre créature de Dieu.

Cranston fit un pas en direction de la soupente.

— Arrêtez, Sir John ! Je ne plaisante pas ! Laissez tomber.

Il dévala l'escalier. Le coroner le suivit de sa démarche pesante. Sans l'attendre, Athelstan sortit à grands pas dans la ruelle, mais fut bientôt rejoint par le magistrat qui, soufflant comme un phoque, se mit à l'assaillir de questions auxquelles il ne répondit pas. Il marchait aussi vite qu'il le pouvait, bien décidé à mettre le plus de distance possible entre la taverne et lui. Il concentrait toute son énergie et son intelligence à retrouver le chemin qu'avait choisi Cranston à l'aller. Ils quittèrent enfin le quartier de Whitefriars et s'engouffrèrent dans une ruelle menant à Fleet Street. Athelstan fit soudain halte et s'appuya contre le mur. Il se sentait exténué, à bout de forces, comme si son corps, son esprit et son âme avaient été mis à la torture. Le coroner lui lança un regard aigu.

— Je ne vois qu'une solution, mon garçon, murmura-t-il. Le remède miracle de Sir John Cranston, la panacée pour tous les maux physiques et spirituels.

Il poussa son compagnon dans une taverne accueillante, à l'angle de la rue. Il faisait chaud dans la salle mal éclairée. Usant de sa voix de rogomme et de son autorité de coroner du roi, Cranston leur trouva vite des sièges près des barriques entassées jusqu'au plafond et obtint rapidement deux grandes chopes de clairet et du canard aux épices. Il offrit de partager le plat, mais Athelstan refusa d'un geste, se jetant plutôt sur le breuvage dont la douceur lui réchauffa les entrailles et vidant son gobelet d'un trait. Cranston en commanda un autre, tout en prenant délicatement les parchemins que son clerc serrait encore dans son poing. Il les examina avec attention, réclamant une chandelle pour mieux les voir.

— Par le sabbat des sorcières ! Ce ne sont jamais

que des archives jaunies et sales ! Qu'ont-ils de si menaçants, ces feuillets ?

— Ce n'est pas cela, dit Athelstan, en clignant des yeux et en se penchant en arrière.

Il avait bu trop vite et la tête lui tournait un peu.

— Fitzwolfe vous a-t-il menacé ?

— En quelque sorte.

Il lui résuma ce qu'il avait vu et ressenti dans la soupente. Quand il eut fini, le coroner se laissa aller à des rots et des claquements de langue.

— Drôles d'oiseaux que certains ecclésiastiques ! s'exclama-t-il avec un regard en biais vers Athelstan. Ils connaissent des secrets. Ils détournent le Bien à leur propre avantage. Pas tous, bien sûr, mais quelques-uns. Certains sombrent dans la cupidité et ne pensent qu'à amasser des richesses. D'autres se glissent dans les draps d'autrui. Et un petit nombre vise plus haut : acquérir des pouvoirs magiques.

— Sir John, l'interrompit Athelstan, je sais ce que j'ai aperçu et senti là-haut.

— Peut-être, Athelstan, mais j'ai rencontré les magiciens les plus habiles qui soient. Je n'ignore pas ce dont ils sont capables avec des herbes et des bougies façonnées à partir des substances les plus étranges. Comme le dit l'Ecclésiaste : « Il n'y a rien de nouveau sous le soleil. »

Il tapota la main de son compagnon.

— Fitzwolfe, un adorateur de Satan ? Peut-être, mais je pense plutôt que c'est un faiseur de tours particulièrement adroit.

Athelstan se frictionna le visage en soupirant.

— Personne, mieux que le vieux Cranston, ne fait redescendre son prochain sur terre ! maugréa-t-il.

Il repoussa son gobelet.

— Finissez-le ! Nous avons encore du pain sur la planche et je ne veux pas que le Grand Inquisiteur m'accuse d'être un ivrogne.

— Qui s'en soucie, par le cul du diable ? Il croit déjà que j'en suis un.

Athelstan reprit les parchemins. Il les parcourut, s'efforçant de déchiffrer les abréviations coutumières dans ce genre d'ouvrages ainsi que l'écriture serrée et minuscule. Il nota la date inscrite dans la colonne de gauche sur chaque page. La liasse comptait cinquante ou soixante feuilles cousues ensemble avec du chanvre fin, couvrant les années 1353 à 1368, l'année de la mort du père Theobald.

— J'aimerais étudier tout cela maintenant, murmura-t-il, mais il avisa la bougie des heures [1], fichée sur une haute étagère, près des barriques. Sir John, nous devrions retourner à Blackfriars. J'ai dit au père prieur que je désirais le voir, lui et les autres, et il se fait déjà tard. Oui, il nous faut y retourner, ne serait-ce que pour présenter nos plus humbles excuses.

Cranston se tordit le cou pour regarder par la fenêtre.

— Par la mort diantre ! marmonna-t-il. Le soleil se couche déjà. Écoutez, mon frère !

Athelstan tendit l'oreille ; la grande cloche de St Mary-le-Bow sonnait la fin de la journée de labeur. Il était recru de fatigue et le vin ingurgité trop vite commençait à faire des siennes dans son estomac vide. Lorsque Cranston eut terminé son gobelet, il rassembla les parchemins, saisit son gourdin et sortit de la taverne.

Il n'aurait pas dû se soucier d'arriver tard ou non. La nouvelle de la mort de frère Roger s'était répandue dans la communauté, plongeant le prieur dans le plus profond désarroi et le forçant à affronter d'innombrables questions. Quand Athelstan le retrouva dans son logis, le père Anselm avait l'air complètement perdu.

— Oui, oui, admit-il. Nous vous avons attendus, mon frère. Mais je me doutais que vous seriez retardés

1. Bougie cerclée d'anneaux, qui indiquait le temps écoulé. (*N.d.T.*)

par ailleurs. Avez-vous eu d'autres idées ? demanda-t-il, la voix vibrante d'espoir.

— Mon père, nous pêchons en eaux troubles. Savez-vous quand frère Roger a été vu vivant pour la dernière fois ?

Le père Anselm s'assit avec lassitude et invita ses visiteurs à prendre place.

— On l'a aperçu devant la chapelle juste après vêpres.

Il se frotta le front.

— Vous l'avez découvert ensuite, pendu à un arbre du verger.

Il leva la main.

— Et j'ajoute que personne n'avoue lui avoir parlé ou l'avoir rencontré entre-temps. À croire qu'il a été enlevé !

— Avez-vous fouillé les cellules de frère Alcuin et de frère Callixtus ?

— Bien sûr, mais nous n'avons rien trouvé, répondit le prieur en triant les papiers sur son bureau. Rien, sauf deux parchemins. L'un dans la cellule de frère Alcuin, l'autre dans celle de frère Callixtus. Un même nom revient sur chacun d'eux.

Le prieur tendit les feuillets à Athelstan qui les étudia avec curiosité. Bien que rédigés dans des écritures différentes, ils mentionnaient à plusieurs reprises un même nom : Hildegarde.

— Qui est-ce ? s'enquit-il.

Le prieur esquissa une moue expressive.

— Dieu seul le sait. C'est l'unique fait étrange que j'ai noté, le lien entre la mort d'un frère et la disparition d'un autre.

Cranston, qui sommeillait quasiment près d'Athelstan, s'arracha à sa torpeur.

— Une femme ! s'exclama-t-il en se pourléchant les lèvres. Qui femme a, noise a !

— Sir John, vous ne voulez pas dire...

Le prieur lui lança un regard irrité.

— Callixtus et Alcuin étaient des hommes honnêtes, des frères respectueux de leurs vœux qui accomplissaient un travail énorme dans ce monastère. Jamais ne les a éclaboussés le moindre scandale, voire le moindre commérage. Ils comptaient parmi les membres les plus anciens de cette communauté et s'avéraient des théologiens hors pair.

Il baissa les yeux.

— Ils n'ont pas mérité cette mort.

Cranston se montra fort contrit tandis que son clerc examinait les deux parchemins.

— Vous avez l'air épuisé, Athelstan, remarqua le père Anselm, gêné par les excuses réitérées du magistrat. Laissez cela ! Frère Norbert va vous apporter votre repas du réfectoire. Je vous conseille de vous coucher tôt et de bien dormir.

Athelstan acquiesça.

— Mais demain après none, je voudrais m'entretenir avec tous les membres du chapitre, y compris vous.

Il tapota les parchemins, une faible idée commençait à germer dans son esprit, une piste qu'il lui faudrait suivre quand il serait reposé.

— N'en parlez à personne pour l'instant, mon père. Secret absolu !

Athelstan et Cranston retournèrent à l'hostellerie se reposer et se laver un peu dans la cuisine. Tandis que Cranston dégustait de l'hypocras, son clerc contemplait le feu tremblotant que venait d'allumer le frère Norbert. Le frère lai apporta également leur repas du réfectoire : un plat de légumes tendres du potager accompagnant un épais ragoût de veau cuit dans une sauce au poivre sous une fine croûte dorée. Cranston se jeta sur la nourriture avec entrain. Athelstan, exténué, l'estomac encore tout barbouillé, mangea du bout des lèvres. Il allait finir son repas lorsqu'il remarqua sur un escabeau, au fond de la cuisine, un rollet noué de soie verte. Il alla le prendre.

— Qu'est-ce que c'est ? aboya Cranston entre deux bouchées de veau.

— Une copie du traité de frère Henry of Winchester : *Cur Deus Homo*... « Pourquoi Dieu s'est fait homme ».

— Je vous en laisse la lecture bien volontiers, reprit le coroner. Si Dieu avait voulu que nous déchiffrions Ses pensées, Il n'aurait pas passé son temps à mettre le plus de distance possible entre lui et nous !

Athelstan s'assit en souriant et se pencha sur l'ouvrage, malgré sa fatigue. Il lisait encore lorsque Cranston, qui avait dévoré son repas ainsi que les restes de celui d'Athelstan, se dirigea pesamment vers l'arrière-cuisine en quête d'autre breuvage.

Le traité, rédigé sur des feuillets méticuleusement cousus, plongea Athelstan dans la plus vive admiration : la clarté remarquable de l'exposé n'avait d'égal que l'élégance de l'écriture et la qualité de l'encre neuve. C'était un bijou d'analyse théologique dans lequel frère Henry mettait prudemment en question certains dogmes de l'Église. Selon lui, l'incarnation du Christ était la manifestation de la volonté divine de partager avec l'homme la Beauté originelle et non pas, comme on le pensait traditionnellement, la rédemption ou le rachat du péché originel. Le traité présentait Dieu comme un Père aimant plutôt que comme un juge implacable acceptant de mauvaise grâce le sacrifice rédempteur du Christ qui était, Lui, l'incarnation de cet amour.

Cranston revint en maugréant avant de monter lentement dans leur chambre. Athelstan poursuivit sa lecture en savourant la précision des termes et des idées. Il termina enfin et tapota le parchemin.

— Brillant ! murmura-t-il. Les inquisiteurs perdent leur temps. Le frère Henry a une approche originale, certes, mais ce n'est pas un hérétique.

Il reposa l'ouvrage, s'étira et gravit l'escalier à son tour. Le coroner dormait déjà comme un loir. Athelstan s'agenouilla au pied du lit, essayant de chasser de son esprit les divers messages, scènes, paroles qui avaient rempli les dernières heures. Il voulait prier et en même temps il ne pouvait oublier que cette journée avait été cruciale. Il avait vu et entendu des choses dont la signification lui échappait. Il ferma les paupières et sentit son esprit dériver. Une heure plus tard, il se réveilla et se retrouva affalé contre le lit. Il y grimpa maladroitement et sombra dans un sommeil sans rêves.

CHAPITRE IX

Athelstan se réveilla aux aurores le lendemain. Cranston ronflait comme un sonneur. Le dominicain resta un peu au lit. Il se sentait reposé, bien au chaud. En entendant les cloches, il se leva, prit un linge au lavarium en bois et se dirigea vers les étuves du monastère en traversant la cour noyée de brume. Il procéda minutieusement à ses ablutions avant de remettre son habit et de regagner la cuisine de l'hostellerie où il alluma le feu et fit bouillir de l'eau pour se raser. Puis, remontant à la chambre sur la pointe des pieds, il sortit des sous-vêtements et un habit propre de ses fontes et déjeuna des restes de la veille.

Ensuite il s'agenouilla un moment pour réciter ses prières en s'efforçant de garder l'esprit clair et rigoureux, et alla enfin dire la messe dans l'une des chapelles latérales de l'église. D'autres prêtres en faisaient autant, profitant de la période avant laudes pour célébrer l'office. Après avoir enlevé ses vêtements sacerdotaux et remercié frère Norbert qui lui avait tenu lieu de servant, Athelstan contourna le maître-autel et s'avança dans le chœur qui sentait encore l'encens et la cire des cierges. Comme il s'y attendait, un cercueil de pin, installé sur les grands poteaux en bois, reposait sur le tapis rouge. L'inscription « Frère Roger obiit 1379 » était gravée sur le couvercle dont Athelstan caressa le grain lisse. La messe de requiem serait célébrée plus tard et le corps de frère Roger rejoindrait, dans le caveau funéraire, les autres moines qui avaient rendu leur âme à Dieu.

Sous les yeux d'Athelstan, des frères s'agenouillaient sur le prie-Dieu et se recueillaient devant la dépouille de leur compagnon. Il attendit qu'ils soient tous repartis pour l'office de laudes avant de s'agenouiller à son tour, moins pour prier que pour se dissimuler aux regards des membres de la communauté qui prenaient place dans les stalles afin de chanter les psaumes. Il contempla l'abside et son impressionnant déambulatoire où se détachaient les statues des apôtres dans leurs niches. « Étrange coïncidence, songea-t-il. C'est dans ce chœur que priait Alcuin lorsqu'il disparut et c'est dans le chœur de St Erconwald qu'a éclaté le grand mystère du squelette ! » Il observa à nouveau les statues des apôtres. « Concentre-toi, se répétait-il, ne pense plus à St Erconwald. C'est ici qu'Alcuin méditait avant sa disparition. » Frère Roger avait dit : « Il aurait dû y en avoir douze. » Mais douze quoi ? Le dominicain examina le profond cercueil, puis fixa à nouveau le mur. Une idée lui traversa l'esprit.

— Absurde ! chuchota-t-il en portant les mains à ses lèvres. Mais c'est pourtant évident ! Oh, mon Dieu !

Il se croisa les bras pour maîtriser son excitation et attendit patiemment la fin de la cérémonie. Tandis que les frères sortaient en file pour se rendre au réfectoire rompre le jeûne de la nuit, il se précipita dans l'hostellerie.

— Sir John ! s'écria-t-il en entrant en coup de vent. Debout ! Vous avez assez dormi !

Il entendit un bruit épouvantable. Cranston dévalait l'escalier avec fracas, tel un énorme tonneau.

— Par le cul du diable ! rugit-il. Un pauvre magistrat ne peut plus se reposer maintenant !

Il frotta son visage ensommeillé et scruta son clerc.

— Vous avez découvert quelque chose, hein, fichu frocard !

— Oui, Sir John.

Laçant ses chausses, Cranston s'avança plus silencieusement dans la cuisine. Athelstan songea que c'était la première fois qu'il voyait le magistrat sans ses bottes. Ainsi déchaussé et attifé de sa chemise flottante et de son énorme haut-de-chausses, le coroner ressemblait plus que jamais à ses jumeaux.

— Pourquoi souriez-vous, maudit clerc ?

— Pour rien, Sir John. Asseyez-vous donc.

— J'ai faim.

— Priez votre panse de patienter un peu !

— De l'hypocras, au moins ?

— Pas sur un estomac vide, Sir John ! Que dirait Lady Maude ?

— Qu'elle me fiche la paix !

— Lui rapporterai-je vos paroles ?

Cranston se mordit l'ongle du pouce jusqu'au sang.

— Très bien. De la bière coupée d'eau, alors, et je suis tout ouïe.

Athelstan le servit et lui fit part des conclusions auxquelles il était arrivé dans l'abside. Le coroner l'écouta sans piper mot et lui donna des tapes affectueuses sur l'épaule.

— Exactement ce que je pense, déclara-t-il. J'avais hésité à suivre cette piste — elle me semblait si bizarre. Bien, en avant chez le prieur ! Nous avons besoin de son autorisation.

— Pas encore, Sir John. Après none.

Cranston se leva.

— En ce cas, je vais faire mes ablutions et déjeuner. M'accompagnerez-vous ?

— Non, Sir John. Dites aux cuisines que vous déjeunerez pour deux.

Pendant que le magistrat remontait pesamment l'escalier pour se laver et s'habiller, Athelstan reprit la lecture du parchemin fourni, la veille, par Fitzwolfe. En lisant la description des différentes activités, Athelstan ne put se garder d'un sentiment de tristesse et même de pitié : elles étaient le faible écho des siennes, sauf que le père Theobald semblait n'avoir guère le sens de l'organisation. C'était un homme fatigué et malade, obnubilé surtout par les frais d'obsèques, la construction d'un dépositoire et diverses tentatives maladroites de réparation du toit. Athelstan trouva finalement d'autres précisions. D'une part, le père Theobald avait apparemment fait une chute dans le chœur et d'autre part on mentionnait l'achat de pierres de taille auprès de A. Q. D. Athelstan nota la date : septembre 1363. Puis il lut une liste d'autres versements : « Pour la pose des dalles dans le chœur : 6 livres esterlin à A. Q. D. » Il suivit la liste du doigt.

— Certes, certes, murmura-t-il, mais qui est cet A. Q. D. ?

Il eut une autre idée. Il vérifia les rubriques jusqu'en janvier 1364 en quête de sommes d'argent données au prêtre pour célébrer des offices funèbres, mais il ne trouva aucun nom de femme mystérieusement disparue, malade ou tuée.

Il repoussa les parchemins et opina machinalement lorsque Cranston lui hurla qu'il allait chercher de quoi se restaurer. Il attendit que le magistrat eût refermé la porte pour remonter dans la chambre et s'étendre sur le lit. Le coroner mettrait un certain temps et il voulait réfléchir en paix aux événements de la veille. Un détail vu ou entendu avait éveillé un écho dans sa mémoire. Mais quoi ? Il repensa à la découverte du pendu dans le verger, puis reconstitua la suite des événements de cette journée. Il trouva enfin le détail et sourit, tout étonné. Comment ne s'en était-il pas souvenu plus tôt ? Il redescendit et consulta le registre du père Theobald. Il bondit soudain en frappant dans ses mains comme un enfant.

— Voilà, c'est cela ! murmura-t-il. C'est cela même. Si on enlève ça, tout s'écroule.

Contenant à grand-peine sa gaieté et son excitation, il décida de faire une promenade dans le jardin du couvent. Son pas énergique et ses saluts allègres frappèrent de stupeur les frères lais qui vaquaient à leurs tâches. Il passa aux écuries où l'entrain de Philomel à dévorer les richesses du monastère le mit en joie. Le palefrenier, frère lai aux traits accusés, lui certifia que son vieux destrier était bien soigné, tout comme la monture de Cranston. Athelstan retourna à l'hostellerie où l'attendait le magistrat.

— Vous me semblez d'humeur badine, mon frère !

— Notre enquête avance, Sir John ! Oui, nous progressons. J'ai l'impression d'être un roi assiégeant une place forte. Les murailles commencent à céder, bientôt nous ouvrirons une brèche !

— Et mon énigme ? grommela le coroner.

Athelstan coula un regard vers son parchemin et sa plume.

— Pas encore, Sir John ! Chaque chose en son temps.

Il se rassit et exposa ses idées en les ordonnant et en utilisant des abréviations codées. Cranston se resservit de l'hypocras, vidant ainsi le petit tonnelet, puis s'affala sur un escabeau, plongé dans ses pensées.

La confrontation avec Fitzwolfe et le long trajet dans la ville l'avaient aidé à oublier la fureur de Lady Maude, mais à présent la force de ses paroles lui revenait en pleine figure. La scène de la veille, il le savait, serait de la petite bière comparée à celle que lui ferait son épouse, folle de colère, s'il ne résolvait pas cette énigme. Réveillé juste après Athelstan, il avait passé le plus clair de la matinée à examiner sous toutes les coutures le mystère de la chambre écarlate, même pendant qu'il sacrifiait au rite — privé et sacré par excellence — du petit déjeuner. Il n'avait pas avancé d'un pouce et réfléchissait à présent au pari. « Il m'est impossible de réunir mille couronnes », songeait-il, morose. Athelstan était pauvre comme Job. D'autre part, mendier auprès de la famille de Lady Maude serait l'avanie suprême. Donc, devait-il accepter le prêt offert par Jean de Gand ou être considéré comme un fripon qui ne payait pas ses dettes ? Il grinça des dents.

— Par la mort diantre ! jura-t-il dans sa barbe en lançant un regard noir à Athelstan, perdu dans ses réflexions.

Il reposa violemment sa chope et sortit écouter les cloches du couvent.

— Ce n'est pas ici que je devrais être, mais chez moi à m'occuper de mes problèmes, marmonna-t-il.

Athelstan surgit soudain et passa son bras sous celui de son compagnon.

— Allez, Sir John. Ne mettez pas la charrue avant les bœufs. Il nous reste plus d'une semaine avant de revenir au palais de Savoie.

Cranston se détendit.

— Nous ? souligna-t-il, une nuance d'espoir dans la voix.

— Bien sûr, Sir John. Si vous échouez, je resterai à vos côtés.

Il lui lâcha le bras et serra son coude grassouillet.

— Mais, ajouta-t-il, tout ira bien avec l'aide de Dieu. Venez, le prieur nous attend.

Ils trouvèrent les membres du chapitre assemblés dans le logis du père Anselm, regroupés comme lors de leur première rencontre. Frère Peter et frère Niall, l'air inquiet, leur opposaient un visage fermé. Le calme de frère Henry contrastait avec les coups d'œil furibonds que leur jetaient le Grand Inquisiteur et frère Eugenius, tendus comme des chiens de chasse.

— Une autre mort ! attaqua Eugenius. Votre enquête a-t-elle progressé, Athelstan ?

Le prieur donna de petits coups secs sur la table.

— Laissez la parole à notre frère, Eugenius, et faites preuve de plus de modération. Mais prions d'abord !

Il se signa, entraînant ainsi le chapitre à l'imiter, et il implora brièvement l'Esprit-Saint de les guider et de les conseiller.

— Bien, reprit-il d'un ton vif, vous avez demandé cette réunion, n'est-ce pas, Athelstan ?

— En effet, mon père. Merci à tous d'être là. D'abord, frère Henry, j'ai lu votre traité. Je l'ai trouvé brillant et pertinent, sans l'ombre d'une hérésie. Ensuite, Callixtus n'a pas chuté seul dans la bibliothèque. On l'a fait tomber et on lui a fracassé le crâne avec un chandelier.

D'un geste, Athelstan fit cesser le flot des questions.

— J'ai découvert ce candélabre, Sir John l'a vu et accepté comme preuve. Enfin, poursuivit-il sans tenir compte des sourires hautains des inquisiteurs, frère Roger est bien décédé, mais il ne s'est pas donné la mort. On l'a étranglé au lacet et on a voulu faire passer sa pendaison pour un suicide. Sa mort et celles des autres ont un lien avec ce chapitre. Comment et pourquoi, je l'ignore encore. Je pourrais, bien sûr, demander à chacun, y compris à notre prieur, ce qu'il faisait lorsque sont morts Bruno, Roger et Callixtus, mais la communauté est nombreuse et le couvent couvre un immense terrain. Établir les faits prendrait trop de temps, même si c'était possible.

— Vous n'avez pas mentionné Alcuin ? observa frère Niall d'un ton sec où perçait l'accent chantant des Irlandais.

— En effet, renchérit Eugenius. Comment savons-nous qu'Alcuin n'est pas l'assassin ? Peut-être rôde-t-il encore dans ce couvent de Blackfriars. Après tout, vous avez dit vous-même, Athelstan, que les bâtiments couvrent une grande superficie : nul doute qu'ils recèlent des recoins qu'on visite rarement, voire jamais.

— C'est absurde ! intervint sèchement Anselm.

— Non, mon père. Eugenius a raison. Frère Alcuin est encore dans ces murs, mais mort.

— Où ? s'écrièrent-ils en chœur.

— Mon père, quand célébrerons-nous la messe de requiem pour Roger ?

— À midi, aujourd'hui. Nous ne pouvons attendre

jusqu'à demain. La règle est très stricte : pas de messes d'enterrement le dimanche.

— Alors, mon père, permettez-moi d'insister pour que ses funérailles aient lieu lundi.

— Pourquoi ?

— Parce que je voudrais qu'on ouvre le caveau mortuaire et remonte le cercueil de Bruno. Dedans, nous trouverons frère Alcuin.

— Sacrilège ! s'exclama le Grand Inquisiteur. Profanation ! Athelstan, vous jouez avec le feu !

— Le sacrilège, mon cher inquisiteur, est affaire d'intention, comme tout péché. Je ne veux pas manquer de respect à frère Bruno — que son âme repose en paix !

Athelstan en appela au prieur.

— Vous m'avez fait venir pour découvrir la vérité et élucider une épouvantable énigme. Le cercueil de frère Bruno doit être ouvert.

— Objection ! protestèrent ensemble les inquisiteurs.

Le prieur tapota la table.

— Je ne vois aucune objection au souhait d'Athelstan. Ce mystère doit être, à tout prix, tiré au clair. Si vous vous trompez, mon frère, rien n'est perdu, mais si vous avez vu juste, nous aurons progressé dans cette enquête.

Il agita une clochette. Un frère lai entra et le prieur lui chuchota ses instructions à l'oreille. L'autre le dévisagea avec étonnement.

— Obéissez ! ordonna le prieur. Dites-le à frère Norbert, puis demandez à deux frères de vous aider. Qu'ils promettent de ne rien divulguer et agissez selon mes ordres !

Dès qu'il fut sorti, le père Anselm regarda l'assemblée autour de la table.

— Y a-t-il un autre problème, Athelstan ?

— Oui. Mais Sir John et moi-même devons vous en entretenir en particulier.

— Pourquoi ? coupa William de Conches. En tant que Grand Inquisiteur, j'exige d'assister à cet entretien.

— Je me moque comme d'une guigne de ce que vous êtes ! s'exclama Cranston. Nous sommes dans un couvent anglais, ici. Il est certes régi par le droit ecclésiastique, mais également par les lois de la Couronne. En tant que haut magistrat de notre ville, j'exige de voir le père Anselm en privé.

— Accordé ! se hâta de trancher celui-ci. Mes frères, nous nous reverrons dans le chœur.

Athelstan attendit que la porte se refermât derrière le dernier sorti.

— Eh bien, Athelstan ? questionna le prieur.

— Mon père, ce nom d'Hildegarde me fascine. Qui, à Blackfriars, saurait d'où il vient ?

— Ce n'est pas un prénom anglais, l'interrompit Cranston. J'ai l'habitude de parcourir des listes de jurés et de gens imposables. Hildegarde est un prénom germanique.

Le prieur se frotta les yeux.

— Et qui est-elle, d'après vous, Athelstan ?

— Je l'ignore. Une abbesse, peut-être, ou une sainte.

— Je ne connais aucun sanctuaire dédié à une sainte portant ce nom. Mais nous avons ici un vieil érudit, le frère Paul. Vous souvenez-vous de lui, Athelstan ? Il est grabataire, à présent, et à moitié aveugle. Il passe tout son temps à l'infirmerie. Mais venez ! Il a l'esprit encore bien affûté et nous pourrons peut-être stimuler sa mémoire.

Cranston et Athelstan le suivirent dans le cloître. Puis, en passant par une petite porte latérale, ils pénétrèrent dans le jardin superbement fleuri pour finalement arriver au bâtiment à un étage de l'infirmerie. Cela sentait bon les herbes médicinales, le savon et l'amidon, bien qu'Athelstan discernât aussi l'odeur amère de certaines potions. Le frère infirmier les fit monter à l'étage, dans une longue pièce bordée, de chaque côté, d'une rangée de lits entourés de courtines.

Le prieur s'entretint à voix basse avec le frère infirmier qui désigna un recoin, dans le fond, dissimulé derrière une courtine blanche à liséré vert, suspendue à une barre de cuivre éclatant.

— Vous trouverez frère Paul là-bas. Il se porte bien. On lui a promis qu'il pourrait bientôt s'asseoir dans le jardin.

Suivi d'Athelstan et de Cranston, le prieur s'élança à grandes enjambées sur le plancher impeccablement ciré. Il tira la courtine. Un vieillard gisait sur le lit, la tête dans les oreillers, les cheveux blancs autour de la tonsure. Dans son visage mince aux hautes pommettes, ses yeux, autrefois brillants, étaient recouverts d'une taie.

— Qui est là ?

Il parlait d'une voix étonnamment forte.

— Le prieur. J'ai amené deux amis : Sir John Cranston et le jeune Athelstan.

Le coroner donna un coup de coude malicieux à son clerc.

— Le jeune Athelstan, répéta-t-il *sotto voce*.

— Je vous connais, Cranston, déclara frère Paul en tournant la tête. Je me suis souvent rendu aux prisons de Newgate, Fleet et Marshalsea pour entendre les condamnés en confession. Savez-vous qu'ils vous traitent de « salaud » ?

Le vieillard eut un rire édenté.

— Mais un salaud juste, voire compatissant !

Cranston se glissa entre ses compagnons et se pencha au-dessus du lit.

— Bien sûr que je me souviens de vous, murmura-t-il. Le moine qui insistait toujours pour que l'on révise les procès. Vous avez sauvé plus d'une fripouille de la mort.

Avec un léger ricanement, le vieux dominicain posa les doigts sur l'épaule du magistrat.

— Toujours aussi mince, n'est-ce pas, Sir John ?

Il agita la main.

— Et vous, Athelstan, où êtes-vous, jeune garnement ?

Athelstan saisit la main tavelée aux veines saillantes et sentit les larmes lui monter aux yeux. Il se rappelait le frère Paul à l'époque de son noviciat : un homme déjà âgé, certes, mais plein de vigueur et de vivacité, doué d'un esprit incisif et d'une langue acérée. Il donnait des cours de philosophie, théologie et Quadrivium [1] aux novices.

— Toujours à étudier les étoiles, hein, Athelstan ?

Ce dernier lui tapota la main.

— Je n'ai pas oublié votre lecture des psaumes, mon père : « Qui connaît les voies du Seigneur ? Elles sont aussi loin des nôtres que le ciel et les astres le sont de la Terre. »

— La citation est inexacte ! interrompit le vieillard. Vous avez toujours été un rêveur. Mais que voulez-vous d'un vieux malade ?

— Le nom d'Hildegarde vous dit-il quelque chose ?

Le frère Paul hennit de rire.

— Êtes-vous venus déterrer mes péchés de jeunesse ? ironisa-t-il en se tournant vers Athelstan. Je n'y vois plus guère, mais ma mémoire est encore bonne. Hildegarde est un prénom féminin. Je me souviens de votre cœur tendre, Athelstan, et de vos yeux sombres. Vous rappelez-vous ce que je vous ai dit sur l'amour ? Comme il est terrible pour un prêtre de rencontrer quelqu'un pour qui il va éprouver un profond attachement ?

Il détourna la tête, ses doigts osseux frottant ses joues.

— J'ai connu une femme, autrefois, du nom d'Hildegarde. Le visage d'un ange et l'âme noire comme l'enfer.

Il rit.

1. Les sept arts libéraux étaient composés du Trivium (grammaire, rhétorique, dialectique) et du Quadrivium (arithmétique, géométrie, astronomie, musique). (*N.d.T.*)

— Mais je suppose que ce n'est pas celle qui vous intéresse. Vous cherchez sans doute une abbesse germanique qui vécut il y a cent vingt ou cent cinquante ans.

Il s'interrompit et fixa le plafond de ses yeux éteints.

— Pouvez-vous nous donner plus de précisions ? demanda le prieur.

Le vieillard secoua la tête avec lassitude.

— Moi ? Non, mais allez voir dans la bibliothèque. Oui, oui ! dans la bibliothèque.

Sa main s'affaissa.

— Le temps a passé, chuchota-t-il. Le nom me dit quelque chose, mais je ne sais pourquoi.

Athelstan lui pressa doucement la main.

— Merci, mon père.

Le malade lui agrippa le poignet.

— Que le Seigneur veille sur vous ! Qu'Il vous dévoile Sa sainte face et vous sourie ! Qu'Il vous bénisse et vous protège tous les jours de votre vie !

Il ôta lentement sa main et ils ressortirent sans un mot de l'infirmerie. Athelstan se rendait compte, avec un léger sentiment de culpabilité, à quel point il était redevable à Blackfriars et à quel point, pourtant, il avait oublié les moments passés là.

Dans le jardin, Cranston s'écarta pour admirer un rosier en fleur. Athelstan prit le prieur par le bras et lui parla d'une voix pressante :

— Mon père, nous avons fait un certain nombre de rapprochements : ce prénom d'Hildegarde est un lien entre Alcuin et Callixtus. Ce dernier fut tué dans la bibliothèque, non pas dans sa chute, mais par un coup assené avec un candélabre. Ne tournons pas autour du pot : je crois que Callixtus cherchait un écrit ou un ouvrage sur cette Hildegarde.

Il observa une pause.

— Je suis convaincu que ce nom d'Hildegarde est la clef de tous les meurtres perpétrés dans ces murs.

Le prieur respira fort en contemplant le ciel limpide.

— Je vois bien le rapport, Athelstan, mais au nom de Dieu tout-puissant, quel lien peut-il exister entre ce prénom et le présent chapitre ?

Exaspéré, il leva les mains au ciel.

— Vous connaissez notre bibliothèque, Athelstan. Des étagères entières d'ouvrages, certains épais de trois cents ou de quatre cents pages. Autant chercher une aiguille dans une botte de foin ! Et comment savoir si l'assassin n'a pas trouvé ce que cherchait frère Callixtus ?

— C'est possible, mais restons optimistes. S'il ne l'a pas découvert, nous aurons mis un terme à ses recherches, car s'il persévérait, cela attirerait notre attention.

Cranston les rejoignit en tenant une rose nouvellement éclose, étincelante de rosée.

— J'ai entendu ce que vous disiez, mon père, mais laissez-moi m'armer de logique comme d'une dague bien affûtée. Callixtus se trouvait tout en haut de l'échelle, n'est-ce pas ?

Il souffla bruyamment.

— Il devait donc être en quête d'un ouvrage sur l'étagère supérieure. Or nous connaissons à peu près la position de l'échelle.

Il bomba son torse impressionnant.

— *Ergo*, dit-il en parodiant son clerc, la conclusion s'impose d'elle-même : Callixtus doit avoir découvert quelque chose sur cette fameuse Hildegarde. Bon, naturellement, nous ne pouvons pas passer notre temps dans le scriptorium, cela mettrait la puce à l'oreille du coupable, mais... ce frère lai à la belle prestance qui m'apporte mon hypocras... son nom déjà ?

— Norbert.

— Oui, c'est cela. Lui va nous aider.

Le prieur donna son accord et ils retournèrent dans les bâtiments conventuels d'où Athelstan envoya un serviteur prier Norbert de les retrouver à la bibliothèque. Celle-ci était quasiment déserte, ainsi que le scriptorium. Les quelques frères qui y travaillaient sortirent tranquillement à la demande du prieur. Frère Norbert accourut bientôt, hors d'haleine. Athelstan lui agrippa le bras pour l'amener au lieu précis où l'on avait retrouvé frère Callixtus. Athelstan observa les étagères qui montaient jusqu'au plafond.

— Norbert, après le petit travail que nous allons effectuer dans l'église, je voudrais que vous descendiez tous les livres des trois étagères du haut.

Il désigna l'endroit.

— Et seulement ces livres-là. Vous les emporterez, un par un si nécessaire, dans l'hostellerie sans que l'on vous voie. Est-ce compris ?

Son interlocuteur fit signe que oui. Athelstan se frotta les mains.

— Bien !

Il regarda le prieur et le magistrat.

— Frère Norbert saura tenir sa langue, j'en suis sûr. Venez ! Nos frères doivent s'impatienter dans l'église.

Athelstan ne se trompait pas. Les membres du chapitre, installés dans les stalles, grommelaient sous cape tandis que, derrière le maître-autel, un frère lai, le visage écarlate ruisselant de sueur, dégageait les dalles au-dessus du caveau mortuaire. Norbert alla lui prêter main-forte tandis que le prieur conversait à bâtons rompus. À la fin, le frère, transpirant à qui mieux mieux, s'écria :

— Mon père, tout est prêt !

L'assistance entoura le maître-autel. Le cercueil de Roger avait été déplacé sur le côté, le tapis rouge enroulé et les dalles enlevées ainsi que les poutres portantes de chêne. Le caveau était ouvert. Frère Norbert et ses compagnons prirent une échelle et descendirent précautionneusement. Le prieur leur tendit une chandelle allumée. Cranston jeta un coup d'œil au fond et frissonna à la vue des nombreux cercueils. Il comprit que le caveau était un vaste mausolée. On envoya des cordes en bas.

— Nous avons trouvé le cercueil de Bruno !

La voix de Norbert semblait venir des abysses et résonnait comme celle d'un fantôme. Ils entendirent quelque chose glisser, puis il y eut un bruit assourdi et des jurons étouffés. Norbert et un frère lai réapparurent et remontèrent dans le chœur après avoir lancé la corde.

— Le cercueil de frère Bruno se trouve juste au-dessous, déclara-t-il en reprenant haleine, mais il nous faut de l'aide, car il est très lourd.

Sur l'ordre du prieur, tous — y compris Cranston et Athelstan — se mirent à tirer sur les cordes. Ce ne fut guère une partie de plaisir car le cercueil de pin pesait son poids.

— Pas étonnant ! commenta le prieur d'une voix hachée. Descendre un cercueil est tellement plus facile !

Il esquissa un fin sourire.

— Mais qui aurait pensé que nous aurions à le remonter !

Malgré leurs efforts, la tâche s'avéra trop ardue et le prieur reconnut à contrecœur qu'il leur faudrait d'autres bras. Ils observèrent une pause après avoir lâché les cordes, puis Norbert alla chercher de l'aide.

— C'est sans importance, à présent, dit le prieur avec un haussement d'épaules. La communauté aurait fini par l'apprendre, de toute façon.

Norbert revint. Le prieur recommanda aux nouveaux arrivants de tenir leur langue. Cette fois-ci, d'autres descendirent dans le caveau et finalement le grand cercueil fut remonté et placé sur un côté du chœur. Le prieur remercia tout le monde et renvoya les frères lais, à l'exception de Norbert. Athelstan souffrait des épaules et des bras tandis que Cranston, rouge comme une écrevisse, avait le visage et le cou baignés de sueur.

— J'avalerais l'océan ! bougonna-t-il. Par la mort diantre, Athelstan ! Frère Bruno fait plus de manières pour sortir de la tombe que pour y entrer.

— Et pour cause, Sir John !

Sans attendre le prieur, Athelstan s'approcha du cercueil et, s'aidant du long poignard du magistrat, entreprit de soulever le couvercle.

Une fétide odeur de putréfaction commença à s'infiltrer dans le chœur tandis que de l'assistance s'élevaient des murmures et des reproches indignés. Le prieur ouvrit la bouche pour protester, mais Athelstan n'en tint aucun compte et poursuivit sa besogne, avec le secours de Cranston, qui, la cape enroulée autour du cou, se protégeait contre la puanteur croissante. Le tollé reprit de plus belle, aussi Cranston abaissa-t-il sa cape pour s'écrier avec colère :

— Si vous ne le supportez pas, allez donc brûler de votre fichu encens !

Cela parut une bonne idée au prieur. On apporta encensoirs, charbon de bois et encens. On fit brûler le charbon de bois et on jeta de l'encens sur les braises rougeoyantes. Le couvercle céda enfin. Athelstan le repoussa en réprimant un haut-le-cœur : la puanteur se répandait dans le chœur, perçant à travers le parfum d'encens comme une coulée de boue dans de l'eau claire.

— Oh, mon Dieu ! murmura Cranston.

Se bouchant le nez, Athelstan regarda par-dessus le rebord.

— J'ai déjà vu des choses épouvantables, s'écria Cranston, mais pour l'amour de Dieu...

La dépouille de frère Bruno était enveloppée d'un linceul de gaze mince, mais couché sur lui reposait, à plat ventre, le corps, gonflé par les gaz, de frère Alcuin, rongé par les effets d'une rapide décomposition. Malgré l'odeur et les signes apparents de pourriture, Athelstan effleura la nuque du frère assassiné.

— Ô Jésus de Miséricorde, fils de la Bienheureuse Marie, ayez pitié de votre serviteur ! Que ses péchés lui soient remis !

Athelstan contempla Alcuin, ce frère qu'il avait

connu autrefois, avec qui il avait partagé prières, pain et vin, ce frère qui avait péri de malemort, ce frère dont le corps avait été fourré dans le cercueil et jeté comme une vieille guenille... Il retourna à moitié le cadavre en s'efforçant de ne pas regarder les yeux grands ouverts, la face noirâtre, la langue enflée et protubérante. Il abaissa le col de la robe de bure et vit la fine trace violette du lacet qui avait étranglé frère Alcuin.

— Mon père, pour l'amour de Dieu ! hurla Cranston.

Le prieur restait figé sur place, les yeux écarquillés par l'horreur, les traits livides. Les autres, incapables de supporter cette vue, reculèrent derrière l'autel à l'exception de frère Norbert.

— Vous m'avez l'air d'un solide gaillard, lui dit Cranston. Allez chercher un autre linceul et un cercueil ! Allez ! Vite !

Norbert détala. Cranston, se ressaisissant, prit Athelstan par le bras.

— Allons, mon frère, souffla-t-il doucement, allons ! Le prieur a besoin de votre aide.

Athelstan s'arracha à la contemplation du cadavre défiguré et s'approcha du prieur.

— Mon père, chuchota-t-il en agrippant sa main glacée, venez avec nous !

Il empoigna son supérieur par l'épaule et le secoua vigoureusement.

— Nous n'avons plus rien à faire ici !

CHAPITRE X

Le prieur se laissa emmener comme un enfant apeuré. Une fois arrivé près des stalles, il réalisa soudain l'horreur de la scène et fixa un regard hébété sur ses compagnons. Puis, crispant le poing sur ses lèvres, il descendit précipitamment la nef et vomit devant le portail principal.

Athelstan observait les autres membres du chapitre. Henry of Winchester était assis, la tête dans les mains. Frère Niall et frère Peter, livides, conversaient à voix basse tandis que les deux inquisiteurs, les yeux dans le vague, restaient prostrés comme des poupées de son. Athelstan se força à recouvrer son calme. Il respira profondément pour détendre son estomac noué et briser son envie de hurler sa révolte devant si atroce sacrilège.

Norbert, aidé par d'autres frères, revint avec un nouveau linceul et un cercueil. Athelstan remercia Dieu que Cranston fût là en sa qualité de coroner royal. Norbert enveloppa le cadavre d'Alcuin dans un linceul de cuir, puis coupa un bout de corde qu'il enroula étroitement autour de la dépouille pour avoir une bonne prise et la placer dans le nouveau cercueil. Ensuite il remit de l'encens sur le charbon de bois jusqu'à ce qu'une sorte de feu s'embrasât derrière l'autel, en dégageant des nuages odoriférants qui chassèrent l'insidieuse pestilence.

Athelstan scrutait la nef et le portail sous lequel le

prieur, recroquevillé, s'efforçait de reprendre ses esprits. Cranston et Norbert sortirent. Athelstan les entendit passer par la porte de la sacristie. Le coroner revint, au bout d'un moment, suivi de Norbert, portant un grand pichet de vin et huit gobelets sur un plateau.

— Allez chercher le prieur, Athelstan ! ordonna Cranston à mi-voix. Ramenez-le ici.

Le clerc s'exécuta. Le prieur s'était quelque peu ressaisi. Ses mains étaient moins froides et son visage avait regagné des couleurs, bien que ses yeux fussent encore larmoyants des suites de ses violentes nausées.

— Oh, Athelstan ! murmura-t-il alors qu'ils remontaient lentement la nef. Que Dieu me pardonne ! Diriger ce grand couvent m'a tellement absorbé que j'en ai oublié l'ignominie du Mal et les épouvantables conséquences du péché. Qui a osé faire cela ? Qui a osé assassiner un pauvre moine comme Alcuin, sous le regard même de Dieu ? Dans le sanctuaire même du Seigneur ? Et puis profaner ainsi son corps et celui de ce pauvre Bruno ? Qui ? Qui a pu ainsi s'abaisser à telle vilenie ?

Athelstan le conduisit avec aménité jusqu'à une stalle tandis que Cranston leur mettait d'autorité dans les mains les gobelets pleins à ras bord. Ensuite le coroner servit Norbert, puis lui-même en dernier.

— Vous êtes un brave garçon ! clama-t-il en donnant une claque sonore sur l'épaule du frère lai. J'ai souvent pensé qu'Athelstan avait besoin d'aide à St Erconwald, tout comme moi dans les affaires de la ville. Vous êtes exactement celui qu'il faudrait.

Il lança un regard satisfait à la ronde.

— Allez, tout le monde ! Vous aussi, Athelstan, asseyez-vous. Buvez un peu de vin « à cause de votre estomac et de vos fréquents malaises », pour reprendre les paroles de saint Paul.

Il vida son gobelet d'un trait avant de le remplir à nouveau, avec force clins d'œil et sourires radieux.

— Nous ne devrions pas boire ici, dans la maison de

Dieu, protesta William de Conches, se remettant de ses émotions.

— Le Christ ne s'en offusquera pas ! rétorqua Cranston. Ainsi, frère Athelstan, votre hypothèse était la bonne.

— Attendez ! s'écria le prieur. Frère Norbert, allez dire au sous-prieur que je veux que cette église soit mise sous scellés. Que personne n'y pénètre ! Nous ne célébrerons pas de messes ni ne chanterons d'offices tant que nous n'aurons pas inhumé, dans les règles, nos pauvres frères. Dépêchez-vous ! Finissez votre vin et faites ce que je vous dis.

Le frère lai obtempéra. Anselm se rencogna dans son siège.

— À vous, frère Athelstan ! ordonna-t-il à mi-voix.

Cranston murmura quelques mots à l'oreille de son clerc. Celui-ci inclina la tête en souriant et alla se placer devant les stalles comme un prédicateur se préparant à prononcer un sermon.

— Frère Alcuin, commença-t-il, a péri parce qu'il connaissait un détail d'une importance vitale à propos du chapitre restreint.

— Lequel ? demanda d'une voix suppliante frère Henry, dont les grands yeux noirs affichaient l'angoisse.

Le jeune théologien se pencha en avant.

— Que savait donc Alcuin qui explique cette mort brutale et ces atrocités ? Quel danger recèlent donc mes écrits ?

Il foudroya les inquisiteurs du regard.

— Ils sont hérétiques, répondit William de Conches par-dessus son épaule.

— Non !

Athelstan leva la main.

— Laissons cela pour l'instant. Frère Henry, il m'est impossible de vous répondre. Tout ce que je peux envisager, c'est que frère Bruno a péri à la place d'Alcuin.

Et ce dernier le comprit. C'est pourquoi, submergé par la terreur et l'effroi, il vint prier ici.

— Il le faisait souvent, corrobora le prieur d'une voix douce. Il disait que cette possibilité de prier et de travailler sans être interrompu était l'un des avantages de sa fonction de sacristain.

— Exactement ! marmonna Athelstan. Le jour de sa disparition, Alcuin est entré dans l'église et a verrouillé la porte, comme d'habitude. Il est allé derrière l'autel s'agenouiller sur le prie-Dieu pour supplier le Seigneur de le guider et d'accueillir l'âme du pauvre Bruno en Son saint paradis. Ce qu'il ignorait, c'est qu'il y avait quelqu'un d'autre dans l'église.

— Où ? demanda frère Henry.

— Bonne question ! s'écria Eugenius. Alcuin se serait-il laissé attaquer sans opposer la moindre résistance ?

— Non, j'y ai réfléchi. C'est ce qui me porte à croire qu'il était agenouillé sur le prie-Dieu. Le seul endroit où pouvait se dissimuler l'assassin était l'abside, dans l'une des niches bordant le déambulatoire. Il y a des statues, mais quelqu'un comme Alcuin les regardait-il souvent ? Elles sont grandeur nature et font partie intégrante de l'église. Ce jour-là, l'assassin, revêtu certainement d'une cape sombre, s'y est tapi, silencieux et immobile, telle une statue.

Athelstan s'interrompit. Tous allongèrent le cou pour mieux scruter les renfoncements dont il parlait.

— Ces recoins sont assez profonds, certes ! déclara frère Niall. Oui, vous avez raison, Athelstan. Un meurtrier, camouflé par sa cape, pourrait fort bien profiter de la pénombre pour s'y dissimuler un bon moment.

— Cet assassin s'est glissé hors de sa cachette et a tué Alcuin, reprit Athelstan. Combien de temps lui aura-t-il fallu, Sir John ?

Le magistrat fit la moue.

— Pas plus de quelques secondes. Ce qu'il y a de

terrifiant avec les dagues, c'est la violence et la rapidité du coup porté.

Athelstan observa les visages pour surprendre une quelconque réaction devant le mensonge de Cranston, mais ne remarqua rien de louche.

— Le reste fut un jeu d'enfant, poursuivit-il. L'assassin devait se débarrasser du corps. Ce matin, en priant près du cercueil de ce pauvre Roger, j'ai noté sa profondeur. L'assassin a dû avoir la même pensée. Peut-être a-t-il envisagé de jeter le corps dans le caveau, mais il lui fut plus facile de forcer le cercueil de frère Bruno. Il y avait assez de place pour y placer la dépouille d'Alcuin et le refermer ensuite.

— Mais le poids accru ? s'exclama William de Conches.

— Qui l'aurait remarqué ? Bien sûr, nous l'avons constaté ce matin, en essayant de remonter le cercueil, mais rappelez-vous qu'après la messe de requiem et la bénédiction finale, le cercueil est descendu dans le caveau. Combien de temps cela prend-il, mon père ?

— Quelques minutes, tout au plus.

— Les frères se sont certainement aperçus du poids supplémentaire, mais comme cela ne compliquait pas la tâche outre mesure, ils l'auront mis sur le compte d'une simple impression.

Athelstan s'arrêta de parler et recula pour contempler l'abside.

— Mais à ce moment-là, l'assassin était enfermé dans l'église. Je gage que si nous examinions le corps du pauvre Alcuin, nous ne trouverions pas ses clefs. Son bourreau les a sans doute prises avant de s'en débarrasser par la suite. Mais dérangé par Roger, il se réfugia dans une niche. Roger gagna le chœur en passant par la sacristie. Que Dieu le bénisse ! C'était certes un simple d'esprit, mais j'ai remarqué que les innocents prêtent beaucoup d'attention à ce qui les entoure. Ils fixent souvent les objets comme s'ils les voyaient pour la première fois. Roger pensait retrouver son supérieur, mais ce ne fut pas le cas, ce qui le plongea dans la consternation. Il dut le chercher partout et un détail se grava dans sa mémoire. Peut-être se plaisait-il à compter le nombre des statues.

— Mais c'est évident ! s'exclama frère Peter. Au lieu des douze apôtres, il en compta treize !

— Je parie, reprit Athelstan, qu'il ne s'en est rendu compte que plus tard. Il a dû parcourir toute l'église — chœur et nef — à la recherche de frère Alcuin. Le temps qu'il revienne sur ses pas, le meurtrier s'était glissé dans la sacristie et enfin hors de l'église.

Tous les regards étaient braqués sur Athelstan.

— Mon clerc, proclama fièrement Cranston en se resservant à boire, vient d'exposer mes propres conclusions avec le plus grand brio.

Athelstan baissa la tête. Quand il la releva, frère Peter et frère Niall acquiesçaient de concert. Henry of Winchester, souriant, ne cachait pas son admiration tandis qu'Eugenius arborait une mine dubitative. Quant à William de Conches, Athelstan décela une lueur d'approbation flatteuse dans ses yeux.

— Et maintenant ? s'enquit frère Henry.

— Je ne sais pas, dit Athelstan. Sir John et moi, nous sommes dans l'impasse et nous nous heurtons à un mur.

Il jeta un bref coup d'œil au prieur.

— Mon père, nous ne pouvons faire plus. Demain, c'est dimanche. Nous acceptons de rester un peu plus longtemps, mais il me faut retourner à St Erconwald dès lundi.

Il lorgna avec irritation Cranston.

— N'ai-je pas raison, Sir John ?

Le coroner fronça les sourcils, clignant des yeux. Il allait protester lorsque son clerc prit brusquement congé du prieur avant de faire une génuflexion devant l'autel et de sortir à grandes enjambées, entraînant, dans son sillage, le coroner soufflant comme un phoque. Athelstan ne dit mot avant qu'ils eussent rejoint le havre de l'hostellerie.

— Vous n'allez pas partir ? s'exclama le coroner.

— Bien sûr que non, Sir John. Mais je suis certain que l'assassin était là. Il faut lui donner l'impression que nous y perdons notre latin. Si nous révélons le moindre renseignement sur Hildegarde, ou sur ce que nous a confié frère Paul, il y aura un autre mort et je crains bien que ce ne soit moi ! Allons, Sir John, un peu de vin ?

Cranston ne se le fit pas dire deux fois : il fila comme une flèche vers la resserre. À ses exclamations joyeuses, Athelstan comprit que Norbert avait réapprovisionné l'hostellerie en hypocras. Laissant Cranston à son ravissement, il gravit les marches quatre à quatre et sourit en voyant les grands tomes reliés de cuir empilés sur les lits.

— Sir John, nous consacrerons la journée de demain et celle d'aujourd'hui à la théologie.

Cranston, une chope écumeuse à la main, monta l'escalier de son pas pesant. Il ouvrit de grands yeux à la vue des ouvrages apportés par Norbert.

— Nous devons les lire tous ?

— Oui, ceux-là et d'autres encore.

Le coroner jura entre ses dents.

— Athelstan, supplia-t-il, mon bien cher frère, je dois retourner au palais de Savoie sous une huitaine.

Athelstan lui tourna le dos pour qu'il ne lût pas l'accablement sur son visage. Il n'entrevoyait aucune solution à l'énigme de la chambre écarlate, mais si Cranston percevait son désarroi, il serait impossible de l'empêcher de sombrer dans le découragement... et le clairet.

— Haut les cœurs, Sir John ! lança-t-il par-dessus son épaule. J'ai ma petite idée à propos de votre énigme, mentit-il. Mais pour l'heure, penchons-nous sur ce problème-ci.

— Pourquoi ? protesta le coroner.

Athelstan pivota, le rejoignit et s'accroupit devant lui.

— Sir John, nous affrontons un assassin. Nous

savons comment il tue, mais pas encore pourquoi. Ne voyez-vous pas que nous n'avons aucune preuve tangible nous permettant d'accuser qui que ce soit ? D'une manière ou d'une autre, ces ouvrages contiennent la réponse et j'ai la ferme intention de la trouver.

Il agrippa le poignet de Cranston.

— Et je vous remercie, Sir John, pour ce que vous avez fait dans l'église, pour votre respect envers la dépouille de ce pauvre Alcuin. Le fait que nous n'ayez pas révélé les circonstances exactes de sa mort pourra, tôt ou tard, servir de leurre. Et croyez-moi, Sir John, il faut que nous prenions ce fourbe au piège.

Cranston en convint d'un air lugubre. Norbert leur apporta d'autres ouvrages et de quoi se restaurer pour satisfaire l'insatiable appétit du coroner. Ils passèrent le plus clair de leur temps à l'hostellerie, ne la quittant que pour assister à la messe ou faire une courte promenade. Le prieur vint s'assurer qu'Athelstan reviendrait, après quoi il alla organiser, selon les rites, les funérailles des deux frères assassinés.

Athelstan et Cranston parcoururent les livres reliés en cuir un par un.

— Cherchez le nom d'Hildegarde, recommanda Athelstan. Si vous le voyez mentionné, dites-le-moi tout de suite.

Ils consacrèrent la majeure partie du samedi et du dimanche matin à lire scrupuleusement chaque page des volumes. Athelstan y prit un certain plaisir, car il avait l'impression de redevenir étudiant et de retrouver de vieux amis : saint Thomas d'Aquin, Pierre Lombard et ses Sentences [1], Abélard et ses exégèses brillantes et caustiques [2]. Leurs œuvres, patiemment recopiées à

---

1. Pierre Lombard (1100-1160) : théologien italien, évêque de Paris en 1159. Auteur de *Gloses sur les Écritures* et de *Sentences*, ouvrage de référence jusqu'au XVIe siècle pour les premières études en théologie. (*N.d.T.*)

2. Pierre Abélard (1079-1142) : théologien, auteur d'*Œuvres exégétiques*, d'*Éthique*, principal initiateur du renouveau scolaire du XIIe siècle. (*N.d.T.*)

Blackfriars par des générations de dominicains, figuraient dans chaque tome. Parfois, les copistes avaient ajouté leurs propres commentaires dans la marge, ainsi que des annotations personnelles, telles que : « J'ai froid », « J'ai mal aux yeux », « Que c'est ennuyeux ! » ou « Quand viendra donc l'été ? ». Certains avaient même dessiné des gargouilles pour se moquer de leurs confrères. Le prieur d'une centaine d'années auparavant avait dû être un tyran redoutable car un moine l'avait représenté se balançant à une potence grossièrement esquissée. Cranston se lassa vite de la besogne : il ne cessait de descendre aux cuisines pour s'y restaurer ou alors s'endormait et dérangeait Athelstan par ses ronflements. Enfin, juste avant dimanche midi, il annonça qu'il en avait plus qu'assez.

— Je ferais mieux de rentrer chez moi, Athelstan, déclara-t-il piteusement. Lady Maude et mes deux marmousets me manquent. Je vous suis une gêne plus qu'une aide. Retournerez-vous à Southwark demain ?

— Oui. À l'aube.

— Alors je vous retrouverai au Pont de Londres quand prime sonnera à St Mary-le-Bow.

Armé de sa gourde miraculeuse, il s'éloigna d'un pas lourd tandis que son clerc se remettait à la tâche. La journée passa, ponctuée par le son des cloches et la rumeur assourdie de la routine du couvent. Le prieur vint l'avertir que frère Roger et frère Alcuin seraient inhumés le lendemain après la grand-messe, le chœur ayant été purifié et reconsacré. Il se tordait les mains et dansait d'un pied sur l'autre dans la cuisine. Son regard suppliait Athelstan de mettre un terme à ces atrocités. Le jeune dominicain le rassura et il s'en alla. Norbert apporta à manger. Athelstan réclama d'autres bougies et continua à travailler bien après le coucher du soleil. Il ne devait pas être loin de minuit lorsque frère Norbert tambourina à la porte en criant son nom.

— Athelstan ! Athelstan ! Vite !

Il ouvrit les battants de bois et se pencha au-dehors.

— Qu'y a-t-il ?

Le frère lai leva sa lanterne.

— Un message urgent de la part de Sir John. Chez le frère tourier. Venez !

Athelstan prit sa cape, chaussa ses sandales et descendit.

— Où est le messager ?

— Oh, c'était un jeune garçon. Il a juste dit qu'il était arrivé quelque chose d'affreux à St Erconwald et que vous deviez vous y rendre sur-le-champ.

— Allez seller Philomel. Ce messager est encore ici ?

— Il vous attend devant le *Manteau bleu* à l'angle de Carter Lane, m'a-t-il dit.

Athelstan gagna l'entrée du couvent. Les yeux lui piquaient ; il était recru de fatigue et se demandait ce qui avait bien pu advenir à St Erconwald. L'église avait-elle pris feu, un de ses paroissiens était-il à l'agonie ? Philomel apparut, s'ébrouant énergiquement pour protester contre cette interruption intempestive de son sommeil. Le frère tourier, ensommeillé, ouvrit le portail. Athelstan le franchit, bride à la main, puis se mit en selle et s'enfonça dans la rue plongée dans l'obscurité. D'un côté s'élevait la masse sombre de Blackfriars, de l'autre, une rangée de maisons que n'éclairaient que des lanternes en corne, suspendues à des crochets au-dessus de chaque porte. Deux membres du guet, gourdin sur l'épaule, le croisèrent et gloussèrent en apercevant son habit noir et blanc : certains ecclésiastiques avaient de ces mœurs !

Athelstan s'efforçait de chasser sa torpeur. Il s'approchait de l'estaminet. Soudain il s'arrêta. Malgré la tiédeur de la nuit, il frissonna et se traita de benêt. Pourquoi le messager n'avait-il pas attendu chez le frère tourier ? Pourquoi choisir une taverne bien après le couvre-feu ? Il scruta les ténèbres, tous les sens en alerte à présent. Cela puait la félonie. Qu'y avait-il de si urgent pour qu'on l'eût entraîné dehors au beau milieu de la nuit ? Il se pencha sur l'encolure de Philomel, l'oreille aux aguets. Il entendit le pas d'un cheval, au loin, les sérénades discordantes des chats, le couinement des rats et leurs bruyantes sarabandes dans les énormes tas d'immondices qui obstruaient les rigoles.

— Holà, qui va là ? s'écria-t-il.

Les yeux habitués à l'obscurité, à présent, il essayait de voir si personne ne se dissimulait dans l'ombre, à l'angle de Carter Lane. Il regarda le ciel et pensa machinalement que ce serait une nuit idéale pour étudier le firmament. Une légère brise se leva, apportant la puanteur des Shambles, près de Newgate. Devait-il poursuivre son chemin ? C'est alors qu'il perçut le frôlement du cuir sur le pavé boueux et le léger chuintement du fer qui racle.

— Qui va... ?

Il n'acheva pas. Il avait reconnu le bruit. C'était celui qu'il entendait lorsque Cranston tirait sa dague de son fourreau de cuir. Il ne perdit pas de temps. Il fit faire demi-tour à Philomel en le talonnant de toutes ses forces. D'ordinaire, le vieux destrier serait, à contrecœur, parti à l'amble, mais cette fois-ci, Athelstan, pourtant loin d'être un cavalier émerite, l'encouragea à grands coups de rênes sur le garrot. Le dominicain entendit des pas derrière lui ; une, ou était-ce deux séries de pas ?

— *Au secours ! Aidez-moi*[1] *!*

Il lança l'appel à l'aide habituel en cas d'attaque dans la rue et revint à franc étrier vers le portail de Blackfriars en stimulant Philomel de la voix et en hurlant pour donner l'alerte. Les pas s'arrêtèrent. Il entendit une exclamation étouffée et un cliquètement. Il baissa la tête, et le carreau d'arbalète passa en vrombissant bien au-dessus de lui. Des lumières surgirent aux fenêtres des maisons et — Dieu merci ! — le frère tou-

1. En français dans le texte. (*N.d.T.*)

rier avait ouvert le portail en grand. Athelstan sauta à terre et entraîna son vieux cheval à l'intérieur.

— Verrouillez le portail ! ordonna-t-il.

Le tourier claqua les battants. Athelstan lâcha les rênes. Et, tandis que Philomel fonçait droit sur les fleurs délicieuses du jardin, il s'accroupit, bras croisés sur le ventre, et tenta de maîtriser la panique qui le submergeait.

— Des ennuis, mon frère ?

Athelstan scruta les traits émaciés du portier et peina pour se redresser.

— Non, non, ce n'est rien.

Philomel eut beau renâcler, Athelstan le ramena à l'écurie, le dessella et l'installa confortablement pour la nuit avant de retourner à l'hostellerie. Il marchait avec prudence, comme plongé dans un de ses cauchemars. Comprenant que l'embuscade avait été commanditée par quelqu'un de Blackfriars, il inspecta minutieusement les lieux, allant même jusqu'à examiner le pichet de vin dans la cuisine. Enfin il verrouilla la porte, vérifia les vantaux et monta se coucher.

Après une nuit blanche, il se leva dès potron-minet et quitta Blackfriars. L'attaque de la veille avait déclenché en lui une peur sourde et constante. Leur enquête, à Cranston et à lui, avait poussé quelqu'un d'assez puissant ou d'assez vindicatif à engager des coupe-jarrets, des hommes de main prêts à leur trancher la gorge en un clin d'œil... et ce, pour moins de trente pièces d'argent.

Le soleil n'était pas encore levé qu'il tournait dans Thames Street et passait dans Vintry et Ropery pour atteindre Bridge Street. Il veillait à tenir Philomel, toujours de mauvaise humeur, assez loin des maisons, et surveillait les sombres portes cochères et les passages, surtout ceux donnant sur les taudis de la berge. Les marchands de vin et les cordonniers dormaient encore ; la rue était presque déserte ; seuls des paysans acheminaient, vers les marchés, leurs charrettes croulant sous les produits. Un dizainier ensommeillé le salua entre deux bâillements, s'appuyant sur sa canne, symbole de son office. Des filles de joie, couvrant leurs perruques rousses de leurs capes, regagnaient en catimini leurs tanières de Cock Lane à Smithfield. Un pourceau, écrasé par un chariot, poussait des cris d'agonie. Un habitant surgit de chez lui, couteau en main, l'égorgea, et, avec un regard sournois à l'intention d'Athelstan, traîna le cadavre sanglant dans son logement.

— En voilà qui feront bonne chère, murmura le frère prêcheur.

Philomel s'ébroua et flanella[1] en humant l'odeur du sang.

Le guet gardait l'entrée du pont. Aucun signe de Cranston. Athelstan revint donc sur ses pas jusqu'à l'auberge *Pountney*, à mi-chemin entre Ropery et Candlewick Street, l'un des rares établissements autorisés à ouvrir avant que les cloches de St Mary-le-Bow signalent le début de la journée. Il y demanda de la petite bière et une tourte à la viande, mais se laissa bientôt entraîner dans une querelle animée avec le tavernier quand il découvrit deux guêpes à l'intérieur de la tourte. Encore las et bouleversé après l'attaque de la veille, il abandonna la partie, complètement dégoûté. Il sortit à grandes enjambées furieuses, reprit Philomel et retourna à Bridge Street d'où il observa le va-et-vient des charrois à l'entrée du pont. Par cette belle matinée sans brume, les goélands et autres oiseaux de mer, qui survolaient les vasières en quête de nourriture, s'élançaient vers le ciel et replongeaient vers le sol en emplissant l'air de leurs cris aigus.

— Que faites-vous là ? Vous vagabondez ?

Athelstan sursauta en sentant une main lourde s'abattre sur son épaule et se retourna : le visage barbu de Cranston n'était qu'à quelques pouces du sien. La main d'Athelstan se crispa sur sa poitrine.

1. Hocher agressivement la tête, en parlant des chevaux. (*N.d.T.*)

— Sir John, ne pourriez-vous pas agir comme tout le monde et dire simplement bonjour ?

Le coroner sourit, les paupières plissées.

— Vous semblez mort de peur — vous êtes blanc comme un linge. Que se passe-t-il ?

Athelstan le mit au courant de la situation pendant qu'ils poussaient leurs montures sur le pont. Le dominicain veillait, comme toujours, à ne pas regarder l'abîme de chaque côté. Il dut interrompre son récit lorsque Cranston abreuva le guet d'un chapelet d'injures bon enfant, mais à part cela, le magistrat l'écouta patiemment jusqu'au bout. À la fin, Cranston s'arrêta au milieu du pont [1] en se frottant le menton et en fixant d'un air vide la chapelle de St Thomas Becket. Derrière eux, un charretier fit claquer son fouet.

— Allez, bouge, gros lard !

— Au diable ! lui rétorqua Cranston.

Mais il talonna sa monture en priant Athelstan de lui répéter le récit du guet-apens.

— Et vous n'avez rien trouvé dans ces maudits livres ?

— Pas le moindre indice.

Cranston s'assura que sa dague coulissait bien à sa ceinture.

— Mais quelqu'un, dans ce fichu couvent, sait ce que vous cherchez, n'est-ce pas ?

— Certes. Je suis aussi arrivé à cette conclusion. Je crois fermement que tous les assassins pèchent par arrogance. Comme leur ancêtre Caïn, ils pensent pouvoir échapper à l'œil de Dieu et à celui de leur prochain. Notre démonstration de ce qui est arrivé à ce pauvre Alcuin a néanmoins poussé le meurtrier à l'action.

1. Construit au XIIe siècle, ce fut le seul pont de Londres jusqu'au XVIIIe. Il traversait la Tamise sur vingt arches et était une véritable rue avec échoppes, moulins à eau et la chapelle de St Thomas Becket. (*N.d.T.*)

Après tout, si nous résolvons un problème, nous ne tarderons peut-être pas à en résoudre d'autres.

— Ce qui nous amène à la chambre écarlate, ajouta Cranston, l'air sombre.

— Patience, Sir John, patience ! Et comment se portent Lady Maude et les deux marmousets ?

Cranston se détourna et cracha lorsqu'ils quittèrent le pont.

— Ces enfants ont un appétit prodigieux et de puissants poumons. Ils doivent les avoir hérités de leur mère.

Athelstan dissimula son amusement sous une grimace.

— Ils grandissent si vite, gémit Cranston.

— Et Lady Maude ?

Cranston haussa les épaules.

— Une lionne, mon cher frère, une vraie lionne. On dirait un des grands félins de la Tour [1] : un sourire énigmatique aux lèvres, mais l'œil aux aguets !

Il gonfla ses joues.

— Si je ne me tire pas de ce guêpier, elle va me sauter à la gorge.

Il lança un regard noir à son compagnon qui se mordillait la lèvre inférieure. Lady Maude était si petite qu'Athelstan avait du mal à se l'imaginer en grand félin prêt à bondir sur son colosse de mari.

Ils pénétrèrent dans les passages et ruelles dangereuses de Southwark. Cranston se lamentait encore sur le sort qui l'attendait. Athelstan enroula les rênes autour de son poignet et scruta les environs en n'accordant que peu d'attention aux jérémiades du magistrat. À son arrivée à Southwark, il avait détesté le quartier, mais, à présent, il sentait qu'en dépit des venelles fétides et des masures basses l'endroit avait une vie et un dynamisme bien à lui. Déjà, les étals étaient abaissés. Dans une

---

1. Il y avait un zoo dans la Tour, avec même un ours blanc qui pêchait dans les douves. (*N.d.T.*)

taverne proche, quelqu'un chantait un cantique à la Vierge.

Un dizainier essayait de saisir une jeune putain qui vendait ses charmes sur les marches du prieuré de St Mary Overy, mais la gueuse souleva ses jupes et tortilla des fesses — qu'elle avait sales et blêmes — avant de décamper en hurlant de rire. Le magistrat et son clerc s'enfoncèrent enfin dans le passage menant à St Erconwald.

Athelstan poussa un soupir de soulagement : personne dans l'église ou sur le parvis ! Aucun badaud ! Même le sergent d'armes qu'avait dépêché Cranston semblait avoir trouvé quelque chose de plus intéressant à faire et levé le camp. Ils pansèrent leurs bêtes et entrèrent dans le presbytère. Athelstan esquissa un sourire.

— Mes paroissiens, commenta-t-il, ont apparemment entendu parler de mes accès de colère.

Il jeta un coup d'œil admiratif à la cuisine et à la resserre, où tout avait été nettoyé, balayé, poli, jusqu'à l'âtre où les bûches de pin étaient soigneusement empilées, prêtes à brûler. On avait posé un pichet de vin cacheté au centre de la table de la cuisine et le baquet d'eau avait été vidé, récuré et rempli à nouveau. Cranston se passa la langue sur les lèvres en voyant le vin. Athelstan lui fit signe d'approcher.

— Je vous en prie, Sir John. Moi, j'aimerais plus d'eau que de vin dans mon gobelet.

Cranston s'affaira dans la resserre.

— Vos diables de paroissiens n'ont pas chômé, ici non plus. Tout y est d'une propreté remarquable.

Il servit Athelstan avant de se servir lui-même.

— Vous allez résoudre le mystère de votre squelette, hein ?

— Bien sûr, Sir John. Vous savez que c'est la raison pour laquelle je suis revenu à Southwark.

Cranston se rembrunit.

— Qu'allez-vous faire ?

— Je l'ignore. Attendre et voir venir.

— C’est un meurtre ! affirma le coroner.
— Non, Sir John. C’est ce que nous croyons...
Le coroner porta la main à son aumônière et racla des pieds.
— Qu’y a-t-il ? demanda Athelstan d’un ton sec.
Cranston lui montra un rollet.
— Le messager est revenu hier soir de Boulogne.
Il tapota le parchemin.
— Le gaillard a fait vite car je l’avais grassement payé.
Il soupira, incapable de soutenir le regard anxieux du dominicain.
— Mauvaise nouvelle, murmura-t-il. Les Français n’ont pas le mari de Benedicta.
Athelstan détourna la tête et fixa le mur. « Dieu de miséricorde, songea-t-il. Qu’est-ce que je ressens exactement ? Qu’est-ce que j’espérais, au juste ? »
— Par la mort diantre ! tonna soudain Cranston.
Athelstan fit volte-face : Bonaventure, silencieux comme une ombre, se glissait sur le seuil en ronronnant de plaisir et en fixant le coroner d’un air quémandeur. Celui-ci battit en retraite.
— Décampe, sale bête !
Heureux de cette diversion, Athelstan se saisit du matou — vétéran de nombreuses batailles — et le caressa tendrement bien que l’animal lançât encore des regards suppliants au coroner. Sa fourrure soyeuse reluisait de propreté.
— On t’a bien nourri, hein ? chuchota Athelstan. Je te connais, tu es un vrai mendiant professionnel. Va-t’en maintenant !
Il mit le chat dehors et referma soigneusement la porte.
— Bon, qu’allez-vous faire, à présent ? claironna Cranston.
— Vérifier l’état de l’église et célébrer l’office. Si vous voulez bien me servir d’acolyte... je vous absous d’avoir déjà rompu le jeûne de la nuit.

En entrant dans l'église sombre et fraîche, Athelstan poussa une exclamation de joie : elle aussi avait été balayée et nettoyée de fond en comble après le départ des ouvriers. De vertes brassées de joncs parsemaient la nef, le jubé avait été remis en place et, ce qui réjouit plus encore Athelstan, le chœur était achevé. Les nouvelles dalles étincelaient de blancheur et il admira grandement le travail précis et soigné des maçons. L'autel avait été nettoyé et le jubé complètement verni par les soins, certainement, de Huddle. Le beau bois foncé luisait dans la lumière pourtant blafarde du matin.

— Magnifique ! approuva Athelstan à voix basse.

— Le cercueil est encore là ! cria Cranston dans le transept.

Son clerc l'entendit en soulever le couvercle.

— Mais ces maudits larrons ne sont pas partis bredouilles ! Quatre os des doigts et trois des orteils manquent. Une belle fripouille doit être en train de s'engraisser en vendant des reliques.

Athelstan choisit de ne pas s'approcher du squelette. Quelle qu'eût été l'identité de cette femme, il savait qu'elle avait été la victime d'un meurtre, et cela au cours des dix à quinze années passées. Pendant que Cranston déambulait dans l'église à pas pesants, il entra dans la sacristie et revêtit une chasuble et une étole dorée, car la liturgie célébrait encore les miracles de la Résurrection et de la Pentecôte. En remplissant les burettes, il ne put s'empêcher de sourire en constatant le soin avec lequel ses paroissiens, sous la baguette de Watkin et de Benedicta sans doute, avaient tout dépoussiéré. Il étendit le linge d'autel et apporta l'énorme missel usé. Puis, Cranston s'agenouillant pieusement devant lui, il fit un signe de croix et commença la messe. Bonaventure ne manqua pas d'apparaître, bien sûr, et d'aller se poster aux côtés du magistrat inquiet, mais il se tint très sagement, comme un saint homme de chat.

« Quel bon chat-tolique ! » songea Athelstan en restant impassible, pourtant.

Il continua la célébration en donnant à Cranston la communion sous les deux espèces. Le coroner vida le calice d'un trait. Revenu dans la sacristie, Athelstan ôta ses vêtements liturgiques sous l'œil du magistrat, planté nonchalamment sur le seuil.

— Aucun de vos paroissiens n'est venu ! observa-t-il.

— C'est parce qu'ils ignorent que je suis ici, Sir John.

Athelstan avait à peine prononcé ces paroles que Crim fit irruption dans le chœur.

— Mon père, j'ai vu la porte ouverte.

La déception chiffonnait sa petite frimousse malpropre.

— Je vous aurais servi la messe, moi !

Cranston lui décocha un regard furibond de sous ses sourcils froncés, mais Crim le lui rendit sans se démonter et en lui tirant la langue.

— Écoute, Crim, veux-tu me faire une commission ? intervint promptement le prêtre. Sir John, la lettre ! Celle de Boulogne.

Cranston la lui remit et Athelstan la parcourut rapidement. Les dominicains de Boulogne le saluaient fraternellement. Ils soignaient les prisonniers d'un camp installé dans un champ, hors la ville. Ils avaient entrepris des recherches minutieuses, mais n'avaient trouvé aucune trace d'un prisonnier répondant à la description et au nom fournis par Athelstan. Il replia la lettre, sortit un penny de son escarcelle et s'accroupit devant Crim.

— Emporte ceci à Benedicta ! Ne le perds surtout pas !

Il serra l'épaule maigrichonne de l'enfant :

— Tu comprends ?

— Oui, mon père !

— Allez, file !

Crim repartit aussi vite qu'il était venu.

— Avez-vous raison d'agir ainsi ? demanda Cranston.

Pourquoi ne pas lui annoncer cette nouvelle vous-même ? Avez-vous peur, mon cher moine ?

— Non, Sir John, mais parfois la discrétion est de mise. Je pense que Benedicta voudra porter son deuil en privé. Mais venez, nous avons d'autres chats à fouetter.

— Où ? brailla Cranston.

Athelstan lui fit signe de s'asseoir près de lui, sur les marches de l'autel.

— Je vous dois des remerciements, Sir John.

— Pour quoi ?

— Pour m'avoir montré la différence entre un vrai mendiant et un simulateur.

Le coroner abaissa précautionneusement sa grande carcasse.

— Que me dites-vous là, au nom du ciel ?

— Contentez-vous de m'écouter, Sir John. Je vais vous raconter ce qui va se passer.

CHAPITRE XI

Après avoir verrouillé le portail de St Erconwald, Athelstan s'enfonça dans le labyrinthe des ruelles qui menaient à la demeure de Raymond d'Arques, le charpentier. Cranston, l'air avantageux, lui emboîta le pas ainsi que Bonaventure qui leur tint compagnie une partie du chemin. Ce fut l'épouse de l'artisan qui, les traits chiffonnés par le sommeil, répondit aux coups impatients frappés par Athelstan. Elle les conduisit à la cuisine et alla au pied de l'escalier appeler son mari. Celui-ci descendit drapé dans une épaisse tunique. L'angoisse creusait des rides sur son visage mal rasé.

— Je vous souhaite le bonjour, Sir John et frère Athelstan.

— Moi de même, maître d'Arques, dit Cranston.

— Alors, que devient cette affaire de St Erconwald ? reprit le charpentier avec lassitude. Veuillez vous asseoir !

Il désigna les escabeaux autour de la table et se retourna vers son épouse.

— Margot, de la godale pour nos invités !

Ils gardèrent le silence jusqu'à ce qu'elle plaçât devant eux les chopes et la panière. Athelstan perçut la profonde agitation qui troublait le couple, malgré les apparences.

— Cela suffit, à présent, déclara-t-il doucement. Je ne suis pas venu jouer au chat et à la souris, maître d'Arques. Vous savez pertinemment que le squelette trouvé sous l'autel de St Erconwald n'est pas celui d'un martyr. Pourquoi ? Parce que c'est vous qui l'y avez déposé. Il y a une quinzaine d'années, le père Theobald fit changer le pavement du chœur. Il était très pauvre, le bénéfice[1] de l'église est une misère. Aussi ne s'adressa-t-il pas à la guilde, mais engagea-t-il un jeune charpentier qui accepta, en plus, de faire des travaux de maçonnerie. Ce charpentier, c'était vous.

Athelstan s'interrompit. L'artisan enfouit son visage dans ses mains tandis que son épouse, le teint blême, pressait son poing crispé sur ses lèvres.

— C'est le registre de St Erconwald qui m'a appris tout cela, enchaîna le dominicain. « Payé le charpentier Raymond d'Arques. Pavement payé au maçon utilisant les initiales A.Q.D. » Ce stratagème permettait d'échapper au contrôle de la guilde.

Athelstan but une gorgée de godale.

— Au cours de ces travaux, pour des raisons que j'ignore encore, vous avez tué une jeune femme, soit en l'étouffant, soit en l'étranglant, et vous l'avez enterrée dans une fosse sous l'autel. Vous avez ensuite abandonné votre métier de maçon, bien décidé à ce qu'on ne vous imputât jamais ce crime. Vous êtes devenu seulement charpentier, veillant à ne plus utiliser votre ancienne marque, A.Q.D., les initiales de votre nom, en désordre. N'ai-je pas raison, maître d'Arques ?

L'homme leva les yeux et Athelstan sentit la pitié l'envahir en croisant son regard douloureux. Il poursuivit :

— On ne décèlerait jamais votre crime, pensiez-vous, ou si le squelette venait à être déterré, on ne vous soupçonnerait pas. Mais vous avez appris l'arrivée d'un nouveau prêtre à St Erconwald, un dominicain qui remplissait le rôle de clerc auprès du coroner et qui avait

1. Titre, dignité ecclésiastique, accompagné d'un revenu qui n'en pouvait être séparé. (*N.d.T.*)

l'intention de restaurer l'église. Vous avez surveillé St Erconwald et quand j'ai entrepris les travaux de rénovation, vous avez mis votre stratagème au point. C'est vous qui avez « organisé » le miracle.

— Comment ? s'écria sa femme.

Athelstan lut de la culpabilité dans ses yeux.

— Oh, allons ! attaqua Cranston. La découverte du squelette et la rumeur selon laquelle c'était celui d'un saint ont apporté de l'eau à votre moulin. En fait, vous vous étiez préparé à cette éventualité. Après tout, vous avez eu des années pour réfléchir, comploter et mettre sur pied votre petite comédie. Tout coquillard sait simuler les plaies les plus repoussantes, capables de tromper même les plus habiles mires ou apothicaires. À plus forte raison le vieux Culpepper. Vous, un bourgeois à la bonne réputation, venez lui montrer votre bras infecté. Il le soigne. Vous laissez passer un peu de temps, nettoyez votre bras, allez à St Erconwald et hop ! voici un miracle !

— Il y a eu d'autres guérisons ! protesta l'épouse du charpentier.

— J'y ai pensé, répliqua Athelstan. Mais rien de bien concluant. Les rouages de l'esprit humain sont fort mystérieux. Certains maux — coliques ou légères infections — ont disparu certes, mais aidés en cela par les affirmations bruyantes de ces amateurs de miracle qui ont tôt fait de tirer profit de cette hystérie collective. Je vous le dis, maîtresse d'Arques, si je prétendais que cet escabeau avait été façonné par saint Joseph, le bruit des miracles que ce siège susciterait résonnerait bientôt à vos oreilles.

Il hocha la tête.

— Mes paroissiens voulaient à tout prix que ce squelette fût les restes d'un martyr ou d'un grand saint. Les vendeurs de reliques y voyaient une source de profits. Les malades s'agrippent à n'importe quel fétu de paille et l'âme humaine ne relâche jamais sa quête du merveilleux et du miraculeux.

Athelstan but un petit coup et repoussa la chope.

— En réfléchissant aux événements, en fouillant les archives, en voyant l'état du squelette, en entendant le verdict du coroner sur la façon dont avait péri cette femme, j'ai compris que nous étions en présence d'un crime. C'est votre époux, madame, qui a posé le pavement du chœur, et ce n'est pas un hasard si c'est lui qui est à l'origine de l'histoire du miracle.

Le charpentier releva la tête et serra la main de son épouse.

— Vous avez raison, mon père. Il y a quelque quinze ans, j'étais jeune charpentier de la paroisse de St Erconwald. J'aimais beaucoup le vieux père Theobald. Lorsqu'il fit cette chute dans le chœur, je lui proposai d'y entreprendre des travaux. J'achetai les dalles, gravai ma marque A.Q.D. dans un mouvement d'orgueil et dis au père que je pouvais les poser sans qu'il paie des droits élevés à la guilde.

Il s'humecta les lèvres.

— Cette inscription A.Q.D. m'était sortie de l'esprit.

Il braqua sur la table un regard fixe.

— Et voilà qu'à la même époque je fis la connaissance de Margot Twyford, la fille d'une des plus puissantes familles de la rive nord, et en tombai amoureux. Mais le sang ardent de la jeunesse bouillait dans mes veines. Il y avait une prostituée, une ribaude du nom d'Aemelia, qui devait avoir dix-huit ou dix-neuf printemps. Je profitais souvent de ses faveurs. Elle apprit que je courtisais une autre femme et se mit à me narguer. Elle me força à acheter son silence. Ce que je fis. Puis elle revint à la charge. Je refusai alors. Elle traversa aussitôt la Tamise pour rencontrer Margot et tout lui raconter.

— Je l'ai envoyée au diable ! lança dame d'Arques d'une voix tranchante, les yeux étincelants de colère. Je lui ai dit que je la verrais avec joie brûler vive avant de renoncer à Raymond.

Ses doigts entrelacèrent ceux de son mari qui reprit le cours du récit.

— Je croyais que c'en était fini de cette histoire, mais par une belle soirée d'été, cette gueuse entra dans le chœur où je travaillais et me réclama plus d'argent. Je ne cédai pas. Elle me narra son entrevue avec Margot et m'avertit que, le lendemain, elle irait sur la rive nord en parler au père de ma fiancée. Elle le crierait sur les toits. Je l'implorai de n'en rien faire, mais elle me rit au nez et se moqua de moi.

L'artisan ferma les paupières.

— Je ne peux pas oublier cette image : Aemelia faisant les cent pas en tortillant des hanches, bras croisés, son visage trop fardé déformé par la haine. Je suis tombé à genoux devant elle, mon père, je l'ai suppliée, mais elle n'a fait qu'en rire. À un moment donné, elle a trébuché et est tombée en arrière. Je lui ai tout de suite sauté dessus. J'avais ma cape à la main ; je la lui ai appliquée sur le visage. Elle s'est débattue, mais j'étais jeune et vigoureux. Je l'ai clouée au sol. Elle eut un dernier soubresaut terrible avant de s'immobiliser.

Raymond d'Arques avala une grande rasade de bière.

— J'ai cru qu'elle s'était évanouie, mais elle gisait là, les yeux vides, les traits exsangues. Que pouvais-je faire, mon père ? Impossible de traverser Southwark avec un cadavre dans les bras. Et pourquoi me serais-je fait pendre pour une mort que je n'avais pas voulue ? Or lors de mes travaux, j'avais mis au jour une fosse sous l'autel, un vestige des anciennes fondations. Je dévêtis Aemelia et l'y déposai avec un crucifix de bois dans les mains.

Il se frictionna le visage.

— Vous devinez la suite. J'installai le pavement moi-même.

Il sourit tristement à Athelstan.

— Les dalles n'étaient pas très régulières, car je n'avais pas l'habitude de ce travail et avais hâte d'en finir.

Il pressa tendrement la main de son épouse.

— Je confessai tout à Margot. Personne ne remarqua la disparition d'Aemelia. Le temps passa. Le père Theobald mourut et ce fieffé gredin de Fitzwolfe devint curé. Comme je ne supportais pas ce démon, je décidai de fréquenter une autre église, St Swithin.

— Mon mari ne voulait pas la tuer, renchérit sa femme d'un ton coupant. Il s'est efforcé d'expier sa faute en sculptant des statues pour St Swithin, il se montre généreux pour la dîme et envers les pauvres qu'il secourt sans relâche, il est parti en pèlerinage à Glastonbury [1] et à Walsingham [2].

Ses yeux remplis de larmes ne quittaient pas le visage d'Athelstan.

— Que peut-il faire de plus ? Pourquoi devrait-il être traîné en justice pour s'être débarrassé d'une vipère sournoise et malfaisante ?

Elle éclata d'un rire caustique.

— Un martyr ! Un saint ! Frère Athelstan, mon mari a certes mal agi en tuant cette catin et en jouant sur les espoirs de vos paroissiens trop crédules, mais il a été pris de panique en apprenant que vous entrepreniez des travaux dans le chœur.

Athelstan échangea un regard avec Cranston.

— Sir John, je crois que maître d'Arques et son épouse disent la vérité. Que faire maintenant ?

Le magistrat, qui avait écouté en silence les aveux du charpentier, ébaucha un sourire.

— En tant que coroner de Londres, clama-t-il, mes jugements sont sans appel. Vous, Raymond d'Arques, êtes coupable d'avoir assassiné la nommée Aemelia. Voici votre châtiment : vous vous présenterez devant le Banc du roi et avouerez votre crime sous serment.

---

1. Selon la légende, Joseph d'Arimathie y apporta le Saint Graal en 63 et y construisit une chapelle. Au Xe siècle, saint Dustan en fit un monastère bénédictin. (*N.d.T.*)

2. Principal lieu du culte de sainte Marie en Angleterre dès le XIe siècle. (*N.d.T.*)

L'angoisse qui se peignait sur les traits livides de la femme n'échappa pas à la perspicacité du magistrat.

— Vous, madame, vous vous êtes faite sa complice après le meurtre et devrez également réparation. Si vous l'accomplissez, je vous promets qu'un pardon sous sceau royal vous sera accordé.

Le couple sourit, plus détendu.

— Ensuite, enchaîna Cranston, vous vous êtes rendu coupable de profanation d'église et d'enterrement illégal de ladite Aemelia. Vous assumerez les frais de l'inhumation de ses restes, selon les rites de la sainte Église, y compris le prix du cercueil, du fossoyeur et de l'office funèbre. Vous paierez également des messes chantées pour le repos de son âme. Enfin, vous avez causé désarroi et peine à frère Athelstan et à ses paroissiens. Or vous êtes charpentier. Ma sentence finale sera donc la suivante : vous sculpterez dans du beau bois une statue de saint Erconwald de trois pieds de haut et paierez pour son installation sur un socle dans le nouveau chœur. Votre avis, frère Athelstan ?

Le dominicain se leva.

— Justice est faite, murmura-t-il.

Il lut la gratitude dans les yeux des époux.

— Continuez à faire la charité. Aimez-vous l'un l'autre. Et puis, mettez-vous à la recherche d'un bon prêtre qui n'habite pas Southwark, confessez votre crime, dites-lui comment vous l'expiez et il vous donnera l'absolution.

Il tapa légèrement sur l'épaule du coroner.

— Sir John, notre tâche est terminée ici.

Ils quittèrent la demeure du charpentier et se retrouvèrent dans les ruelles de Southwark, fort animées à présent.

— Bon jugement, Sir John.

— Ils ont assez payé, déclara le magistrat en jetant un coup d'œil aux environs. Et maintenant, où allons-nous ?

— Chez Benedicta. Elle a dû recevoir le message que Crim lui a apporté de ma part.

Il haussa les épaules.

— C'est le moins que je puisse faire.

Benedicta, les paupières rougies, le teint livide, était prostrée à sa table, la lettre ouverte devant elle. Elle leur sourit bravement et les accueillit en s'enveloppant étroitement de sa robe d'intérieur. Elle était très belle, malgré ses larmes. Son épaisse chevelure aile-de-corbeau tombait en désordre sur ses épaules : elle n'avait pas eu le temps de se coiffer, avoua-t-elle, car Crim l'avait réveillée pour lui remettre le message.

— Je suis navré, s'excusa Athelstan. Je ne voulais pas vous réveiller par une mauvaise nouvelle, mais j'ai pensé que plus tôt vous le sauriez, mieux cela vaudrait.

— Non, non, dit Benedicta. Je suis calme, à présent.

Elle s'assit, cachant son visage dans les mains.

— C'est l'attente qui a été le plus horrible.

Elle indiqua les escabeaux à ses côtés.

— Mon père, Sir John, veuillez prendre place, pour l'amour de Dieu. Vous ressemblez à deux gardes venus m'arrêter. Désirez-vous du vin ?

— Non, se hâta de répondre Athelstan, en l'observant. Sir John et moi avons beaucoup à faire.

Il lui effleura la main.

— Benedicta, je suis vraiment navré.

Elle se détourna en refoulant ses larmes.

— Cela n'est rien, murmura-t-elle en souriant malgré tout au coroner. Je vous remercie pour votre aide, Sir John. Quoi qu'en dise cet austère dominicain, je pense que vous avez droit à un verre du meilleur clairet.

Cranston ne se fit pas prier et son sourire s'élargit lorsque Benedicta revint de l'arrière-cuisine avec un hanap et un plat d'étain contenant des lamelles de bœuf nappées d'une onctueuse sauce brune, parsemée de pois. Elle posa le tout devant Cranston et l'embrassa légèrement sur la tempe tout en esquissant une moue malicieuse à l'intention d'Athelstan.

— Voilà, Sir John.

Athelstan la fustigea du regard. À ce rythme, le coroner serait comme un cheval fou à la fin de la journée. Benedicta s'efforçait de faire contre mauvaise fortune bon cœur. Elle redressa la tête et s'élança dans l'escalier avec vivacité. Athelstan dut assister au spectacle de Cranston engloutissant sa nourriture aussi goulûment que Philomel. Le vin, le bœuf et la sauce disparurent dans le large gosier tandis que s'élevaient des « Femme délicieuse ! », des « Parfaite ! » et autres « Merveilleuse ! ».

Le temps que Cranston finisse et s'essuye délicatement les lèvres avec un linge, en laissant échapper quelques rots, Benedicta s'était habillée et descendait avec un coffret de bois contenant quelques effets de toilette. Elle se refit une beauté pendant qu'Athelstan lui racontait leur visite chez les époux d'Arques. Elle lui prêtait une oreille attentive, acquiesçant de temps en temps. Athelstan l'observait avec fascination : elle se fardait légèrement les lèvres, fonçait ses cils, puis se poudrait un peu le visage avec une houppette de cygne. Elle lui jeta un regard taquin.

— Si vous, les hommes, saviez à quel point les femmes souffrent pour être belles !

— Dans votre cas, ma jolie, rétorqua galamment Cranston, votre teint de lis et de rose n'en a nul besoin.

Elle se pencha vers le coroner, les yeux écarquillés en une parodie d'innocence.

— Sir John, chuchota-t-elle, vous êtes un courtois chevalier et un parfait gentilhomme.

Le coroner se rengorgea comme un paon. Il était dans son élément. Il avait fait bonne chère, bu de l'excellent clairet et voici qu'une femme ravissante l'abreuvait de compliments. Il frappa sa large bedaine.

— Si je n'étais pas marié et si j'avais dix ans de moins...

— ... Il resterait plus à manger et à boire sur la table, acheva caustiquement le dominicain, qui n'obtint, en guise de réponse, que des moues malicieuses de la part de Benedicta et de Cranston, de plus en plus jovial.

La jeune femme se poudra une dernière fois. Athelstan regarda le fin nuage se disperser dans l'air.

— Oh, mon Dieu ! s'exclama-t-il.

— Qu'y a-t-il ?

— Rien, Sir John. Benedicta, puis-je vous emprunter cette houppette ?

Elle la lui remit, tout en se moquant gentiment de lui ; il examina l'objet en le serrant entre ses paumes jusqu'à ce que son habit fût parsemé de fine poudre. Cranston se pencha vers lui en fronçant le nez.

— Prenez garde en sortant, mon frère ! Vous empestez comme un mignon [1].

Le dominicain s'excusa en redonnant la houppette à Benedicta avant de se lever et de s'épousseter soigneusement.

— Sir John, il nous faut partir. Benedicta, ne soufflez mot à personne de ce que vous savez, mais dites à mes paroissiens que je célébrerai la messe demain et souhaiterais que tous y assistent. J'y annoncerai quelque chose de très important.

— Où allez-vous, mon frère ?

— Je retourne à St Erconwald, Sir John.

Cranston ne l'entendit pas de cette oreille.

— Oh non, mon ami, nous avons d'autres questions à régler.

— Sir John, il me faut y aller.

Cranston bomba le torse.

— Croyez-vous que la ville dormait pendant nos allées et venues à Blackfriars ? Un homme a trouvé la mort, hier soir, près de la taverne *Brokenseld*, au coin de Milk Street. Sa dépouille repose maintenant à St Peter Chepe et on attend mon verdict.

1. Homosexuel (argot médiéval). (*N.d.T.*)

Athelstan ne put que gémir en guise de protestation.

— Venez, mon frère !

Cranston passa son bras sous celui de son clerc.

— Allons prendre nos chevaux et en route !

Le magistrat cria ses adieux affectueux à Benedicta et poussa vers la sortie son clerc qui gardait les lèvres pincées. Ils se retrouvèrent dans les rues de Southwark et reprirent leurs montures à St Erconwald. Philomel se fit encore plus tirer l'oreille que d'habitude : cela faisait belle lurette qu'il n'avait ni autant voyagé, ni autant travaillé.

Ils gagnèrent le pont. Athelstan s'efforçait de cacher son mécontentement tandis que Cranston, avec moult rots et renvois, nourrissait sa bonne humeur de généreuses rasades de vin tirées de sa gourde miraculeuse. La mine radieuse, il invectivait gaillardement les marchands dont les étals, à présent, croulaient sous les colifichets, ceintures, gobelets, bagues de pacotille, chapelets, colliers de fausses pierres, boucles et petits couteaux de coupe-jarret. D'autres éventaires proposaient de la nourriture, de larges tranches luisantes de viande ou du poisson, soit fraîchement pêché dans la Tamise, soit datant d'au moins deux jours et puant comme la peste.

Des gamins jouaient au ballon parmi les étals. Un tire-laine, en quête d'une proie facile, croisa le regard de Cranston et s'enfuit comme un rat dans une venelle. Au pilori, près de l'entrée du Pont de Londres, deux vendeurs d'eau étaient obligés de tenir, au-dessus de leur tête, des seaux percés où n'importe quel passant pouvait verser l'eau croupie des caniveaux ou du pissat de cheval, puisé dans de larges flaques.

Athelstan aperçut certains de ses paroissiens : Pike, bêche et pioche sur l'épaule ; Watkin se dirigeant vers la rive sur sa charrette à crottin, surchargée à craquer ; Cecily, postée à la porte d'une taverne et prenant la poudre d'escampette à sa vue. Ils avaient tous l'oreille basse et paraissaient même effrayés. Leur curé se félicita de pouvoir, dès le lendemain, régler cette affaire de squelette une fois pour toutes.

Cranston et son clerc eurent de la peine à traverser le pont, encombré par une foule bruyante, mais le magistrat usa de son autorité pour qu'on leur laissât le passage. Ils empruntèrent ensuite Bridge Street et Gracechurch Street pour gagner Lombard Street bordée de belles demeures de banquiers, décorées de fresques, et arriver enfin dans Poultry. Là, l'odeur des volailles vidées, parées, et des gésiers, cuits ou rôtis à grand feu, empuantissait l'air où flottaient des plumes. Cranston dut même renoncer à boire afin de se boucher le nez. Puis ils s'enfoncèrent dans le quartier de Mercery où les boutiquiers, vêtus de chemises, jambières, bottes et surcots coûteux malgré leurs sobres couleurs, surveillaient leurs éventaires plus riches et plus luxueux que dans Poultry. Ils atteignirent enfin Westchepe. Cranston jeta un regard nostalgique à l'*Agneau de Dieu*, mais Athelstan avait hâte d'en finir et de revenir à Southwark. Il voulait creuser une certaine idée qui lui avait traversé l'esprit chez Benedicta.

Ils attachèrent leurs chevaux à la barre devant St Peter et pénétrèrent dans l'église obscure qui sentait l'humidité. À l'entrée de la nef, un groupe d'hommes anxieux, dirigés par un huissier, entouraient une table, sur laquelle gisait un corps recouvert d'une toile brune maculée. Ils échangeaient des remarques d'une voix basse et fébrile tout en se balançant d'un pied sur l'autre. Le coroner fit une entrée majestueuse.

— Vous arrivez bien tard ! glapit l'huissier à la grosse face rougeaude.

— Silence ! rugit Cranston. Je suis coroner du roi et mon temps est celui du roi. Bon, qu'avons-nous là ?

L'huissier intimidé releva le linceul. Cranston fit la grimace. Athelstan fronça le nez : la dépouille — celle d'un vieillard — dégageait une odeur désagréable. Du sang noir s'était coagulé, en couche épaisse, sur une plaie béante au sommet du crâne, souillant les cheveux grisonnants.

— Il s'appelle John Bridport, déclara l'huissier. Il passait devant une maison sise entre Honey Lane et Milk Street.

L'officier désigna un homme à l'air affolé.

— Voici William de Chabham. Une planche dépassait de son atelier à l'étage. C'est un sellier de profession et il s'en sert pour sécher son cuir.

Il jeta un coup d'œil inquiet à Cranston.

— Bref, il a surchargé la planche. Celle-ci a glissé et est tombée sur Bridport. Et elle lui a fracassé le crâne.

— C'était un accident ! plaida le sellier, blanc comme un linge.

— Où est la planche ? demanda le coroner.

L'huissier montra un grand bout de bois épais, rangé sous la table où gisait le mort. Athelstan, s'appuyant sur le couvercle des fonts baptismaux pour écrire, nota soigneusement les détails sur le parchemin qu'il donnerait ensuite au magistrat.

— Frère Athelstan, dit Cranston en claquant des doigts, veuillez procéder à l'examen de la victime et de la planche.

En le maudissant à mi-voix, Athelstan ordonna qu'on lui apportât l'objet du délit. Il l'observa minutieusement ainsi que le crâne de la victime.

— Eh bien ? s'impatienta le coroner.

— Il semble que John Bridport soit bien mort de la façon décrite.

Cranston empoigna sa cape et se redressa de toute sa hauteur.

— Maître sellier, aviez-vous autorisation ou licence de faire dépasser cette planche de la sorte ?

— Non, Sir John.

— Connaissiez-vous la victime ?

— Non, Sir John.

— Huissier, William de Chabham jouit-il d'une bonne réputation ?

— Oui, Sir John, et ces personnes qui l'accompagnent se portent garantes de son intégrité.

Cranston se frotta le menton.

— Voici ma décision. Nous ne sommes pas en présence d'un meurtre ou d'un assassinat, mais d'un homicide par accident. Maître sellier, vous paierez une amende de dix deniers à la Cour des plaids communs. Vous jurerez de ne plus jamais utiliser ce genre de planche et vous acquitterez tous les frais compensatoires.

L'artisan grimaça, malgré un soulagement visible.

— Et la planche, Sir John ?

— Qu'elle reçoive une amende de cinq deniers et soit brûlée par le bourreau.

Cranston regarda la dépouille.

— Bridport avait-il de la famille ?

— Non, Sir John. Il vivait seul à l'angle d'Ivy Lane.

— Alors que l'on saisisse ses biens ! ordonna Cranston avec un sourire en biais. Et qu'on l'enterre décemment aux frais de la paroisse ! Avez-vous noté tout cela, mon frère ?

— Oui, Sir John.

— Bien ! claironna le magistrat. Je déclare cette affaire terminée.

Athelstan, dans Milk Street, remit à Cranston les minutes de l'enquête, puis, après avoir courtoisement refusé son invitation à boire à l'*Agneau de Dieu*, il revint à Southwark. Il s'arrêta à un éventaire de Three Needle Street et acheta un morceau de tissu semblable à de l'éponge, puis il fit, à Cornhill, l'acquisition d'un pot de poudre. La vieille commère, derrière l'étal, lui adressa un sourire narquois accompagné d'un clin d'œil de connivence.

— Chacun ses goûts, hein, mon père ?

Athelstan se retint de lui répondre vertement et dirigea sa monture ensommeillée vers le Pont de Londres en passant par Gracechurch Street. Il consacra le reste de la journée au casse-tête de la chambre écarlate, utilisant les objets qu'il avait achetés pour procéder, jusqu'au moindre détail, à une véritable reconstitution. Enfin, au moment où le jour commençait à décliner, il sortit faire une courte promenade dans le cimetière et contempla le soleil couchant qui s'enfonçait à l'horizon comme une grosse boule de feu. La satisfaction lui réchauffait le cœur et il loua la beauté de Dame Logique. Il avait réfléchi au problème maintes et maintes fois. Il ne pouvait y avoir qu'une seule solution, mais qu'arriverait-il s'il se trompait ?

— Mon père ! Mon père !

Cecily la ribaube se tenait prudemment près du portail d'entrée.

— Qu'y a-t-il, Cecily ?

— Je n'ai fait que boire un peu de vin à la taverne, mon père.

— Ce n'est pas un péché, mon enfant.

La jeune femme s'avança avec une modestie affectée. Athelstan réprima un sourire, car elle faisait onduler sa robe à volants et se penchait en avant pour révéler son opulente poitrine dans son corsage trop ajusté.

— Mon père, ce sont les autres qui m'envoient. Nous sommes vraiment désolés de ce qui est arrivé. Nous serons tous à la messe demain. Benedicta nous a dit que vous aviez quelque chose d'important à nous annoncer.

Athelstan lui toucha gentiment le bras en souriant.

— Tu es une bonne fille, Cecily. Je te verrai à la messe demain.

Elle s'éloigna à petits pas. Le dominicain scruta les cieux. Devrait-il étudier les astres ce soir ? Il n'y aurait pas de nuages. Peut-être verrait-il une étoile filante traverser le ciel comme Lucifer chutant vers les enfers ? « Comme je chuterai peut-être moi-même », murmura-t-il. Il sentait la fatigue et le sommeil le gagner. Se rappelant le guet-apens de la veille, il balaya du regard le cimetière désert. Il serait soulagé à la fin de la messe, le lendemain, quand la situation redeviendrait normale, mais en attendant, il ferait mieux de se calfeutrer chez lui. Il regagna le presbytère, verrouilla la porte et ferma solidement les vantaux de la fenêtre.

« Quelle belle nuit ! Bonaventure doit être en train de chasser ou de courir la gueuse ! »

Il se rendit compte qu'il n'y avait rien à manger dans la cuisine. Aussi alla-t-il s'asseoir en se demandant s'il découvrirait quelque chose de nouveau quand il retournerait à Blackfriars. Ses paupières s'alourdirent. Il moucha la chandelle et monta se coucher.

Ils assistèrent tous à la messe le lendemain. Mugwort sonna la cloche comme un démon pris de folie. Ursula apparut, la truie sur les talons, suivie de Watkin, Pike et Huddle, ce dernier jetant un coup d'œil appréciateur au chœur. Benedicta était plus calme que la veille. Elle suggéra à Athelstan de ne pas se montrer trop sévère tandis que Pike lui rappelait qu'il devait confesser ses fidèles ce jour-là. Athelstan cacha sa contrariété derrière un sourire éclatant. Il l'avait complètement oublié ! Ils célébreraient bientôt la Fête-Dieu, fête très importante, et tous ses paroissiens voulaient être absous de leurs péchés. Après la messe, il annonça donc qu'il resterait dans le transept sud toute la journée et les entendrait en confession derrière le rideau.

Puis il parla posément du squelette à ses fidèles réunis.

— Ce ne sont pas les ossements d'un saint, dit-il. Vous devez me croire, mes fils. Sir John et moi avons découvert la vérité. Ce sont les restes d'une femme assassinée il y a de nombreuses années.

Il haussa les épaules.

— C'est tout. Watkin, acceptes-tu ces explications ?

Le ramasseur de crottin, trônant au milieu de son innombrable progéniture, en convint solennellement.

— Très bien, continua Athelstan, tu consacreras une part des profits que tu n'as pas manqué de faire à acheter un beau linceul de lin épais. Quant à toi, Pike, tu creuseras une tombe. Ce soir, je bénirai la dépouille de cette malheureuse et elle aura une sépulture chrétienne. Et cette affaire sera terminée.

— Et ça va coûter combien, tout ça ? hurla Pike.

— Ne t'inquiète pas, répondit Athelstan, l'argent dépensé sera remboursé.

— Et le miracle ? s'écria Ursula d'une voix de crécelle. Qu'est-ce qu'il devient, le miracle ?

— Dieu seul le sait, Ursula, mais s'il y a eu miracle, c'est peut-être à saint Erconwald[1] que nous le devons.

Ses paroles furent accueillies par des murmures d'approbation.

— Mon père !

Watkin s'était levé, dansant d'un pied sur l'autre d'un air penaud.

— On est désolés, vraiment désolés pour ce qui s'est passé. On pensait pas à mal.

Il sortit de dessous son surcot crasseux une grosse bourse en cuir.

— Voilà l'argent gagné.

Il soupesa nerveusement la bourse.

— On a eu une idée, mon père. Comme le chœur a été réparé, on a décidé d'acheter de la peinture. Comme ça Huddle pourra peindre une fresque, une grande fresque de la visite de la Vierge à sa cousine Élisabeth après la naissance de Jésus.

— Êtes-vous tous d'accord ? demanda Athelstan.

Un concert de « oui » retentit.

— Alors que Huddle se mette immédiatement à l'œuvre ! Crim, emporte ce message à Sir John Cranston.

— Au vieux « Bouffe-tripe », vous voulez dire ?

Sa mère lui décocha une taloche sur la nuque.

— À Sir John Cranston, reprit le curé. Tu lui diras

---

1. Évêque de Londres (mort en 693) et principal saint de la ville au Moyen Âge. Il fonda des monastères et fit de nombreux miracles. (*N.d.T.*)

de retourner à Blackfriars. Je l'y retrouverai demain à l'aube. Bien, Watkin, va acheter le linceul.

Il commença à enlever ses habits liturgiques.

— Et Pike, tu ferais mieux de ne pas tarder parce que le sol est dur. Bon, je vais me rafraîchir le gosier, comme dirait le coroner, et ensuite je vous entendrai tous en confession. Ah oui !

Il se retourna vers ses fidèles.

— Ne soyez pas surpris. Un mystérieux bienfaiteur veut nous faire don d'une grande statue de saint Erconwald pour embellir le nouveau chœur.

CHAPITRE XII

Après que la réunion eut pris fin sur ce coup de théâtre, les fidèles sortirent en flânant de St Erconwald tandis qu'Athelstan finissait d'ôter ses vêtements liturgiques. Puis le prêtre ferma la clôture du chœur tout en laissant l'église ouverte. Huddle contemplait déjà rêveusement une paroi nue.

— Réfléchis bien ! lui cria Athelstan.

— Ne vous inquiétez pas, mon père ! J'y pense depuis des mois !

Athelstan l'approuva d'un signe de tête, puis il dévala la ruelle pour se rendre dans une rôtisserie où l'attendaient tourte fraîche et bière. Lorsqu'il revint, Watkin avait nettoyé le transept et délimité l'un des coins en suspendant à un long bâton de frêne un épais rideau violet. D'un côté, il avait installé, pour Athelstan, la cathèdre au siège et au dossier recouverts de tapisserie, et de l'autre, le seul prie-Dieu de l'église, pour les pénitents. Le prêtre s'agenouilla un moment au pied de l'autel et pria pour que la grâce lui soit donnée d'être un bon confesseur.

Il confessait toujours, bien sûr, avant les grandes fêtes : Noël, Pâques, Pentecôte et la Fête-Dieu, en été. Ceux qui désiraient recevoir ce sacrement s'agenouillaient sous le porche en attendant leur tour. Athelstan avait insisté sur ce point pour que nul ne pût entendre les aveux d'autrui. Mugwort arriva et Athelstan l'assura que tout était prêt. La cloche se mit à carillonner, invitant les fidèles à venir recevoir l'absolution.

Athelstan passa le reste de la matinée et le début de l'après-midi à écouter ses paroissiens... L'habituelle litanie des fautes, dont certaines ne différaient guère des siennes ! pensa-t-il humblement : jurons, mauvaises pensées, vol au marché, assoupissement pendant la messe, ivrognerie. Parfois, il entendait quelque chose qui sortait du lot : un tel regardait sa bru avec concupiscence, un autre utilisait une balance fausse dans son commerce... Il les écouta tous en se faisant parfois préciser un point avec tact, de sa voix douce. À la fin, il se penchait vers eux et les encourageait à plus de générosité, plus de magnanimité, plus de pureté en esprit et en action. Les pénitences qu'il donnait n'étaient guère sévères en général — accomplir une tâche charitable ou réciter les prières —, puis il prononçait la rémission des péchés et le pénitent s'en allait.

Son seul répit était les enfants dont il appréciait toujours les confessions : listes de peccadilles débitées par de petites voix suraiguës qui l'amusaient fort. L'une des filles de Tab le chaudronnier le fit éclater de rire : la pauvre enfant s'était laissé embrasser par un des fils de Pike, ce qui la plongeait dans des abîmes de honte. Elle voulait tellement se débarrasser du poids de cet égarement qu'elle se jeta sur le prie-Dieu et qu'au lieu de dire : « Bénissez-moi, mon père, car j'ai beaucoup péché », elle lança fébrilement : « Embrassez-moi, mon père, car j'ai beaucoup péché. »

Athelstan la calma, soulignant qu'un baiser — même long — sur les lèvres n'était que péché véniel, et la gamine s'en alla, soulagée. Il entendit quelqu'un d'autre approcher et une voix de fausset s'éleva derrière le rideau.

— Bénissez-moi, mon père, car j'ai beaucoup péché.

Le prêtre sourit en enfouissant son visage dans ses mains : il avait reconnu Crim, son enfant de chœur.

— Mon père, continua Crim d'une voix étouffée, j'ai refusé de manger mes oignons.

Athelstan inclina la tête avec gravité.

— Ma mère les avait cuits spécialement pour moi.

Athelstan respira profondément pour réprimer son rire.

— Quoi d'autre, mon garçon ?

Mais Crim était devenu étrangement silencieux.

— Mon père, bredouilla-t-il, j'ai forniqué six fois.

Athelstan en resta pantois. Il sentit ses cheveux se hérisser sur la nuque. Dans les instructions épiscopales aux confesseurs, la corruption des jeunes enfants, loin d'être passée sous silence, était considérée comme un délit moral des plus graves. Athelstan tira le rideau et scruta la frimousse mal débarbouillée de l'enfant surpris.

— Crim, murmura-t-il, viens un peu ici !

Le garçon s'approcha en hésitant.

— Que me racontes-tu là ? Sais-tu ce qu'est la fornication ?

Crim fit signe que oui.

— Et tu l'as commise six fois ?

Crim opina derechef.

— Qu'est-ce que la fornication, Crim ?

Athelstan fixa le gamin troublé droit dans les yeux. Était-ce là la raison pour laquelle il s'était montré si discret, voire taciturne, ces derniers temps ? Crim ferma les paupières.

— La fornication, glapit-il, est un acte dégoûtant.

Athelstan lâcha la main de l'enfant et se rencogna sur son siège.

— Que s'est-il passé exactement, mon petit ?

— Voilà, mon père. Comme vous le savez, ma mère m'envoie souvent au marché. C'est moi qui cours le plus vite et elle me donne toujours de l'eau miellée quand je rentre pour me récompenser.

Athelstan n'y comprenait plus rien.

— Qu'est-ce que cela a à voir, Crim ?

Le petit garçon baissa les yeux en rougissant.

— En rentrant du marché, mon père, j'ai toujours envie de pisser et je le fais dans la rue.

Athelstan lui prit la main en riant.

— Est-ce tout ?

Le gamin fit signe que oui.

— Et qu'est-ce qui te fait croire que c'est de la fornication ?

— Eh bien, maman dit toujours que Cecily fait de la fornication et d'autres péchés dégoûtants !

Athelstan réfuta cela d'un geste.

— Mais, Crim, tu vas souvent pisser dehors. Qu'y a-t-il de si spécial ?

Le gamin devint rouge comme une pivoine.

— Je le fais dans l'enclos sacré.

— Tu veux dire dans l'église ?

— Oh, non ! J'en ai toujours envie quand je passe devant le presbytère. Alors je vais derrière le mur et je pisse dans le carré d'oignons. Je sais que c'est mal, mon père, de le faire dans le jardin du curé, mais je ne peux pas m'en empêcher.

Athelstan ne put contenir son hilarité : les épaules secouées par le rire, il plongea sa tête dans ses mains.

— Mon père, je vous demande pardon.

Athelstan se redressa, essuya ses larmes et agrippa l'épaule de l'enfant.

— Je te donne l'absolution.

Il redevint sérieux.

— Voici ta pénitence.

— Oui, mon père.

— La prochaine fois que ta mère cuira des oignons, tu les mangeras tous. Maintenant, va et ne pèche plus !

Crim détala comme s'il avait été absous du pire des péchés mortels. Athelstan le regarda, encore frémissant de rire. Il se félicitait de ce que l'église eût été vide. Si quelqu'un avait entendu Crim, l'enfant aurait été la risée de toute la paroisse. Le prêtre s'installa plus à l'aise et s'assoupit à moitié en soupesant diverses solutions à l'énigme de Cranston et en se demandant si sa quête, à Blackfriars, serait fructueuse. Il se redressa brusquement : une pensée lui glaçait le sang. Et si le meurtrier, à Blackfriars, avait déjà découvert ce que lui cherchait ? Rajustant son étole, il allait se lever lorsqu'il entendit des pas furtifs. Il se rassit, soudain tendu, car, par ailleurs, le silence régnait dans l'église. À l'extérieur également, car colporteurs, marchands et paroissiens faisaient la sieste aux heures les plus chaudes. Mais qui donc était là ? Il entendit quelqu'un s'agenouiller sur le prie-Dieu.

— Bénissez-moi, mon père, car j'ai beaucoup péché.

Athelstan se figea en reconnaissant la voix de Benedicta. Il ferma les yeux et croisa fort les doigts. C'était la première fois qu'elle venait se confesser ici. Comme certains de ses paroissiens, peut-être trop gênés de lui dévoiler leurs turpitudes, elle allait toujours ailleurs. Il se détendit légèrement en entendant la litanie des péchés véniels : paroles et pensées peu charitables, retard à la messe, assoupissement pendant un de ses sermons. À l'annonce de cette dernière faute, il lui tira la langue derrière le rideau. Puis Benedicta s'arrêta.

— Est-ce tout ? demanda-t-il tranquillement.

— Mon père, je suis veuve. J'ai cru un certain temps mon mari vivant et j'ai éprouvé de la joie... mais aussi de la tristesse.

Athelstan se raidit.

— Je n'aurais pas dû me sentir abattue, reprit Benedicta. Je confesse avoir regretté qu'il ne fût pas mort et je m'en repens.

— Vous êtes pardonnée.

— Ne voulez-vous pas savoir, mon père, d'où venait mon humeur mélancolique ?

— Vous devez vous confesser selon ce que vous dicte votre conscience, c'est tout.

— J'étais triste parce que, voyez-vous, j'aime un autre homme. Pour lequel, parfois, je ressens du désir.

— Aimer n'est pas péché.

Athelstan était sûr qu'elle allait continuer.

— Je vois, mon père, dit-elle doucement. En ce cas, je me repens de tous mes péchés.

Athelstan lui donna une pénitence légère, bredouillant presque les paroles de l'absolution. Il resta tendu comme une corde d'arc jusqu'à ce qu'elle se levât et sortît sans bruit de St Erconwald, en refermant délicatement la porte.

Avec un profond soupir, il s'effondra sur son siège. Il savait ce que Benedicta avait été sur le point de dire. Il n'était que trop heureux qu'elle n'en eût pas eu le temps. Il se leva en s'étirant, passa sous le jubé et contempla le crucifix sur l'autel.

— Le père Paul avait raison, murmura-t-il. L'amour est chose terrifiante !

Pendant quelques minutes il examina les détours de sa propre conscience. Il aimait Benedicta. Il fixa la silhouette torturée, clouée sur la croix de bois. Le Christ le comprendrait-il ? Lui qui aimait tous les pécheurs, avait-il aimé quelqu'un en particulier ? Athelstan se frotta les yeux. Il se rappela les Écritures, les saintes femmes qui accompagnaient le Christ et qui étaient avec lui au moment de sa mort. Il enleva son étole. S'il poursuivait dans cette voie, à quelles conclusions allait-il arriver ? Il fit une rapide génuflexion devant l'autel et quitta l'église à grands pas après l'avoir verrouillée.

Il devait réfléchir sérieusement à certaines choses.

L'affaire de Blackfriars évoquait une partie d'échecs. Jusqu'alors, son adversaire caché dans l'ombre avait dirigé tous les coups. Mais Athelstan venait de reprendre l'avantage et devait veiller à ne plus le perdre.

De retour dans la cuisine, il prit de la cire et un sceau dans le large coffre près de son lit et rédigea en hâte une courte lettre. Après s'être relu, il s'estima satisfait, fit fondre de la cire et apposa son sceau. Une heure plus tard, Crim, qui avait oublié l'affaire des oignons, traversait, ventre à terre, le Pont de Londres, le poing serré sur la missive, et répétant, sans reprendre haleine, les instructions du dominicain.

Dans la soirée, juste avant le crépuscule, Pike et Watkin revinrent à St Erconwald. Le premier s'était procuré de la toile, une corde et un cercueil en pin. Au cours d'une cérémonie pathétique, le squelette de la prostituée Aemelia fut enveloppé du linceul et déposé devant l'autel. Athelstan, accompagné d'un Bonaventure dévoré de curiosité, alluma les cierges et, revêtu de sa chape violette, commença l'office funèbre. Pike et Watkin entouraient la pauvre dépouille. Le prêtre implora les anges d'accueillir l'âme de la malheureuse au paradis tout en se gardant bien de l'appeler par son nom. Il répandit de l'encens sur le corps et l'aspergea d'eau bénite, puis, suivi de Watkin et de Pike qui portaient le cercueil, il se dirigea vers la fosse peu profonde que l'on avait creusée dans un coin, au fond du cimetière. Il lut la prière des morts dans le jour finissant avant de bénir la tombe et d'y jeter une poignée de terre qui s'écrasa, comme les gouttes d'une pluie crépitante, sur le bois du cercueil. Il ôta ensuite sa chape et aida Watkin et Pike à combler la fosse.

— On la laisse comme ça ? demanda Pike.

La mine attristée, Athelstan se débarrassa de l'argile qui lui collait aux mains.

— Non, non, ce ne serait pas bien. Demain, Pike, demande à Huddle de confectionner une croix. Quelque chose de simple.

— Avec un nom gravé ?

— Non.

Athelstan observa le ciel qu'envahissait la pénombre et vit l'étoile du berger briller comme un diamant au firmament.

— Dis à Huddle d'écrire : « Ô Jésus de Miséricorde, souviens-toi de Marie-Madeleine ! »

— Il saura pas ce que ça veut dire, objecta Watkin.

— Qu'importe. Le Christ, lui, le sait.

Tôt le lendemain matin, Athelstan retrouva Cranston à l'angle de Bowyers Row. Ils entrèrent dans un estaminet dont le propriétaire ne respectait pas les décrets municipaux régissant les heures d'ouverture et de fermeture. Le coroner voulut à tout prix déjeuner. Athelstan jura à part soi, mais sentit que ce n'était ni le lieu ni le moment de protester. Le magistrat avait perdu son enthousiasme de la veille et Athelstan le soupçonnait d'avoir déjà goûté à sa gourde miraculeuse. Ils choisirent des galettes d'avoine et de la godale, le coroner mâchant gravement sa nourriture, le regard perdu dans le vague.

— Damné régent ! pesta-t-il entre ses dents.

Athelstan lui tapota la main.

— Sir John, ne me posez pas de questions, mais je pense avoir la solution à votre énigme.

Le changement qui s'opéra chez le magistrat fut extraordinaire : ses yeux brillèrent de joie, son air désenchanté s'évanouit, éclipsé par un sourire qui s'élargit d'une oreille à l'autre. Il se répandit en exclamations, réclama d'autre bière d'un claquement de doigts et donna de furieux coups de coude à son clerc pour que ce dernier lui fît part de ses conclusions. Mais devant son refus de se laisser tirer les vers du nez, il retomba dans un silence boudeur.

— Je ne peux rien vous dire pour l'instant, Sir John. Je dois en être certain et je ne veux pas divulguer ce que je sais. Après tout, Sir John, vous ne crachez pas sur la boisson !

— Sornettes !

— Ne le niez pas ! Si, une fois un peu éméché, vous vous mettiez à crier victoire, vous feriez tout échouer.

— Mais le jeune roi lui-même détient la solution dans un document scellé.

— Ce ne serait pas la première fois qu'on substituerait un document à un autre.

— Triples sornettes ! répéta Cranston.

— Ce genre de commentaires, Sir John, ne fait pas avancer les choses et témoigne de peu de gratitude pour ce que j'ai déjà accompli.

— Gratitude ! Gratitude ! ricana le magistrat, caustique.

Il souleva sa chope, la vida d'un trait et la reposa violemment sur la table en tournant à moitié le dos à son clerc comme un garnement dépité.

— Comment se portent vos marmousets ? s'enquit Athelstan d'un ton apaisant.

— Ce sont de beaux, de très beaux gaillards, soupira Cranston.

— Et Lady Maude ? Toujours aussi charmante ?

Cranston lui lança un regard noir par-dessus son épaule et Athelstan comprit ce qui provoquait son humeur de chien.

— Je vois, dit-il.

Le magistrat lui fit face en ronchonnant.

— Mille pardons, Athelstan. Je me comporte comme un ours mal léché.

Le dominicain se garda de le contredire.

— Avez-vous reçu mon second message, Sir John ?

— Oui. Et moins d'une heure après, le courrier le plus rapide de la ville galopait à franc étrier vers le nord, avec des chevaux de rechange. J'ai agi au mieux.

— Alors, Sir John, voyons maintenant ce que nous pouvons faire pour Blackfriars.

En fait, malgré les morts atroces qui s'y étaient produites, le couvent semblait avoir recouvré sa sérénité et repris son train-train quotidien. Le tourier les fit entrer et frère Norbert les accueillit chaleureusement avant de confier leurs montures à un palefrenier et de les mener à l'hostellerie.

— Tous les livres sont là désormais, annonça-t-il avec fierté. Il n'en manque aucun. La communauté, à mon avis, sait que vous recherchez un ouvrage bien précis. Et il y a de l'hypocras, de la bière et du vin pour vous, Sir John, ajouta-t-il en souriant à

Cranston. Je crois que votre quête va durer un petit bout de temps !

Il ne se trompait pas. Dans la chambre, en haut, les attendaient d'autres volumes épais, reliés de cuir. Gémissant comme une âme en peine, le coroner fila comme une flèche à la resserre. Athelstan, lui, se lava mains et visage et s'attela immédiatement à ses recherches, avec l'aide épisodique du magistrat.

Enfin, entre chien et loup, le dominicain demanda d'autres bougies à Norbert et se plongca totalement dans l'étude des différents ouvrages, ne s'interrompant brièvement que pour avaler un morceau ou une gorgée de vin coupé d'eau. Il s'assoupit sur les livres et se réveilla, épaules et dos courbaturés, pour continuer sa tâche. Le lendemain, il dit la messe au point du jour, retourna à l'hostellerie et, s'efforçant de faire abstraction des ronflements de Cranston, prit un autre volume et se mit à feuilleter les parchemins. Le coroner se réveilla en clamant qu'il avait la pépie. Athelstan opina d'un air distrait. Le magistrat, ses ablutions faites, se changea et se rendit au réfectoire. Quand il en revint, il décrivit en détail ce qu'il avait mangé. Comme Athelstan ne lui accordait aucune attention, il s'empara d'un petit volume en protestant entre ses dents d'un air bougon.

— Hildegarde ! Hildegarde ! Maudite Hildegarde !

À midi, le prieur, accompagné du chapitre, leur rendit visite. Tous s'étaient remis du choc de la découverte macabre dans le chœur. Rassemblés dans la cuisine en un groupe compact, méfiant et plutôt réservé, ils refusèrent de s'asseoir, de manger ou de boire. William de Conches et Eugenius toisaient Athelstan avec dédain. Henry of Winchester prenait un air de patience étudiée pour cacher son exaspération tandis qu'à l'évidence frère Niall et frère Peter ne décoléraient pas devant la lenteur de l'enquête.

— Nous ne pouvons pas rester ici éternellement, frère Athelstan ! insista Peter. Il faut que cette affaire soit résolue et qu'un jugement soit rendu sur la thèse d'Henry. Frère Niall et moi devons partir demain. Quant au Grand Inquisiteur et à son assistant, une longue route les attend.

Athelstan se tourna vers le prieur, mais celui-ci demeura impassible, presque glacial.

— Tout ce que je veux, Athelstan, déclara-t-il, c'est que cette énigme soit élucidée pour que reprenne la vie normale du couvent.

— Et ceux qui ont péri ? aboya Cranston. Bruno, Alcuin, Callixtus, Roger ? Leur sang souille la terre et crie vengeance aux cieux.

Le regard du prieur s'adoucit.

— Vous avez raison, Sir John. Et moi, tort. Je vous ai priés de venir ici, j'ai demandé son aide à Athelstan, mais par Dieu, je serai franc : je commence à regretter cette décision. Peut-être sommes-nous confrontés à un mystère que nous ne percerons jamais. Il est écrit : « C'est moi qui ferai justice, moi qui rétribuerai, dit le Seigneur. »

Il haussa les épaules avec accablement.

— Ne devrions-nous pas laisser cela dans les mains de Dieu ?

— Absurde ! se récria Cranston d'une voix rauque. Dieu œuvre à travers nous dans cette vallée de larmes. Nous sommes ses yeux, son nez, sa bouche, ses pieds.

Il s'avança avec autorité vers le groupe de religieux.

— Il ne suffit pas que justice s'accomplisse, il faut que tous soient témoins de cet accomplissement. Quatre hommes ont péri de malemort. Oh certes, mon père, ils appartenaient à l'ordre de Saint-Dominique, mais c'était aussi des Anglais, sujets de la Couronne.

Il se frappa la poitrine.

— Cette enquête sera close quand je la déclarerai close.

Eugenius applaudit ironiquement.

— Beau discours, Sir John, mais moi, je ne suis pas sujet du roi d'Angleterre. Je dois obéissance à notre maître général à Rome et au pape en Avignon. Pour ce qu'il m'en chaut, vous pouvez mener l'enquête jusqu'au Jugement dernier, moi, je serai loin d'ici.

Cranston le gratifia de son plus charmant sourire tandis qu'Athelstan fermait les yeux.

— Écoutez-moi, insolent ! éclata le magistrat en s'approchant de l'inquisiteur au teint empourpré et en le foudroyant du regard. Peu m'importe qui vous êtes et d'où vous venez. Vous vous trouvez actuellement en Angleterre et vous logez dans ma ville. Si vous décidiez de lever le camp et d'embarquer à Douvres, vous vous apercevriez que vous n'en avez pas l'autorisation, ce qui, dans ce pays, est un délit.

— Vous nous menacez, Sir John ! s'indigna William de Conches en faisant reculer Eugenius d'un pas.

— Des menaces ? protesta le coroner, les sourcils levés en feignant l'étonnement. Moi, vous menacer ? Je ne vous ai absolument pas menacé, maître des basses œuvres !

— Je suis Grand Inquisiteur...

— Et une épine dans le pied, surtout ! poursuivit Cranston. Vous brisez le corps pour atteindre l'âme. Vous êtes de fieffés coquins, tous les deux !

Il porta la main à sa dague et les deux inquisiteurs, malgré la colère qui se lisait dans leurs yeux, songèrent quc prudence est mère de sûreté.

Cranston croisa le regard de son clerc, puis celui de frère Niall et de frère Peter. Athelstan inclina la tête en signe d'approbation. Il connaissait le tempérament aussi bouillant qu'imprévisible du magistrat : une fois que ce dernier avait pris le mors aux dents, il était capable d'envoyer n'importe qui au diable — n'importe qui, sauf Lady Maude. Le prieur s'avança.

— Sir John, dit-il avec un coup d'œil apaisant au coroner, vous avez raison, en un sens.

Il se retourna vers l'assistance.

— Quatre de nos frères sont morts. Sir John, frère Athelstan, je vous propose le compromis suivant : si cette affaire n'est pas résolue dimanche soir, si le mystère n'est pas éclairci d'ici là, nous serons libres d'agir à notre guise.

Athelstan se hâta d'acquiescer avant que Cranston n'aggravât la situation.

— Nous sommes d'accord, mon père. N'est-ce pas, Sir John ?

— Sottises !

Athelstan sourit jaune.

— Sir John ne demande qu'à se laisser convaincre...

Il se frotta les paupières.

— Mon père, soyez remercié d'être venu !

Il ouvrit la porte.

— Il vaut mieux en rester là.

Une fois le chapitre parti, Athelstan s'effondra sur un escabeau.

— Pour l'amour de Dieu, Sir John, vous fallait-il être aussi brutal ?

— Mon frère, c'est pour l'amour de Dieu que j'agis ainsi.

— Vous n'avez pas mâché vos mots !

— Que la peste vous étouffe !

Cranston saisit sa gourde miraculeuse et se dirigea pesamment vers l'escalier.

— Sir John !

— Oui, mon cher garçon ?

— Je vous sais gré d'avoir dit la vérité sans fard. Vous êtes un honnête homme.

Le dominicain esquissa un sourire.

— Que le Seigneur me pardonne, mais je n'oublierai jamais la tête des inquisiteurs. Lorsque le prieur sera remis de ses émotions, je crois qu'il vous en sera reconnaissant, lui aussi.

Le coroner le fustigea du regard.

— Pour toute réponse, damné clerc, je répéterai seulement la maxime légale préférée de l'officier de justice que je suis.

Athelstan frémit.

— À savoir ?
— « Allez vous faire pendre ailleurs ! »
— Oh, Sir John !
— « Oh, Sir John ! » Au diable vos « Oh, Sir John ! » rugit Cranston. Une fripouille a essayé de vous tuer, l'avez-vous déjà oublié ?
Sur ce, il gravit l'escalier.
Quelques minutes après, Athelstan le rejoignait. Le nez dans l'un des livres, il tournait bruyamment les pages, revigoré par de larges rasades de sa gourde miraculeuse. De son côté, Athelstan parcourut un ouvrage.
— Par le cul du diable ! murmura soudain Cranston. Regardez cela !
Le clerc accourut. Le doigt boudiné du coroner montrait l'endroit où sept ou huit pages avaient été coupées.
— C'est tout récent, déclara le magistrat. Et fait précipitamment.
Athelstan examina les bords déchiquetés : le fragment de page, encore pris dans la reliure, était terne et décoloré, mais, à la coupure, le parchemin paraissait pur et neuf. Le dominicain prit le volume malgré les protestations et les questions de Cranston et alla s'installer sur son lit, le livre sur les genoux. C'était un vieil ouvrage qui contenait les textes mineurs de certains auteurs. Il le feuilleta, le referma et fixa la mine perplexe du magistrat.
— L'assassin a déjà mis la main sur ce que nous recherchions, marmonna-t-il.
— Quand ? aboya Cranston. La bibliothèque a été sous surveillance tous ces derniers jours.
— Je l'ignore. Quand il a tué Callixtus, peut-être. Avant de repousser l'échelle, il a pu voir le vieil homme tendre le bras vers un ouvrage bien précis. De toute façon, enchaîna Athelstan avec lassitude, je suppose que ces pages pourrissent à présent au fond d'une fosse ou finissent d'être réduites en cendres.

Il poussa un long soupir.

— Prions, Sir John, pour que le messager envoyé à Oxford s'en tire avec succès et pour que ce qu'il nous rapportera nous permette de faire définitivement la lumière sur cette affaire.

Il s'étendit sur sa couche.

— Je vais sommeiller un peu, Sir John. Veuillez demander à frère Norbert de rapporter ces livres au scriptorium. Nous ne pouvons rien faire de plus pour l'instant. Reposons-nous. Demain soir nous devrons nous rendre au palais de Savoie.

N'entendant aucune réponse, il se releva péniblement sur le coude et vit Cranston qui dormait à poings fermés, assis au bord du lit tel un énorme bébé, la tête frémissante, claquant des lèvres. Athelstan se leva et l'installa aussi confortablement que possible avant de se recoucher et de sombrer dans le sommeil.

CHAPITRE XIII

Frère Norbert les réveilla tard dans l'après-midi en leur demandant s'ils n'avaient besoin de rien. Athelstan, les yeux battus, le remercia en marmonnant et lui ordonna de remporter les ouvrages à la bibliothèque.

— Avez-vous trouvé ce que vous cherchiez ?

Athelstan se frotta les paupières en bâillant.

— Oui et non.

L'expression intriguée du frère lai lui arracha un sourire.

— Tout ce que je peux dire, c'est qu'il nous faudra remettre cela à un autre jour, ajouta-t-il avec un coup d'œil en direction du coroner qui, assis au bord du lit, bâillait à s'en décrocher la mâchoire. Sir John et moi avons d'autres affaires en train.

Après leurs ablutions, ils aidèrent quelque peu au transport des livres, puis décidèrent d'aller se promener dans le verger. S'efforçant de ne pas penser à ce qu'ils avaient vu lors de leur précédente promenade, ils respirèrent avec plaisir les parfums suaves des fruits mûrs.

— Nous ne pouvons rien faire de plus avant le retour de notre messager d'Oxford, observa Cranston. J'ai prié Lady Maude de nous l'envoyer où que nous soyons.

Il plongea son regard dans celui de son clerc. Sa vantardise habituelle et son arrogance narquoise avaient disparu.

— Mon frère, demain soir, à sept heures, je dois retourner au palais du régent avec la solution de l'énigme proposée par le duc de Crémone.

Il empoigna Athelstan par l'épaule.

— Je vous fais confiance, mon frère. Je crois — je *sais* — que vous détenez la clef de ce mystère. Confiez-la-moi !

Il leva son énorme main charnue.

— Je jure sur la tête de mes marmousets que je tiendrai ma langue et ne révélerai mot à quiconque.

— En êtes-vous certain, Sir John ?

— Comme deux et deux font quatre.

— Alors je vais vous soumettre mes hypothèses.

Après le souper, Athelstan et Cranston remontèrent dans la chambre.

— Bien, réfléchissons à cette énigme, Sir John. Nous avons une pièce dépourvue de trappes ou de passages secrets, où se produisent pourtant quatre assassinats : ceux d'un jeune homme, d'un prêtre et de deux soldats. Aucune des victimes n'a mangé ni bu quoi que ce soit et personne n'est entré dans cette chambre. Cela écarte l'éventualité d'une complicité, ce qui épaissit encore le mystère.

Athelstan haussa les épaules.

— Or on apprend, en cours de logique, qu'il faut rechercher le dénominateur commun, le détail qui lie différents éléments d'une situation donnée. Voici la solution que je suggère.

Il ouvrit ses fontes de selle et déposa certains objets sur le lit, puis, sous l'œil attentif du coroner, transforma la pièce en chambre écarlate. Il mima la mort de chaque personnage en la décrivant de manière saisissante à l'intention du magistrat éberlué.

— C'est invraisemblable ! soupira Cranston. Impossible !

— C'est la seule explication, Sir John. Et cette fois-ci, en vous faisant jouer le rôle de victime, je vais vous le prouver.

Une heure après, Cranston reconnaissait à contre-cœur que la solution de son clerc s'avérait la seule possible.

— J'espère que j'ai raison ! déclara gaiement le dominicain. Car Dieu m'est témoin que c'est l'unique hypothèse que j'ai pu échafauder.

— Qu'adviendra-t-il si vous vous trompez ? bougonna le coroner. Ou si vous avez négligé un détail ? Hein ? Où trouverai-je l'argent pour payer Son Excellence, le duc de Crémone ?

Athelstan enfouit son visage dans ses mains. Il aimait Cranston comme un frère, mais parfois le magistrat lui rappelait un gamin capricieux. Cela dit, il avait raison. Ce n'était pas un jeu de l'esprit, une de ces énigmes si prisées des philosophes d'Oxford ou de Cambridge. Sa réputation, son poste de magistrat de haut rang étaient en jeu.

— Je ne puis répondre à cette question, Sir John. Je dois voir le prieur pour l'avertir que nous avons l'intention de partir demain et que nous ne reviendrons pas avant dimanche.

Il tapota l'épaule de Cranston.

— Dormez un peu ! Il vous faudra avoir les idées claires demain.

Bien sûr, quand Athelstan réapparut deux heures plus tard, Cranston était encore debout, berçant la gourde miraculeuse comme si c'était l'un de ses marmousets.

— Vous en avez mis du temps ! éructa-t-il.

— Le prieur et moi avons évoqué d'autres problèmes.

— Que tenez-vous à la main ? demanda le coroner en désignant le rollet qu'Athelstan glissait dans sa sacoche.

— Rien, Sir John.

Cranston laissa échapper un long soupir.

— Vous cachez bien votre jeu, Athelstan, mais, moi, je suis mort de fatigue.

Il se débarrassa de ses vêtements et s'écroula si

lourdement sur sa couche que ce fut miracle, pensa Athelstan, si le lit et lui ne crevèrent pas le plancher. Le brave coroner ronflait quelques minutes plus tard. Athelstan, lui, se mit à implorer Dieu, murmurant non pas une prière de l'office divin, mais une supplication : que sa solution à l'énigme de la chambre écarlate soit la bonne !

Ils passèrent la journée suivante à peaufiner l'exposé de leurs conclusions. Cranston ordonna à frère Norbert d'aller chez lui, à Cheapside, voir si le messager était revenu d'Oxford et de transmettre, en même temps, ses salutations à son épouse et à ses deux fils. Le frère lai s'en revint, débordant d'éloges pour la gracieuse Lady Maude et d'admiration pour les jumeaux resplendissants de santé. Mais non, déclara-t-il, le messager n'était pas arrivé.

Ils quittèrent Blackfriars en début de soirée. Le coroner voulut se rafraîchir le gosier dans l'une des tavernes de la berge, puis ils louèrent les services d'un passeur qui les emporta en amont vers le palais de Savoie. Lorsque la barque quitta le mitan du fleuve pour s'approcher de la demeure du régent, ils virent que des gens appartenant à sa suite les attendaient. La nouvelle du pari de Cranston s'était, de toute évidence, répandue à la Cour. Des embarcations parées de soie accostaient déjà à l'embarcadère privé, guettées par des serviteurs en livrée, torches au poing. Au-dessus de leurs têtes, les bannières d'Angleterre, de France, de Castille et de Léon [1] claquaient dans la brise soufflant du fleuve.

Un chambellan portant une canne blanche à bout doré — symbole de sa fonction — et vêtu de drap d'or resplendissant accueillit Cranston et Athelstan, et les guida, malgré la foule, dans les couloirs illuminés qui menaient à la salle d'honneur, somptueusement décorée

1. Jean de Gand pouvait prétendre à la couronne de Castille et de Léon par sa femme, Constance de Castille, fille de Pierre le Cruel. (*N.d.T.*)

pour l'occasion. On avait placé, sur les carreaux de marbre blancs et noirs, des bancs recouverts de coussins moelleux pour les convives. Devant les magnifiques tapisseries aux teintes vives qui pendaient aux murs, des hommes d'armes, en hauberts argentés, montaient discrètement la garde, épée au clair. Sur l'estrade, une immense table en chêne luisait sous l'éclat d'une centaine de bougies de cire vierge qui éclairaient le fond de la pièce presque autant qu'une belle journée d'été.

Le chambellan les fit monter sur l'estrade et leur désigna des chaires disposées en un large demi-cercle derrière la table.

— Veuillez attendre ici ! Sa Seigneurie le duc de Lancastre et d'autres membres de la Cour sont en train de souper — en privé.

Le caractère désobligeant de la remarque n'échappa pas à Cranston.

— Votre nom, mon ami ?

— Simon, Sir John. Simon de Bellamonte.

— Eh bien, Simon, rétorqua le coroner d'une voix doucereuse, nous acceptons de patienter ici, mais que nul ne vienne nous dévisager sous le nez ! Veillez à ce que la porte soit fermée et à ce que l'on serve, à mon clerc et à moi-même, deux hanaps de ce fameux vin du Rhin que Sa Seigneurie garde bien au frais en son cellier !

Le chambellan esquissa un sourire aigrelet.

— La porte doit restée ouverte ! glapit-il.

— Oh, allez au diable ! siffla Cranston. Apportez-nous du vin au moins ou je dirai à Sa Seigneurie que ses invités sont fort mal reçus.

— Messire Bellamonte, murmura Athelstan, Sir John est mort de soif, nous vous serions reconnaissants de remédier à cet état de choses.

Le chambellan, irrité, se redressa de toute sa hauteur et sortit avec la grâce d'un canard boiteux. Les courtisans restèrent dans la salle, mais Cranston obtint qu'on remplisse à ras bord son hanap d'étain d'un vin léger et pétillant. Il le vida d'un trait, claqua des lèvres et le tendit derechef.

— Encore ! ordonna-t-il avant de sourire à son clerc. Oh, mon frère, mon dominicain favori, qu'il me serait facile de m'accoutumer à cette opulence, à ce luxe !

Il regarda le serviteur disparaître rapidement de la salle avant de lancer des coups d'œil agacés aux courtisans qui l'observaient à la dérobée.

— Autres temps, autres mœurs ! murmura-t-il. Regardez-les, Athelstan ! Ils s'habillent comme des femmes, marchent comme des femmes, puent comme des femmes et jacassent comme des femmes !

— Je croyais que vous aimiez les femmes, Sir John ?

Cranston se passa la langue sur les lèvres.

— Bien sûr, mais Lady Maude vaut un millier de ces oiseaux-là.

Il tapa du pied.

— Lady Maude, c'est l'Angleterre !

Athelstan scruta le magistrat avec défiance. Rien n'était plus dangereux que Cranston dans l'un de ses accès d'humeur nostalgique et geignarde.

— Je me souviens, poursuivit le coroner d'une voix rauque, de cette époque où, à Poitiers, épaule contre épaule avec les pères de ces jouvenceaux, je faisais face aux Français qui déferlaient sur nos lignes telle une vague d'acier.

Il tapota sa bedaine.

— J'étais plus mince alors, et vif comme un lévrier. Fougueux en attaque, redoutable au combat. Nous étions des faucons, Athelstan, qui fondions pareils à l'éclair sur nos ennemis.

Il respirait bruyamment et sa barbe blanche se hérissait.

— Oui, quelle époque ! chuchota-t-il. Les femmes, les beuveries...

Branlant du chef, il lança un bref regard à Athelstan

qui baissa le nez pour que Cranston ne pût voir le sourire qui flottait sur ses lèvres.

— Qu'est-ce qui se trame, Sir John ? demanda le dominicain brusquement.

— Dieu seul le sait ! Je suppose qu'on nous a fait venir ici pour être raillés par le régent et sa clique. J'ai connu son père, Édouard aux cheveux d'or, et son frère aîné, le Prince Noir. Que Dieu lui accorde le repos éternel !

Cranston essuya une larme.

— Quel vaillant guerrier que ce Prince Noir ! Nul n'osait l'approcher dans une bataille. Il frappait tout ce qui bougeait, tout ce qu'il voyait par le ventail de son heaume terrifiant. Il tua au moins trois chevaux sous lui en croyant que leurs têtes et leurs oreilles étaient des ennemis qui l'assaillaient.

— Sir John, insista Athelstan, oubliez le passé ! Rappelez-vous ce que nous avons décidé : c'est vous qui devrez narrer l'histoire.

Cranston claqua des doigts.

— Oui, et par le sabbat des sorcières, je vais la leur raconter de magistrale façon !

Il foudroya Athelstan du regard.

— J'espère seulement que ce sera la bonne.

Le serviteur leur rapporta du vin. Le dominicain ferma les yeux et pria *sotto voce* pour que le gros magistrat ne fût pas trop éméché pour exposer la solution de l'énigme. Celui-ci, pourtant, sirotait sa boisson, paupières closes, et toisait l'assistance avec mépris. Son clerc comprit qu'il continuait à déplorer silencieusement la décadence de la jeune génération.

Soudain retentit une sonnerie stridente de trompettes. Des écuyers s'avancèrent, portant des bannières aux multiples couleurs et entourant un héraut d'armes vêtu du rouge, bleu et or de la maison royale d'Angleterre. Le héraut souffla, par trois fois, dans sa longue trompette d'argent, avant de réclamer le silence pour « Notre Gracieux Souverain, son noble oncle, Jean de

Gand, duc de Lancastre, et son cher cousin, le seigneur de Crémone ».

Le roi Richard fit son entrée en dalmatique bleue parsemée de léopards dorés et de fleurs de lis argentées. À ses côtés, le régent, en surcot vieil or, avait posé un cercle d'argent sur ses cheveux châtains. Quant au seigneur de Crémone, vêtu d'un habit noir et argent, il arborait, sur son visage hâlé, un sourire satisfait qui trahissait une certaine fatuité. Derrière lui, des courtisans en costumes aussi resplendissants que plumage de paon se bousculaient pour être aux meilleures places. Le jeune roi frappa dans ses mains en apercevant Cranston. Il se serait même précipité vers lui, comme n'importe quel enfant, si son oncle ne l'avait pas retenu de sa main chargée de bagues.

— Sir John, s'écria le jeune roi, soyez le très bienvenu !

Cranston et Athelstan, qui s'étaient levés à l'entrée du héraut, mirent genou à terre.

— C'est un grand honneur pour moi, sire, murmura Cranston.

Il attendit que Richard s'avançât plus cérémonieusement. Il prit alors la petite main d'albâtre et y déposa un baiser sonore, ce qui provoqua une onde de ricanements dans les rangs des courtisans.

Le coroner releva un peu la tête.

— Sire, connaissez-vous mon clerc ?

Le souverain, serrant toujours l'énorme main de Cranston dans la sienne, salua le dominicain d'un sourire.

— Bien sûr, frère Athelstan. Vous portez-vous bien, mon frère ?

— Grâce à Dieu, oui, sire !

— Bon.

L'enfant claqua dans ses mains.

— Mon oncle ! appela-t-il par-dessus son épaule.

Athelstan perçut une nuance d'acier implacable dans sa voix et son regard. Il baissa vivement les yeux.

Richard détestait son puissant parent. Un jour, cela se réglerait sans doute dans le sang [1].

— Mon cher oncle, reprit l'enfant, que chacun prenne place. Sir John, frère Athelstan, veuillez vous asseoir à ma droite, près de mon oncle.

Cranston et son clerc se relevèrent. Jean de Gand les salua avec componction, imité par le seigneur de Crémone, et Athelstan devina la moquerie dans leurs sourires. Ils ne s'étaient pas privés de jauger Cranston : pris de boisson, il avait — croyaient-ils — déjà perdu son pari. La confusion régna à nouveau lorsque les courtisans se disputèrent les sièges sur l'estrade. Le héraut fit résonner encore sa trompette d'argent et le tohu-bohu emplit la salle quand les simples courtisans s'installèrent. Le roi, les yeux étincelants, les traits illuminés par l'excitation, ne cessait de sourire à Athelstan et à Cranston. Ce dernier recouvra enfin ses esprits : l'enjeu n'était pas seulement les mille couronnes ! Le régent espérait qu'il perdrait son pari, et le jeune roi, au contraire, souhaitait assister à la déconfiture de son oncle et montrer à l'arrogant Italien la profondeur de la sagacité anglaise.

Le héraut obtint enfin le silence et le souverain se leva, sans attendre la permission de Jean de Cand.

— Mon cher oncle, Votre Excellence, gentilshommes, chacun est, à présent, au courant du pari. Il y a deux semaines, notre noble invité...

Il toucha le poignet du seigneur lombard siégeant à sa gauche.

— ... nous proposa une énigme, une énigme qui a dérouté les intelligences et les esprits les plus brillants de cette Cour et d'ailleurs. Sir John releva le défi pour mille couronnes.

Le jeune roi claqua des doigts : un page surgit de l'ombre, porteur d'un coussin écarlate où reposait un parchemin scellé. Richard prit le vélin.

---

1. En fait, Jean de Gand mourra de maladie en 1399. (*N.d.T.*)

— La réponse y est inscrite. Quelqu'un, dans cette salle, peut-il résoudre cette énigme ?

Un chœur de dénégations lui répondit. Le seigneur de Crémone se pencha légèrement en avant en arborant un sourire confiant qui n'échappa à personne. Le roi s'adressa à Cranston.

— Le pouvez-vous, Sir John ?

Le coroner contourna la table et s'avança sur le devant de l'estrade. Il s'inclina très bas.

— Je crois que oui, sire.

Des exclamations étouffées accueillirent ses paroles. Le roi s'assit en lançant un regard malicieux à Athelstan tandis que le régent se rencognait sur sa chaire, mains jointes, coudes sur les accoudoirs. Quant au seigneur Galeazzo, il se mordilla nerveusement les lèvres pendant que Cranston, en acteur consommé, s'apprêtait à se glisser dans la peau des protagonistes du drame. Il n'y avait plus trace, à présent, du chevalier hâbleur, du pilier de taverne ou du magistrat atrabilaire. Athelstan buvait du petit-lait. Le coroner allait démontrer que sa grosse face rougeaude et sa tête grisonnante cachaient une intelligence et une perspicacité qui n'avaient rien à envier aux plus beaux esprits de l'université et des cours de justice.

Cranston, en pleine concentration, arpentait l'estrade, bras croisés, en attendant que s'apaise le brouhaha. Lorsqu'il eut capté l'attention de tous, il se retourna et le regard de ses yeux bleus croisa celui de l'enfant.

— Sire, j'ai l'honneur de vous proposer la solution suivante.

Il s'humecta les lèvres et haussa le ton pour que tous puissent l'entendre.

— Un jeune homme décida de passer une nuit dans cette chambre écarlate. Quand on le retrouva mort, le lendemain matin, il semblait regarder par la fenêtre. Le curé du village voisin brava la neige pour venir au château et périt le même jour. Mais les décès les plus mystérieux sont ceux des deux soldats postés dans la chambre.

Cranston se retourna à moitié.

— Vous vous rappelez, sans doute, que l'un tua son camarade d'un carreau d'arbalète avant de s'écrouler sans vie.

Il s'interrompit pour ménager ses effets.

— Personne d'autre ne pénétra dans la pièce. Il n'existait aucun passage secret, aucun tunnel. On ne servit aucune nourriture ou boisson droguée. Quatre hommes y moururent, dont l'un par un carreau d'arbalète. Les trois autres périrent empoisonnés, acheva-t-il en levant la main.

— Comment ? demanda le seigneur de Crémone.

— Le tueur était le lit !

Athelstan vit l'étonnement se peindre sur le visage de l'Italien : Cranston et lui avaient visé juste !

— Expliquez-vous, expliquez-vous ! s'écria Richard.

Le régent, poing sur les lèvres, avait légèrement incliné la tête. Les autres convives gardaient un silence de mort. Les sourires narquois s'effaçaient rapidement. Athelstan regarda autour de lui. Même les chevaliers bannerets [1] et les hommes d'armes, vêtus aux couleurs royales, avaient les yeux fixés sur Cranston. Le dominicain s'aperçut que les affaires de Blackfriars et de St Erconwald l'avaient tellement accaparé qu'il n'avait pas saisi toute l'importance de la gageure. Il comprenait enfin l'inquiétude de Lady Maude : l'enjeu pour Cranston n'était pas tant la perte de mille couronnes, que celle, bien plus précieuse, de sa réputation, ainsi que le risque de passer pour un bouffon et de cesser d'être respecté et reconnu comme le coroner de Londres, représentant le roi.

Planté sur ses jambes écartées, pouces à la ceinture, Cranston savourait le silence expectatif.

1. Chefs d'un contingent du ban. (*N.d.T.*)

— Sir John, attaqua le régent, comment un lit peut-il tuer ?

— Plus d'un homme est mort dans son lit, Votre Seigneurie.

— Nous attendons votre explication, lança le duc, caustique.

Cranston s'avança vers la table, prit son hanap et avala bruyamment quelques rasades.

— Ce lit, commença-t-il en se tournant vers les convives, était différent des autres. Les oreillers et les matelas ordinaires sont remplis de paille — pour les pauvres. Ou de duvet de cygne — pour les riches.

Il revint soudain à sa chaire et, ramassant sa cape qu'il avait jetée à terre, il l'enroula autour de son bras.

— Si je tape sur ma cape, de la poussière en surgit. Voyez : c'est normal. Au printemps, les honnêtes Londoniennes sortent tapis et tentures pour les épousseter vigoureusement.

Le magistrat appela l'un des gardes :

— Prends ton épée, mon ami !

Il esquissa un sourire poli à l'adresse du régent.

— Avec la permission de Sa Seigneurie, tu vas frapper la tapisserie derrière toi du plat de l'épée, aussi fort que possible.

Le poing sur le pommeau de son arme, le garde lança un regard en biais au duc de Lancastre.

— Ordonnez-le-lui, mon oncle ! s'écria le jeune roi.

Jean de Gand claqua des doigts d'un air dédaigneux. Athelstan redoubla d'attention. Cranston avait jeté son dévolu sur une tapisserie et un garde que la lumière des torches murales et des douzaines de candélabres sur les tables rendait bien visibles à tous. Le soldat s'exécuta.

— Plus fort, mon garçon ! brailla Cranston.

Le garde s'en donna à cœur joie. Même de sa place, Athelstan distinguait les petits nuages de poussière qui flottaient dans la pièce.

— Bien ! reprit le coroner. Le lit de la chambre écarlate ressemblait à cela. Plein de poussière, mais de poussière empoisonnée. Ceux qui restaient debout dans la chambre ne risquaient rien.

Cranston eut un geste expressif.

— Mais nous savons tous ce qui se passe dans un lit, même quand on est seul.

Quelques rires étouffés s'élevèrent.

— La première victime, étendue sur sa couche, se tournait et se retournait, inconsciente au début de la poussière pénétrant ses narines et sa bouche. Finalement, ce jeune homme se rendit compte que quelque chose était anormal et qu'il allait périr. Il voulut ouvrir la fenêtre. Mais bien sûr, la chambre n'avait pas été occupée depuis des années. La clenche et les poignées étaient bloquées et le jouvenceau mourut debout, là où il se trouvait.

Cranston toisa le seigneur de Crémone. Celui-ci, bouche bée, se contenta de lui rendre son regard, une lueur de résignation dans ses yeux noirs.

— Et le curé ? s'enquit le régent.

— Eh bien, monseigneur, veuillez imaginer la scène. Il monte à la chambre et l'exorcise. Mais il est glacé jusqu'aux os et recru de fatigue, car il vient d'affronter de profondes congères. Que fait-il alors ?

— Il se couche ! Il se couche ! cria le roi.

Cranston esquissa une révérence.

— Vous êtes fort perspicace, sire. Oui, il s'étend lui aussi sur le lit et fait s'envoler la poussière fatale. Il se réveille, se débat, aggravant ainsi la situation. Il descend du lit, mais s'écroule sur le sol et expire.

— Et les deux soldats ? intervint désespérément le Lombard. Rappelez-vous, Sir John, seul l'un d'entre eux s'était couché sur le lit.

— Votre Excellence, vous avez bien dit que ce soldat génois tenait son arbalète déjà armée, n'est-ce pas ?

Le seigneur de Crémone fit signe que oui.

— C'était un excellent archer, je suppose.

L'Italien opina. Cranston se tourna vers les autres convives.

— Imaginez la scène. En pleine nuit, ce maître arbalétrier, ce vétéran se réveille, étouffant à mort. Il réveille son camarade par le bruit qu'il fait, mais il est déjà sur le point de trépasser. Il ne comprend pas pourquoi il ne peut plus respirer. Il aperçoit une silhouette sombre et, dans son agonie, en bon archer, il tire.

Cranston s'interrompit pour savourer la salve d'applaudissements qui salua ses conclusions.

— Il tue son compagnon, se traîne hors du lit et rend l'âme près de celui qu'il vient d'abattre.

Cranston se retourna pour s'incliner devant le roi. Les ovations reprirent de plus belle, les courtisans applaudissant à tout rompre et tapant bruyamment des pieds. Le seigneur Galeazzo s'enfonça sur son siège, les yeux fixés au plafond. Jean de Gand, le menton dans les mains, observait la salle tandis que le jeune souverain, au comble de l'excitation, avait bien du mal à rester tranquille. Sa main hésita au-dessus du parchemin blanc, posé sur le coussin écarlate. Le noble italien se leva.

— Sir John, comment expliquez-vous la présence du poison dans ce lit ?

Le coroner haussa les épaules.

— Votre Seigneurie, ce n'était pas là la question. Cela dit, il existe des poisons, des drogues, des poudres, capables de tuer l'homme qui les respire.

Le magistrat se redressa de toute sa taille.

— Je ne mens pas. Les substances toxiques — digitale, belladone, arsenic — conservent leur pouvoir mortel, même réduites en poudre fine. Le seul problème consiste à en faire ample provision. Je suppose que le matelas de ce lit contenait une petite fortune en poisons !

Des acclamations nourries fusèrent à nouveau. Le seigneur de Crémone prit le parchemin et le remit au roi.

— Sire, veuillez l'ouvrir, bien que ce ne soit pas vraiment nécessaire. Sir John a gagné son pari.

Il se pencha soudain vers le coroner :

— Votre main, Sir John !

Sous les yeux d'Athelstan, il serra la main de Cranston, vite imité par le régent, le monarque et les courtisans. Quand le brouhaha s'éteignit, on brisa le sceau et Jean de Gand lut la solution, une solution quasi identique à celle proposée par Cranston, ce qui faisait froid dans le dos.

— Sir John, s'écria Galeazzo par-dessus le tumulte qui s'ensuivit, vos mille couronnes ! Vous les aurez lundi. Dieu vous garde !

Et masquant bravement sa déconvenue sous un air majestueux, il quitta la salle.

Le régent, après quelques paroles de félicitation, fit de même tandis que les courtisans se dispersaient. Le jeune roi, quant à lui, resta en arrière et, signifiant à Cranston de se baisser, lui parla à l'oreille. La joie qui éclairait les traits du magistrat s'effaça. Il hocha simplement la tête et, la mine attristée, regarda l'enfant s'éloigner. Athelstan, qui s'était délibérément tenu à l'écart, s'approcha de son ami et passa son bras sous le sien.

— Félicitations, Sir John !

Cranston lui décocha un coup d'œil matois.

— Pas de sarcasmes, mon frère ! Nous savons, tous deux, qui a élucidé cette énigme.

— Non, non, rétorqua le dominicain en lui serrant le bras. Vous avez été magnifique, Sir John.

— Les mille couronnes sont à vous, mon frère.

Athelstan recula d'un pas.

— Qu'aurais-je à faire de mille couronnes ?

Le coroner grimaça.

— Et les pauvres ?

— Il y aura toujours des pauvres dans ce bas monde, Sir John. Après tout, vous-même ne roulez pas sur l'or.

Athelstan sourit.

— Vous n'êtes pas grassement payé. Vous n'acceptez

pas de pots-de-vin. Votre aisance vient de la seule dot de Lady Maude, n'est-ce pas ?

Sans un mot, Cranston détourna le regard.

— Écoutez, Sir John, suggéra le clerc en entraînant le coroner vers la sortie, donnez-moi une centaine de couronnes pour les pauvres, offrez ce qu'elle veut à Lady Maude, achetez-vous un nouvel habit et confiez le reste aux banquiers de Lombard Street. Et n'oubliez pas vos deux marmousets : lorsqu'ils auront grandi, il vous faudra pourvoir à leur éducation. Les collèges d'Oxford ou de Cambridge les attendent.

— Que la peste vous étouffe, Athelstan ! rugit le coroner. Mes deux fils seront dominicains.

Athelstan éclata de rire. Ils gagnèrent la berge par les jardins et continuèrent à plaisanter de bon cœur sur la barque qui les transporta sur les eaux agitées de la Tamise jusqu'à Eastgate Wharf, là où le ruisseau Fleet charriait toute sa saleté dans le fleuve. Lorsqu'ils se hissèrent hors de l'embarcation et payèrent le batelier, ils durent se boucher le nez à cause de la pestilence. Même dans la piètre lumière du crépuscule, Athelstan aperçut les cadavres gonflés de chats et de chiens ainsi que des excréments et des détritus qui formaient un épais dépôt en surface.

— Par l'enfer ! posta Cranston à mi-voix. Dans mon traité d'administration municipale, je mettrai un terme à tout cela.

— Comment ?

Le coroner montra Thames Street.

— J'ai étudié les anciennes cartes, mon frère. Savez-vous que les Romains avaient construit des égouts qui étaient drainés par des ruisseaux souterrains ? Je ne vois pas pourquoi nous n'en ferions pas autant.

Tout en discutant de points de détail relatifs au fameux traité de Sir John, ils parcoururent Knightrider Street, tournèrent à gauche dans Friday Street et arrivèrent enfin dans Cheapside, moins animée à présent. Le soleil s'était couché et le fanal, au sommet de St Mary-le-Bow, étincelait dans le ciel qui s'obscurcissait. Les marchands avaient remonté leurs étals, et chiens et chats fouillaient les tas d'immondices. Les bourgeois avaient accroché des lanternes en corne devant leur porte et la ville s'assoupissait en cédant la place aux éléments les plus douteux de la nuit londonienne. Déjà, les mendiants s'agglutinaient à l'entrée des ruelles, l'œil aux aguets, au cas où surviendraient les dizainiers. De jeunes godelureaux, à moitié ivres, se dirigeaient en chancelant, bras dessus, bras dessous, vers les lupanars et les bouges des ribaudes, dans Cock Lane.

— Allez-vous raconter votre triomphe à Lady Maude ? demanda Athelstan lorsqu'ils s'arrêtèrent près des marches de St Mary-le-Bow.

Cranston fit signe que non.

— Ne mettons pas la charrue avant les bœufs, mon frère. Je meurs de soif. Honneur aux vainqueurs : je vais boire le plus gros hanap de clairet que pourra nous offrir l'*Agneau de Dieu*.

Athelstan faillit protester, mais se ravisa : il fallait reconnaître que Sir John avait besoin de rafraîchissement autant que de récompense. Il se demanda machinalement si le coroner n'avait pas oublié de remplir sa gourde miraculeuse. Ce dernier entra en coup de vent dans l'auberge après avoir jeté des piécettes aux mendiants accroupis à l'extérieur. Il paya à boire à tous les clients et gratifia chaque servante d'une belle pièce. Il donna ensuite l'accolade et embrassa sur les deux joues le couple inséparable que semblaient former le tavernier et sa femme grassouillette. On dégagea la meilleure table où fut servi un ragoût d'agneau fortement épicé, cuit à l'étouffée sur du charbon de bois, avec des poireaux et des oignons nappés de jus de viande. Athelstan se rendit compte que lui aussi avait faim. Il réclama donc le même plat, mais se limita à du vin coupé d'eau, contrairement à Cranston qui se vit offrir le meilleur clairet dans le plus gros hanap de l'*Agneau de Dieu*.

Le magistrat dévora comme quatre, sauçant le plat d'étain avec de beaux morceaux de pain blanc, du froment le plus fin. Puis il finit le gobelet à demi plein d'Athelstan, émit quelques rots et, paupières mi-closes, se recula sur son siège.

— J'ai fait merveille, décréta-t-il à voix basse. Pour un Italien, Galeazzo n'est pas un mauvais bougre, mais avez-vous observé le régent ? Quel cœur d'airain ! Je n'ai vu son masque glisser qu'une seule fois.

Il se tapota la bedaine.

— Si les regards pouvaient tuer, ma tête aurait déjà sauté !

— Que vous a dit le roi Richard ? demanda Athelstan. Vous savez, à la fin, quand il vous a parlé à l'oreille ?

Cranston se redressa, la mine grave, et scruta la salle avec méfiance : les espions du régent s'infiltraient partout.

— Avez-vous jamais remarqué la couleur de ses yeux ? chuchota-t-il. On dirait des bris de glace. D'un bleu si clair qu'ils en sont presque transparents. Un médecin que je connaissais autrefois m'a dit qu'un tel regard était signe de démence.

Athelstan se rapprocha.

— Pensez-vous que notre jeune souverain soit fou ?

Cranston s'empressa de nier.

— Non, non, mais il a un grain de folie. En grandissant, il pourrait devenir l'un des plus grands monarques qu'aura connus le royaume. Mais s'il tombait sous de pernicieuses influences — une mauvaise épouse, un conseiller perfide —, il deviendrait un tyran qui musellerait toute opposition.

Cranston s'essuya la bouche d'un revers de main.

— Mais ce sont là des réflexions sur l'avenir, mon frère. Ce qu'il m'a confié ce soir, c'est que lui aussi pensait que c'était le lit parce qu'il avait envisagé de supprimer ainsi son oncle.

Cranston leva son hanap.

— Je vous le jure devant Dieu, mon frère, murmura-t-il, je n'en croyais pas mes oreilles. Il m'a annoncé ça le plus calmement du monde, comme vous et moi parlerions du temps qu'il fait ou des gants que nous voudrions acquérir. Je vous le dis, Athelstan : Jean de Gand ne cédera pas le pouvoir facilement, et c'est la raison de la haine du roi à son égard. Il me faut veiller à ne pas être entraîné dans le bain de sang qui ne va pas manquer de se produire.

Le dominicain lui resservit à boire.

— Allons, Sir John, oublions les intrigues de la Cour. Mille couronnes sont tombées dans votre escarcelle. Vous avez apporté honneur et gloire à votre nom. Lady Maude vous attend et votre hanap déborde !

— Avant que je ne succombe au péché d'intempérance, répliqua Cranston, parlez-moi de l'affaire de Blackfriars.

Athelstan caressa le bord de son gobelet.

— Sir John, ce cas est unique. Vous rendez-vous compte que nous n'avons aucune preuve concrète, aucune bribe nous permettant d'accuser, et encore moins d'arrêter quelqu'un ? Nous n'avons jamais encore été confrontés à ce genre de problème. Je crois que la réussite ou l'échec va dépendre de ce nom d'Hildegarde. Cela dit, buvons, Sir John !

Le coroner ne se le fit pas dire deux fois. Quand, deux heures plus tard, ils quittèrent l'*Agneau de Dieu* d'une démarche peu assurée, il braillait des couplets salaces sur les jarretières d'une jouvencelle. Athelstan faisait comme s'il n'entendait rien. Lui non plus ne se sentait guère d'aplomb sur ses jambes. Ils traversèrent Cheapside d'un pas chancelant, Cranston ne tenant aucun compte des appels au silence d'Athelstan et continuant sa description des jambes de la donzelle. Deux membres du guet accoururent, mais tournèrent les talons en reconnaissant le magistrat et s'éloignèrent rapidement.

Lady Maude guettait leur arrivée.

— Oh, Sir John, gémit-elle, que s'est-il passé ?

Elle l'aida à franchir le seuil. Cranston ricanait et envoyait des baisers en direction de la nourrice qui, au pied de l'escalier, tenait un jumeau endormi dans chaque bras. Soutenu par Lady Maude d'un côté et par Athelstan de l'autre, il alla à grand-peine se hisser sur la table de la cuisine.

— Vous avez devant vous, clama-t-il d'une voix pâteuse, Sir John Cranston, coroner royal de Londres, terreur des larrons, fléau des filous, défenseur des causes justes, chasseur de l'inexplicable.

Son épouse, doigts entrelacés, le regarda osciller doucement, puis se tourna vers Athelstan à qui elle décocha un coup d'œil acéré.

— Mon frère, Sir John a-t-il percé le mystère de la chambre écarlate ?

— Oui, Lady Maude. Il fut magnifique. Il a fait honneur à son rang de coroner royal. Il est plus riche aussi, sinon plus sage.

Il sentit soudain la tête lui tourner et regretta amèrement d'avoir aidé Cranston à finir le dernier verre de vin. La fatigue le prit quand il s'assit tandis que le magistrat, bras toujours déployés, gratifiait son épouse d'un sourire béat, tel un jovial Bacchus.

— Femme de peu de foi ! rugit-il.

— Non, Sir John, protesta-t-elle en lui touchant délicatement le genou, j'ai toujours eu foi en vous.

Elle fit la chattemite en ajoutant doucement :

— Comme je vous le témoignerai sous peu.

Cranston descendit lourdement de la table et désigna Athelstan.

— Bien sûr, mon clerc m'a aidé.

Il vacilla dangereusement et regarda du côté de la nourrice.

— Oh, mes marmousets ! murmura-t-il. Vous auriez

été fiers de votre père. Quels bébés superbes ! Mes beaux, beaux garçons ! Ils seront dominicains, savez-vous ?

Et sans plus de cérémonie, il s'allongea sur la table et s'endormit aussitôt. Lady Maude s'affaira autour de lui. Athelstan bénit les enfançons avant que la nourrice, accompagnée des autres servantes ensommeillées, ne fût gentiment chassée de la cuisine. Lady Maude offrit à Athelstan une grande chope d'eau fraîche et de la soupe à l'oignon tout en l'assaillant de questions jusqu'à ce qu'il eût raconté, par le menu, l'éclatant triomphe de Sir John au palais de Savoie. Après l'avoir écouté, yeux écarquillés, elle se dirigea vers la table où son époux, tête renversée, bras et jambes écartés, ronflait comme un sonneur et lui déposa un doux baiser sur le front.

— Il boit trop, mon frère, soupira-t-elle. Mais c'est à cause de sa lourde charge, sa responsabilité de père et les vilenies dont il est témoin.

Athelstan, qui se sentait à présent plus sobre, se leva en souriant et s'approcha d'elle.

— C'est un cœur d'or, Lady Maude. Il est unique. Il n'existe, ici-bas, qu'un seul Cranston, Dieu merci !

— Ne devrions-nous pas le bouger d'ici ?

Athelstan se frotta les yeux.

— Lady Maude, il est comme un coq en pâte. Faites apporter un oreiller et une épaisse couverture, car la nuit pourrait être froide. Moi, je dormirai sur cette chaise, en expiation de mes péchés.

Il lui effleura l'épaule.

— Allez vous coucher, lui chuchota-t-il. Sir John ne craint rien.

— Vous en êtes sûr ?

— Certain. Il dort du sommeil du juste.

— Oh, mon frère !

Elle fit un pas en arrière, la main sur les lèvres :

— J'avais oublié. Le messager est revenu d'Oxford. Avec un paquet pour Sir John.

Elle quitta la pièce, trotte-menu, et revint avec un sachet de cuir, lié et scellé.

— Sir John m'en avait parlé, précisa-t-elle en le remettant au clerc. Il m'a dit que vous attendiez impatiemment le retour de ce courrier.

Athelstan brisa le sceau tandis que Lady Maude installait son époux pour la nuit en lui faisant la conversation, comme s'il était éveillé.

— Là, là, mon bon ami... susurrait-elle. Oui, oui, que je vous enlève votre cape fourrée... et vos bottes...

Athelstan leva les yeux. Lady Maude murmurait des mots doux qu'elle n'aurait jamais prononcés si Cranston avait pu les entendre. Soudain, malgré son désir de feuilleter l'ouvrage qu'il tenait en main, Athelstan ressentit sa solitude et éprouva une certaine tristesse en voyant Lady Maude voleter comme un papillon autour de son mari endormi. Il se remémora les paroles de frère Paul : « L'amour est chose étrange qui revêt une multitude de formes. Parfois il glace, parfois il brûle. Mais n'en manque jamais, Athelstan, car il y a une souffrance pire que celle infligée par l'amour : celle de la solitude atroce quand l'amour disparaît. »

Athelstan pensa à Benedicta et sut, aux tréfonds de son âme, que ce à quoi il aspirait, c'était au profond attachement qui liait Lady Maude à Cranston, c'était à cette façon d'être câliné, choyé, entouré.

— Allez-vous bien, mon frère ?

— Oui.

Athelstan se détourna et revint près de la cheminée en examinant la reliure usée du volume. Il aperçut un petit parchemin, coincé entre deux pages, sur lequel un frère dominicain de la faculté de théologie d'Oxford lui transmettait ses salutations. Il s'assit et feuilleta lentement l'ouvrage, identique à celui de Blackfriars. Il tourna avec précaution les pages jaunissantes qui craquaient jusqu'à ce qu'il arrivât à l'une de celles qui manquaient dans l'exemplaire de Blackfriars. Son collègue d'Oxford avait trouvé Hildegarde. Athelstan sentit un frisson lui parcourir l'échine.

— Mon frère ?

— Oui, Lady Maude.

— On dirait que vous avez vu un fantôme !

— Non, plutôt le visage d'un assassin, Lady Maude.

CHAPITRE XIV

Athelstan fut brutalement réveillé, le lendemain, par Cranston qui, accroupi devant sa chaise, arborait la grimace sardonique d'un démon peint par Huddle. Le coroner était frais comme un gardon.

— Debout, Athelstan !

Il se releva et s'étira jusqu'à faire craquer les os de sa carcasse ventripotente.

— Bien dormi, Sir John ?

— Certes. Dormir à la dure, il n'y a rien de mieux, comme je le répétais à mon seigneur, le Prince Noir, quand nous guerroyions en France.

Athelstan rejeta la couverture dont Lady Maude l'avait recouvert. Il se sentait courbaturé et transi, et le vin, qu'il avait si joyeusement ingurgité la veille, lui avait laissé un goût doux-amer dans la bouche.

— Le livre ! s'exclama-t-il. Où est le livre ?

Cranston désigna la table.

— Ne vous inquiétez pas, mon frère. Il n'est pas perdu !

Athelstan le regarda avec suspicion.

— Mais, Sir John, vous êtes déjà rasé et habillé ?

De fait, Cranston avait une tenue superbe : chemise de batiste ouverte au col, pourpoint et chausses amarante, brodés de fil d'argent. Il avait déjà enfilé ses bottes et Athelstan aperçut une cape et un baudrier en travers de la table.

— En effet, mon frère. Je suis fin prêt. Un bain chaud, un rasoir affûté, des vêtements neufs et un baiser de Lady Maude, et je me sens de taille à affronter le monde !

— Avez-vous lu le livre ?

— Naturellement, et il me tarde d'appréhender ce damné félon !

— Sir John, modérez votre langage ! s'écria Lady Maude en s'avançant dignement dans la cuisine, suivie de la nourrice chargée des jumeaux qui, à l'instar de leur père, étaient bien réveillés et réclamaient leur déjeuner à cor et à cri.

Cranston s'inclina.

— Mille pardons, mon épouse.

Il eut un sourire facétieux.

— Par la mort-dieu, je ne supporte pas d'entendre jurer !

Les protestations stridentes de la jeune femme cessèrent soudain lorsque Cranston traversa la pièce en trois enjambées et la souleva en l'air comme une poupée pour l'embrasser sur les lèvres.

— Oh, Sir John ! soupira-t-elle, le souffle coupé.

Athelstan lui lança un bref coup d'œil en se demandant si son époux ne l'avait pas comblée de faveurs autres qu'un simple baiser depuis qu'il s'était levé fringant comme Adonis. Le coroner s'empara de ses jumeaux et les fit sauter dans ses bras en leur hurlant sa joie aux oreilles. Les bébés, brutalement arrachés au giron de la nourrice et ballottés de belle manière, donnèrent alors libre cours à une fureur sans bornes, braillant jusqu'à ce que les larmes ruissellent sur leurs petites joues rouges.

— En voilà assez !

Lady Maude se saisit d'un enfant, la nourrice de l'autre et les deux femmes s'enfuirent de la cuisine en jurant qu'elles n'y mettraient plus les pieds tant que Sir John ne saurait mieux se conduire.

Cranston semblait avoir le diable au corps. Il insista

pour raser Athelstan lui-même, après avoir réclamé des linges et une bassine d'eau chaude. Puis il expédia une servante à la rôtisserie voisine acheter des tourtes chaudes tandis qu'il se versait ce qu'Athelstan soupçonna n'être pas son premier verre de clairet de la journée. La servante revint, suivie de Leif le mendiant, alléché par l'odeur appétissante de la viande rôtie et de la croûte juste sortie du four.

— Va au diable, fainéant ! aboya Cranston.

— Merci, Sir John !

Leif, habitué aux manies du coroner, s'assit et attendit patiemment que le maître de maison daignât le servir. Celui-ci lui donna à manger tout en lui reprochant impitoyablement d'enlever le pain de la bouche des prêtres sans le sou. Athelstan, encore somnolent, but la petite bière et réussit à avaler une portion de tourte avant que Cranston et Leif ne dévorent le reste.

— Il nous faut partir, Sir John.

— C'est vrai !

Le coroner se leva en empoignant sa cape et son baudrier.

— Vous chargez-vous du livre, mon frère ?

Tête légèrement inclinée, il tendait l'oreille vers les hurlements atténués des jumeaux.

— Je devrais, murmura-t-il, aller dire adieu à Lady Maude, mais réflexion faite, ne réveillons pas le chat qui dort. Ou plutôt, dans ce cas, les marmousets qui gueulent. Leif, espèce de bon à rien, tu diras à Lady Maude que nous sommes partis à Blackfriars. Nous n'y resterons pas longtemps. Oh ! et puis...

— Oui, Sir John ? dit Leif, la bouche pleine.

— ... ne touche pas à mon clairet !

— Bien sûr, Sir John.

Il sortit de la cuisine et Athelstan lui emboîta le pas au moment même où Leif, lui adressant un clin d'œil de connivence, se resservait du vin. Sur le seuil, le magistrat prit la gourde miraculeuse des mains d'une timide servante qu'il regarda avec sévérité.

— Pas un mot à Lady Maude.
— Oui, Sir John.
— Vous comprenez, Athelstan, confia-t-il à mi-voix, j'ai deux gourdes identiques. L'une que je laisse dans l'arrière-cuisine pour que Lady Maude pense que je ne bois pas et l'autre que j'emporte toujours avec moi.
Il hocha pensivement la tête.
— Lady Maude est un ange, mais elle ne se rend pas compte que j'ai besoin de me rafraîchir le gosier.
Athelstan ferma les yeux et marmonna une prière :
— Protégez-nous, Seigneur ! La journée promet d'être rude !
— Que dites-vous, mon frère ?
— Rien, Sir John. J'implorais le Ciel de m'envoyer force et patience.
En ce dimanche, la grande artère de Cheapside était déserte, à part les fidèles qui se dépêchaient d'aller à la première messe, appelés par les cloches qui carillonneraient d'un bout à l'autre de Londres pendant toute la matinée.
— Nous devrions d'abord aller à l'office, Sir John. C'est dimanche.
— Vous êtes prêtre, Athelstan. Vous célébrerez la messe à Blackfriars.
Le dominicain acquiesça. Ils s'enfoncèrent dans Westchepe pour tourner à gauche, dans Paternoster Row.
— Dites-moi, mon frère, reprit le coroner tout à trac, comment en êtes-vous arrivé à la conclusion que c'était le lit ? Votre explication était logique, mais qui vous a mis la puce à l'oreille ?
— Benedicta, à parler franc ! En la regardant se poudrer le visage, j'ai remarqué machinalement la façon dont la poudre de riz se répandait dans l'air. J'avais déjà songé au lit, mais ce fut la façon dont Benedicta se fardait qui me donna la clef de l'énigme.
Il contempla les hautes maisons qui les entouraient.

— Ce qui m'inquiète, à présent, c'est notre réunion à Blackfriars. Notre assassin peut devenir violent.

Cranston lui assena une claque sur l'épaule.

— Ayez confiance dans votre coroner, mon cher dominicain. Ayez confiance dans ce brave Sir John ! Et, ajouta-t-il malicieusement, dans frère Norbert. Je veux qu'il soit là, armé du solide gourdin que nous lui avons laissé à l'hostellerie.

Athelstan retint le magistrat par le bras.

— Attendez ! Attendez que je vous expose les charges qui pèsent sur le meurtrier et ne vous laissez pas emporter par la simple satisfaction de piéger un homme que vous haïssez.

Athelstan se lança dans de grandes explications au beau milieu de la rue, tandis que Cranston l'approuvait par de brefs signes de tête. Lorsqu'il eut achevé son récit, le clerc se sentit soudain plein d'énergie.

— Avez-vous saisi toute l'affaire, Sir John ?

— Bien sûr.

— Alors, au nom du Très-Haut, ne perdons pas de temps.

Le frère tourier les fit entrer et envoya chercher frère Norbert qui leur proposa de les mener chez le prieur, mais Athelstan refusa et insista pour dire la messe à l'hostellerie même.

— Mais cela ne se fait pas, bredouilla le frère lai.

— Si Dieu le permet, rétorqua posément Athelstan, lorsque nous repartirons d'ici, Blackfriars aura d'autres sujets de scandale que l'endroit où j'aurai célébré la messe. Procurez-moi un calice, une patène, trois hosties et du vin, ainsi que les habits liturgiques appropriés. Je verrai le prieur ensuite.

Frère Norbert s'éloigna avec promptitude tandis qu'ils traversaient la cour déserte pour rejoindre l'hostellerie qu'il avait déjà ouverte. Lorsqu'il revint, Athelstan revêtit rapidement chasuble et chape, puis, transformant la table de la cuisine en un autel improvisé, il célébra une messe au cours de laquelle il pria

Dieu de les guider pendant l'effrayante confrontation imminente. Il s'attarda sur la consécration, contemplant les hosties et le vin, puis poursuivit en donnant la communion à Sir John et à frère Norbert dont les traits reflétaient encore l'anxiété. Après la bénédiction finale, il envoya le frère lai dire au père Anselm qu'il désirait voir tout le chapitre réuni dans le logis du prieur aussitôt que possible. Pendant qu'ils attendaient le retour de Norbert, Cranston alla se resservir dans l'arrière-cuisine et Athelstan prit le livre d'Oxford pour relire les pages, parcourues la veille pour la première fois.

Enfin on frappa à la porte et Norbert entra.

— Le père prieur est prêt, déclara-t-il, bien qu'il n'ait guère apprécié que vous ne vous soyez pas annoncés en arrivant. Les autres sont là, également.

— Bien ! dit Athelstan à mi-voix en remettant l'ouvrage dans sa sacoche.

Il tendit le gourdin au frère lai, surpris.

— Quoi qu'il arrive, frère Norbert, vous assisterez à cette réunion avec tout le chapitre. Tenez-vous près de la porte. Si quiconque essaie de sortir avant que j'en aie fini, ajouta-t-il en lui lançant un regard aigu, servez-vous de ce gourdin. Même contre le père prieur le cas échéant.

Norbert en resta bouche bée.

— Frère Athelstan, avez-vous perdu l'esprit ?

— Faites ce qu'il vous dit, ordonna Cranston d'une voix rocailleuse en s'enveloppant de sa cape. Et ne vous inquiétez pas si la séance devient houleuse. Sir John Cranston saura y mettre bon ordre.

— Un dernier point, conclut Athelstan. Quand toute cette affaire se dénouera, frère Norbert — et elle va se dénouer plus tôt que vous ne le pensez —, vous jurerez de ne rien divulguer de ce que vous aurez vu et entendu.

Ils sortirent de l'hostellerie et traversèrent le cloître où de nombreux moines, assis sur des bancs ou sur la murette de briques, savouraient la belle matinée d'été. Le dimanche, la routine était quelque peu allégée. Le brouhaha des conversations s'éteignit lorsqu'ils se dirigèrent solennellement vers le logis du prieur.

Athelstan regarda la fontaine au centre du cloître et se remémora soudain l'époque où, jeune novice, il restait là à bavarder avec ses amis sans imaginer un seul instant ce que l'avenir lui réservait. Et il se retrouvait en ce lieu, frère ordonné de l'ordre de Saint-Dominique, sur le point de démasquer et d'accuser un membre de la communauté, responsable de quatre meurtres et d'une tentative d'assassinat à son encontre. Il s'arrêta et contempla le ciel qui s'éclaircissait. Le soleil montait à l'horizon, les nuages amoncelés pendant la nuit se dispersaient comme des bouffées de fumée. Cranston s'immobilisa, lui aussi, et lui fit face.

— Allons, mon frère, qu'attendez-vous ?

— Rien, Sir John. Je ressasse de vieux souvenirs. Étrange comme le passé nous semble toujours plus souriant que le présent !

— Voyons, mon frère ! murmura Cranston avec tact. Nous n'avons pas le choix.

Il esquissa une grimace.

— Pour l'amour de Dieu, Athelstan, rappelez-vous ceux qui ont péri de malemort. Leur sang crie vengeance et nous accomplissons l'œuvre du Seigneur autant que celle de la justice royale.

Athelstan s'inclina et pénétra dans le bâtiment à la suite de Cranston. Ils parcoururent un couloir dallé jusqu'aux appartements du prieur. Ce dernier, entouré de tout le chapitre, les attendait.

— Vous auriez dû nous annoncer votre visite, mon frère, déclara-t-il sévèrement.

— Pourquoi ? rétorqua vivement Athelstan. Pour que l'assassin, ici présent, puisse à nouveau attenter à ma vie ?

Le prieur écarquilla les yeux de colère et de stupéfaction.

— Frère Athelstan, une telle accusation exige des preuves.

— Nous en avons ! s'écria Cranston.

Il observa ceux qu'il surnommait *in petto* les frères mystérieux, Niall et Peter, partagés entre la curiosité et l'indignation, puis les visages graves des inquisiteurs, notant que William de Conches, déjà assis, tambourinait sans discontinuer sur la table tandis qu'Eugenius dardait des regards noirs vers Athelstan. Frère Henry, bras croisés, gardait les yeux baissés.

— Vous prétendez avoir des preuves ? ironisa Eugenius. Lesquelles ? Ce chapitre restreint a été réduit à néant parce que nous avons dû attendre que le brave Athelstan et vous veuillez bien résoudre cette affaire. Père prieur, nous ne patienterons pas plus longtemps. Que Cranston dise ce qu'il a à dire ! Ensuite, nous partirons.

Le coroner se redressa en bombant le torse.

— Veuillez vous asseoir ! rugit-il. Croyez-moi, vous n'allez pas attendre longtemps !

Tous les membres du chapitre quémandèrent du regard l'avis du prieur. Celui-ci accepta d'un signe de tête.

— Oui, oui. Faites ce que demande Sir John. Asseyons-nous.

Ils prirent place autour de la longue table de bois poli, le prieur à un bout, Cranston et Athelstan à l'autre. Des objections s'élevèrent quant à la présence de Norbert et à celle de son gourdin, mais Cranston clama derechef qu'il en avait ainsi décidé. Sur un haussement d'épaules, le prieur frappa sur la table pour réclamer le silence et s'adressa, l'air furieux, à Athelstan.

— Mon frère, nous célébrerons la grand-messe dans une demi-heure. Le Grand Inquisiteur et frère Eugenius ont conclu à l'absence de toute hérésie dans les écrits de frère Henry of Winchester. De leur côté, frère Niall et frère Peter affirment ne pas pouvoir réfuter, en se fondant sur les Saintes Écritures ou la Tradition, la vérité des thèses qu'il avance.

Le prieur frotta son visage ridé, creusé par la fatigue.

— Si vous vous avérez incapable de faire la lumière, de façon claire et entière, sur les meurtres atroces qui ont endeuillé notre communauté, je déclarerai donc ce chapitre clos et nous nous séparerons tous, après la messe. Est-ce bien compris ?

— Parfaitement, mon père.

Athelstan sortit le livre de sa sacoche et le fit glisser sur la table.

— Mon père, veuillez lire ces pages ! À l'endroit marqué par le ruban de soie violette.

— La raison ?

Le silence s'abattit sur l'assemblée. Tous les regards se braquèrent sur Athelstan.

— Vous devriez prendre connaissance de ce texte, mon père, intervint Cranston en se levant, car il prouve qu'Henry of Winchester, notre jeune théologien ici présent, est un menteur, un voleur et un assassin.

L'accusé s'appuya à la table. Ses yeux, étincelants de colère, fixèrent le magistrat, puis le livre. Sa main jaillit vers l'ouvrage, mais frère Norbert s'avança vivement et lui frappa le poignet d'un coup sec.

Cranston approuva d'un petit sourire.

— Bien joué, mon garçon ! Si vous décidez de quitter Blackfriars, je vous engage dans ma garde personnelle.

Athelstan restait assis, immobile, laissant le champ libre au coroner ; il était trop bouleversé à l'idée qu'ici, dans ce grand couvent de Blackfriars, il lui fallait accuser un dominicain du meurtre de quatre de ses frères.

L'affolement, à présent, se lisait dans les yeux sombres d'Henry of Winchester qui, enfoncé dans son siège, le visage blême, évoquait un animal pris au piège.

— Vous êtes un menteur, entonna Cranston, parce que vos allégations sont fausses. Un voleur, parce que vous vous êtes emparé des travaux d'Hildegarde de Brême, abbesse germanique qui vécut il y a cent vingt ans et écrivit un traité remarquable sur l'incarnation de

Dieu. Un ouvrage remarquable par son originalité et sa lucidité, qui ne fut pas accepté à l'époque.

Cranston, un rictus aux lèvres, se tourna vers les autres moines.

— Comme il n'était guère habituel, alors, de voir des femmes s'aventurer dans les arcanes de la théologie, ses travaux passèrent aux oubliettes et furent même détruits. Mais vous, frère Henry, vous êtes tombé sur une copie de ce traité. Vous l'avez recopiée mot pour mot, et l'avez présentée comme votre œuvre. Vous pensiez ne jamais être démasqué, car rares sont les copies des ouvrages de Hildegarde. Vous êtes venu à Blackfriars en débattre avec frère Niall et frère Peter sous la haute surveillance de nos amis de l'Inquisition.

Cranston reprit son souffle.

— Cependant vous avez commis une erreur. Frère Callixtus n'était pas théologien, certes, mais comme me l'a confié mon bon clerc, il possédait une mémoire prodigieuse. Or la bibliothèque de Blackfriars ayant une copie des œuvres de Hildegarde, votre traité lui a rappelé quelque chose et il en a touché deux mots à son ami Alcuin.

Cranston s'interrompit. Henry of Winchester venait de pointer le doigt dans sa direction, en se récriant.

— Aucun traité de théologie ne peut prétendre à l'originalité.

Du regard, il chercha confirmation auprès de ses frères.

— Je n'ai jamais affirmé que le mien était original, et comment aurais-je su que Callixtus connaissait Hildegarde ?

— Cela est difficile à prouver, reconnut le coroner, mais je suppose que Callixtus ne pouvait se défendre d'un petit sentiment de jalousie, comme tout un chacun. Il a dû mentionner ce nom d'Hildegarde à son ami Alcuin. L'un des deux, à mon avis, a décidé de vous provoquer, poursuivit Cranston avec un haussement d'épaules. Il aura suffi de peu de chose, de prononcer ce nom en votre présence. Vous avertir ainsi qu'ils connaissaient la vérité. D'où la réflexion énigmatique de Callixtus sur la perte de temps que représentait ce chapitre. Et c'était le cas, puisque les débats portaient sur un ouvrage déjà ancien.

Cranston réfléchit un instant.

— Gageons que ce fut Alcuin qui, le premier, vous a défié. Vous convenez de vous rencontrer dans la crypte. Mais, dans l'obscurité, c'est frère Bruno que vous prenez pour lui et envoyez à la mort. Il vous faut ensuite vous débarrasser d'Alcuin. Vous lui réglez sans problème son compte dans l'église. Puis c'est le tour de Callixtus et celui de ce pauvre Roger. Par ailleurs, en épiant Callixtus, vous trouvez et détruisez la copie de l'œuvre de Hildegarde. Mais vous négligez un détail : les dominicains d'Oxford ont les copies de tous les manuscrits contenus dans cette bibliothèque. C'est donc à eux que s'est adressé Athelstan pour avoir un exemplaire.

— Tout cela est-il bien vrai ? demanda le prieur à l'assemblée pour se donner le temps de recouvrer ses esprits.

Les autres, éberlués, ne quittaient pas le magistrat des yeux. Le prieur ouvrit le livre et en lissa les pages.

— Maître William de Conches, appela-t-il, Eugenius, veuillez vous approcher ! Vous avez soumis le traité d'Henry of Winchester à un examen fort approfondi. J'attends votre opinion.

Les inquisiteurs se levèrent. Le prieur leur remit l'ouvrage et ils se retirèrent dans un coin de la pièce. Le reste du chapitre se tenait coi. L'accusé, furibond, regardait dans le vague tout en jetant, par intermittence, des regards menaçants à Athelstan. Enfin, William de Conches referma le livre et le déposa devant le prieur.

— Frère Henry of Winchester n'est peut-être pas coupable de meurtre, mais c'est à coup sûr un voleur et un menteur qui s'est arrogé l'œuvre d'autrui.

Le jeune théologien eut un sourire fielleux.

— Que trouvez-vous là de si amusant, mon frère ? s'enquit Cranston d'une voix doucereuse.

— J'aurais pu partir d'une thèse et la développer.

— Absolument pas ! le contredit sèchement Eugenius qui tourna le dos à Athelstan pour affronter Henry. Vous vous êtes approprié un travail qui ne vous appartenait pas. À la première page Hildegarde présente la thèse que vous avez soutenue. On retrouve les mêmes versets des Écritures, les mêmes citations des Pères de l'Église. Vous êtes un voleur !

Henry of Winchester fit un geste d'apaisement.

— Je ne suis pas un assassin, dit-il lentement. Vous ne pouvez rien prouver, ni que j'ai poussé le frère Bruno dans l'escalier, ni que j'ai fait tomber Callixtus de l'échelle, ni que j'ai pendu ce simplet de Roger, et encore moins que j'ai passé un lacet autour du cou de frère Alcuin !

— Vous aviez un bon mobile, objecta sèchement le prieur en fixant le livre.

— Vous êtes un assassin ! proclama Athelstan en se levant. Vous venez de l'avouer.

— Comment cela ?

Athelstan sourit tristement.

— Tous savaient que le frère Bruno avait fait une chute mortelle dans la crypte, que Callixtus était tombé de l'échelle, que Roger avait été retrouvé pendu dans le verger, mais qui vous a dit qu'Alcuin avait été étranglé ?

Ses paroles furent accueillies par un sifflement de colère.

— Père prieur, enchaîna Athelstan, vous êtes témoin. Ai-je jamais précisé qu'Alcuin avait été étranglé au lacet ? Sir John en a-t-il fait mention ? Frère Norbert, vous qui avez aidé Sir John à envelopper le corps d'Alcuin dans un linceul, le saviez-vous ?

Le frère lai fit non de la tête.

— C'est exact ! s'exclama William de Conches.

Frère Athelstan, Sir John, vous avez même annoncé qu'il avait été poignardé !

Frère Niall et frère Peter confirmèrent d'un commun accord. Cranston frappa dans ses mains. Le sourire qui flottait sur ses lèvres disait assez à quel point il était satisfait de lui.

— Mes chers frères, mon clerc a vu juste. Vous étiez tous bouleversés par la découverte du cadavre d'Alcuin. Il avait, de toute évidence, péri de mort violente. Sur mes instructions, frère Athelstan affirma qu'il avait été tué d'un coup de dague.

Henry of Winchester se pencha en avant et balaya l'assemblée d'un regard vif, en s'humectant les lèvres.

— Mais vous nous l'avez dit, Sir John ! Et de toute façon, j'ai vu la dépouille.

— Non, le contredit calmement le prieur. Lorsque le couvercle du cercueil de ce pauvre frère Bruno fut retiré, la terrible odeur de putréfaction nous chassa tous de l'autre côté de l'autel. Le corps d'Alcuin fut immédiatement enseveli dans un linceul avant d'être mis en bière et emporté dans notre dépositoire. N'est-ce pas exact, frère Norbert ?

Le jeune frère lai, qui avait observé la scène avec stupéfaction, se contenta d'une acclamation étouffée pour toute réponse.

— En voilà assez ! intervint Cranston d'une voix rauque. Frère Henry of Winchester, je vous accuse des assassinats de quatre de vos frères.

— Attendez ! s'écria William de Conches en levant la main. Frère Henry appartient à l'ordre de Saint-Dominique. Je comprends, mon père, que Sir John puisse l'envoyer devant une cour de justice, mais, en Angleterre, si un accusé se réclame de la justice ecclésiastique, il échappe aux tribunaux civils. Frère Henry doit revenir avec nous. Les tribunaux de l'Inquisition ne répondent qu'à Dieu !

Cranston interrogea Athelstan du regard. Ce dernier inclina la tête, fixant Henry of Winchester avec commisération. Le théologien déshonoré s'était enfoui le visage dans les mains.

— Qu'on l'attache ! ajouta posément Eugenius.

Le prieur faillit protester, mais se ravisa et dit, avec un signe de la main :

— Emmenez-le ! Emmenez-le immédiatement ! Partez de Blackfriars à la première heure demain matin !

Les deux inquisiteurs sortirent en poussant Henry devant eux. Le prieur ordonna à frère Norbert de les accompagner. Après un bref salut à Athelstan et des adieux précipités, frère Peter et frère Niall se hâtèrent de les suivre, encore sous le coup des révélations. Le prieur resta prostré, mains posées de chaque côté du livre, les joues baignées de larmes. À présent que s'était dénoué le drame, Cranston toussotait, l'air gêné, et regardait par la fenêtre en faisant semblant de s'intéresser à l'activité du couvent.

On frappa à la porte. William de Conches réapparut. Il regarda longuement Athelstan.

— Je suis navré, finit-il par murmurer.

— De quoi ?

Le Grand Inquisiteur haussa les épaules.

— Nous nous sommes trompés. Vous êtes un prêtre de valeur, Athelstan, un dominicain hors pair.

Il esquissa un sourire gêné.

— Vous auriez fait un Grand Inquisiteur remarquable.

Il s'inclina et, avant qu'Athelstan pût répliquer, referma doucement la porte derrière lui. Le prieur se ressaisit.

— Il a raison, vous savez, Athelstan. Vous avez été assigné à St Erconwald en expiation de votre faute et, comme pénitence, je vous ai moi-même ordonné de servir Sir John en qualité de clerc.

Il dévisagea son interlocuteur.

— Je vous remercie pour ce que vous avez accompli ici et vous prie de me pardonner la dureté de mes paroles tout à l'heure. Vous aviez raison. La vérité est la vérité, le mensonge est un chancre qui croît et finit par tout pourrir. Comment vous êtes-vous douté que la clef était Hildegarde ?

— Mon père, c'est l'affaire la plus étrange qu'il m'ait été donné d'élucider. Mon seul indice était ce nom.

Il sourit.

— Ce dut être une grande chrétienne, un penseur exceptionnel. Ses œuvres devraient être plus largement étudiées et lues. Peut-être est-ce elle qui nous a montré la voie ?

— Que va-t-il advenir d'Henry of Winchester ? demanda Cranston tout à trac.

Le prieur se leva en serrant l'ouvrage contre sa poitrine.

— Il sera livré à l'Inquisition à Rome ou Avignon. Croyez-moi, Sir John, quand ils en auront fini avec lui, le gibet des Elms lui paraîtra comme une douce plaisanterie.

Le prieur s'avança vers Athelstan et lui serra la main.

— Revenez au couvent quand vous le désirez. Votre pénitence est levée.

Il se retourna rapidement vers Cranston.

— Mais j'allais oublier, Sir John. L'énigme que vous aviez à résoudre ?

— C'est fait ! s'exclama Cranston, soudain exubérant. En un clin d'œil, comme le dit saint Paul.

— Alors, rétorqua le prieur en s'adressant à Athelstan, vous n'aurez pas besoin de cette lettre, n'est-ce pas ?

— Je l'ai déjà brûlée, mon père.

Le prieur les salua d'un sourire et les quitta.

Ils retournèrent à Southwark en louant les services d'un passeur. Le coroner, fier comme un paon, insista pour raccompagner Athelstan à St Erconwald. Bavard comme une pie, il évoquait — assez fort pour que la moitié des bateleurs l'entende et avec une éloquence que stimulait sa gourde miraculeuse — ce qu'il ferait des mille couronnes. Cela ne l'empêchait pas de surveiller son clerc du coin de l'œil. Il sentait à quel point les événements de Blackfriars avaient bouleversé le jeune dominicain. L'air abattu, Athelstan contemplait l'autre berge de la Tamise où le trafic avait quasiment cessé en ce dimanche après-midi, à part quelques barques et barges remontant le fleuve vers Westminster.

Ils débarquèrent à St Mary's Wharf et s'enfoncèrent dans les ruelles et passages étroits de Southwark, étrangement calmes et silencieux en cette chaude journée d'été.

— Tas de fainéants ! pesta Cranston. En train de cuver leur bière matinale, probablement.

— Oh, certainement, Sir John. C'est incroyable ce que peut ingurgiter un homme !

Cranston lui jeta un regard aigu et repoussa la gourde sous sa cape. St Erconwald également respirait la tranquillité : personne sur les marches, dans le cimetière ou le jardinet du presbytère dont la paix n'était troublée que par le bourdonnement des abeilles autour des fleurs sauvages. Athelstan s'assura que le presbytère était bien fermé à clef et que Philomel se remplissait la panse à l'écurie. Watkin s'était donc consciencieusement acquitté de ses tâches. Mais l'énorme truie d'Ursula la porchère avait fait un sort aux derniers choux. Quand il s'en aperçut, Athelstan laissa échapper un juron sonore.

— Il vous reste les oignons ! le consola le coroner.

Athelstan repensa à la confession de Crim et hocha la tête en souriant.

— Venez, Sir John, entrons dans l'église.

Il ouvrit la porte et s'immobilisa quelques secondes sous le porche.

— Comme c'est étrange !

Cranston, derrière lui, écarta vivement la gourde miraculeuse de ses lèvres.

— Que voulez-vous dire, mon frère ? Vous êtes d'une humeur bizarre !

Athelstan remonta la nef plongée dans une semi-obscurité, en écoutant le bruit de ses pas brisant le silence sacré.

Il s'arrêta pour regarder, dans le transept, le cercueil paroissial vide.

— Tant de choses se sont passées ici ! dit-il à mi-voix. De la joie, du chagrin, de la colère, un crime. Ce lieu est tellement particulier !

Cranston avala une autre rasade, les paupières étrécies. Il se rappela la suggestion du prieur.

« Oh, Seigneur miséricordieux, faites qu'Athelstan ne parte pas ! Il ne faut pas qu'il me quitte ! »

Il scruta les larges épaules de son clerc et comprit soudain à quel point il en était venu à aimer ce prêtre original. Athelstan passa sous le jubé pour gagner l'autel.

— Oui, murmura-t-il. Tout est bien à sa place.

Il tapa les dalles de sa sandale.

— Superbe ! Enfin St Erconwald commence à ressembler à une véritable église.

Il s'assit sur les degrés de l'autel et sursauta en entendant le cri de Cranston.

— Oh, ce foutu matou est revenu !

Bonaventure, dos rond et queue recourbée, avait surgi de l'ombre et se frottait contre la botte du magistrat. Athelstan se leva.

— Viens ici, mon paladin de gouttière ! susurra-t-il en caressant le chat.

Mille souvenirs tourbillonnaient dans son esprit : la physionomie des inquisiteurs ; les larmes du prieur ; Raymond d'Arques et son désir d'expiation ; Fitzwolfe et ses agissements sataniques ; Benedicta murmurant son amour. Cranston jeta sa cape sur les marches, s'assit près de lui et l'observa : Athelstan câlinait machinalement son maudit matou, les yeux mi-clos.

— Qui l'aurait cru ? s'exclama le magistrat d'une voix égale pour capter l'attention de son compagnon.

— Quoi, Sir John ?

— Eh bien, qu'Henry of Winchester, un théologien... Je veux dire qu'on lui aurait donné le bon Dieu sans confession.

— Rappelez-vous la tentation du Christ, Sir John ! Même Satan peut citer les Saintes Écritures et puis... l'habit ne fait pas le moine, ironisa Athelstan. Satan a la déplorable habitude de revêtir l'habit d'un ange de lumière.

— Allez-vous quitter la paroisse ? demanda Cranston tout à trac. Le prieur dit que votre pénitence est levée.

Un sourire flotta sur les lèvres d'Athelstan.

— Eh bien, oui ou non, fichu clerc ?

— J'ai pris ma décision. Plus d'un chemin de croix mène au paradis.

Son sourire s'élargit :

— Et vous êtes le mien !

Cranston émit un rot qui résonna comme un coup de tonnerre. Bonaventure frémit en toisant le coroner avec curiosité. Ce dernier se mit péniblement debout.

— Je vais au *Cheval Pie* dire deux mots à ce foutu larron de tavernier. Vous devriez m'y rejoindre, Athelstan. Il nous faut célébrer notre succès. Oh, au fait, le prieur a mentionné une lettre. Vous avez dit ne plus en avoir besoin puisque j'avais résolu l'énigme.

Athelstan leva la tête.

— N'allez pas monter sur vos grands chevaux, Sir John. Je me suis simplement inquiété de ce qui arriverait si nous nous trompions. Mes parents avaient une ferme. Francis est mort, la ferme a été vendue et le montant de la vente est allé à l'ordre.

Il soupira profondément.

— J'avais prié notre supérieur de m'accorder un prêt sur cette somme. Il m'avait donné une lettre pour les banquiers de l'ordre dans Lombard Street qui me permettait d'obtenir mille couronnes, au cas où nos hypothèses auraient été fausses.

Il haussa les épaules.

— Il me fallait cette garantie.

Cranston tapa des pieds en clignant des yeux pour dissimuler ses larmes. Au bout d'un instant, il se retourna, ramassa sa cape, et regarda Athelstan bien en face.

— Vous êtes un drôle de pèlerin, mon cher moine !

— La faute en est à mes mauvaises fréquentations, Sir John.

Le coroner jeta la cape sur ses épaules et redescendit la nef, l'air conquérant.

— Je serai au *Cheval Pie* ! lança-t-il. Ne me faites pas attendre ! Je vous connais, vous les grippe-sous qui aimez vous faire offrir à boire !

La porte claqua violemment derrière lui. Athelstan eut un petit rire, embrassa Bonaventure entre les oreilles et admira le chœur. Son attention fut soudain attirée par la fresque murale que Huddle avait brossée au charbon de bois, en larges touches vigoureuses. Il fronça les sourcils.

— Mais qu'est-ce que...

Il reposa Bonaventure sur le sol, prit de l'amadou, alluma sa chandelle et s'approcha pour mieux détailler la fresque. Huddle avait ébauché la scène où Marie et l'Enfant Jésus rencontrent Élisabeth et Jean-Baptiste enfant.

Athelstan examina les personnages et pouffa de rire : Benedicta représentait la Vierge Marie, lui-même était saint Joseph, la femme de Watkin Élisabeth, Pike un passant, Tab un soldat. Hérode n'était autre que Sir John Cranston, barbu et rougeaud. On apercevait même sa gourde miraculeuse dépassant de sous sa cape. Philomel figurait sur la fresque ainsi que Cecily la ribaude, Crim, Ursula la porchère et même sa truie. Mais ce furent surtout l'Enfant Jésus et Jean-Baptiste enfant qui retinrent l'attention d'Athelstan. Huddle avait eu l'idée de génie de les représenter yeux écarquillés, joues rebondies, membres potelés et tout chauves — en fait, les portraits crachés des marmousets bien-aimés de Cranston.

Secoué par le fou rire, Athelstan souffla la chandelle et s'en alla rejoindre le coroner au *Cheval Pie*.

N° d'édition : 3184
Dépôt légal : novembre 2000

Si vous désirez être régulièrement tenu au courant de nos publications, merci de bien vouloir remplir ce questionnaire et nous le retourner :

Éditions 10/18
c/o 10 Mailing
35, rue du Sergent Bauchat
75012 Paris

NOM : ------------------------

PRENOM : ------------------------

ADRESSE : ------------------------

CODE POSTAL : ------------------------

VILLE : ------------------------

PAYS : ------------------------

AGE : ------------------------

PROFESSION : ------------------------

TITRE de l'ouvrage dans lequel est insérée cette page :

Sacrilège à Blackfriars, n° 3226
